U0514085

齐东野语

[宋]周密 撰 黄益元 校点

图书在版编目(CIP)数据

齐东野语 / (宋)周密撰;黄益元校点.—上海:
上海古籍出版社,2012.11(2018.3 重印)
(历代笔记小说大观)
ISBN 978-7-5325-6334-0

Ⅰ.①齐… Ⅱ.①周…②黄… Ⅲ.①笔记小说—小
说集—中国—宋代 Ⅳ.①I242.1

中国版本图书馆 CIP 数据核字(2012)第 044976 号

历代笔记小说大观

齐东野语

[宋]周密 撰

黄益元 校点

上海世纪出版股份有限公司
上海古籍出版社 出版
(上海瑞金二路 272 号 邮政编码 200020)
(1)网址:www.guji.com.cn
(2)E-mail:guji1@guji.com.cn
(3)易文网网址:www.ewen.co
上海世纪出版股份有限公司发行中心发行经销
常熟文化印刷有限公司印刷

开本 635×965 1/16 印张 14.75 插页 2 字数 198,000
2012 年 11 月第 1 版 2018 年 3 月第 4 次印刷
印数:4,301—5,400
ISBN 978-7-5325-6334-0
I·2488 定价:22.00 元
如有质量问题,请与承印公司联系

校 点 说 明

《齐东野语》二十卷，宋周密撰。

周密（1232—1308），字公谨，号草窗、蘋洲、弁阳老人、四水潜夫等，先世济南人，流寓吴兴（今浙江湖州）。宋理宗时，曾为临安府幕属，监和济药局、丰储仓，又为义乌令。宋亡不仕，居杭州，广交游，工诗词，善画。著述甚丰，有诗集《草窗韵语》，词集《蘋洲渔笛谱》、《草窗词》，笔记《齐东野语》、《武林旧事》、《癸辛杂识》、《浩然斋杂谈》、《云烟过眼录》等。又选南宋词人佳作为《绝妙好词》。

《齐东野语》是周密长期留意积累之作。其中最有价值的是有关南宋的史料，如记张浚三战本末、绍熙内禅、诛韩侂胄本末、端平入洛本末、岳武穆逸事等，"皆足以补史传之阙"（《四库全书总目》）。因为这些史料的来源，既有周密曾祖随高宗南渡后历代的书面记录，也有周密本人亲历的随军幕府日记或采访当事老卒的记录，故而可信度极高。书名亦寓"身虽居吴，心未尝一饭不在齐"之意。此外，考正古史古义，杂记朝章国典，上探天文历法，下及草木虫鱼、医方药典、诗文品藻、文物鉴赏、轶事琐闻等，都能广征博引，叙述流畅，颇具知识性和可读性。

本书现存版本有明万历《稗海》本、明毛晋刻《津逮秘书》本、清张海鹏《学津讨原》本、《四库全书》本等；而涵芬楼影印《宋元人说部书》本则为元刻明补本，祖本最早，是现行较为完善的本子，故以兹本为底本，参以他本，加以校点，遇文字歧异，斟酌取舍，择善而从，不出校记。

目　　录

齐东野语叙

余世为齐人,居历山下,或居华不注之阳。五世祖同州府君而上,种学绩文,代有闻人。曾大父扈跸南来,受高皇帝特知,遍历三院,经跻中司。泰、禧之间,大父从属车,外大父掌帝制,朝野之故,耳闻目接,岁编日纪,可信不诬。我先君博极群书,习闻台阁旧事,每对客语,音吐洪畅,缅缅不得休,坐人倾耸敬叹,知为故家文献也。余龆侍膝下,窃剽绪余,已有叙次。尝疑某事与世俗之言殊,某事与国史之论异。他日,过庭质之,先子出曾大父、大父手泽数十大帙示之曰:"某事然也。"又出外大父日录及诸老杂书示之曰:"某事与若祖所记同然也。其世俗之言殊,传讹也;国史之论异,私意也。小子识之。"又曰:"定、哀多微词,有所辟也;牛、李有异议,有所党也。爱憎一衰,论议乃公。国史凡几修,是非凡几易,而吾家乘不可删也。小子识之。"洊遭多故,遗编巨帙,愁皆散亡。老病日至,忽忽漫不省忆为大恨。闲居追念一二于十百,惧复坠逸为先人羞。乃参之史传诸书,博以近闻胜说,务事之实,不计言之野也。异时展余卷者,噱曰:"野哉言乎!子真齐人也。"余对曰:"客知言哉!余故齐,欲不齐不可。虽然,余何言哉?何言,亦言也,无所言也,无所不言,乌乎言?"客大笑,吾因以名其书。历山周密公谨父书。

卷一

孝 宗 圣 政

阜陵天踪睿圣，英武果断，古今之所鲜俪。圣政彰彰者，备载金匮玉牒之书，尝得以窃窥之矣。其或一时史臣有所避忌，采访遗落，失于纪载者，不一而足。兹以先世见闻，及当时诸公之所记录数事，谨书于此。庶乎"美盛德之形容，备良史之采录"云。帝尝禁诸司官非时会合，以其族谈不修职业故也。李安国为郎官，一日，有荐术士至部中，同省因会集言命。翼日，御批问故，同省窘甚，咸欲饰词自解。安国独曰："以实告，其过小；为欺，其罪大。"因援鲁肃简市饮故事，引咎以闻，同省从之。既而事寝不行，越三日，李遂除吏部侍郎。李处全尝论匠监韩玉，玉乃庙堂客也。凡三疏而玉亦以处全请托私书为言。上既重违台论，且以忌器，遂令玉补外，既而与祠。而玉留北阙，作书投匦，诉匠簿张权谮己。检院不敢纳，遂潜入关，伏阙投之。上就书批云："韩玉曾任卿监，理当靖共，乃敢伏阙，妄有陈诉，鼓惑众听，渐不可长。可送潭州居住。"女真使乌林答天锡到阙，要上降榻问金主起居。赡军酒官丁逢上书乞斩之，即日引对，遂极论前侍御李处全及故谏议大夫单时贪污事。即与改命入官，升擢差遣。旧法：未经任人，不许堂差。时相欲示私恩，则取部阙而堂除之。上知其故，遂令根刷姓名进呈。降旨云："宰执当守法度，以正百官。梁克家违戾差过员数最多，候服阕日落职；曾怀可降观文殿学士。"丁娄明之子常任明州倅，以旧学之故，力附曾觌。其后，魏王判明州，尤昵近之。既而入奏，与之求贴职。上批答云："朕于吾子无所爱。第爵禄，天下之公器，不可私也。"未几，台臣论罢之。程泰之以天官兼经筵，进讲《禹贡》，阙文疑义，疏说甚详，且多引外国幽奥地理。上颇厌之，宣谕宰执云："六经断简，阙疑可也，何必强为之说？且地理既非亲历,虽圣贤有所不知。朕殊不晓其说。想其治铨曹亦如此也。"既而补外。庚子九月,上宣谕宰执云:"已指挥阁门,令今后常朝,宰臣免宣名,他朝会则否。"且云:"朕记得老苏议论,赞仪之臣,呼名如胥吏,非礼貌之意也。"上一日与宰执言:"伯圭不甚教子,各使之治生,何以为清白之传?且其下尚有三弟,若皆作郡,则近地州郡皆自家占了,何以用人?莫若以高爵厚禄,使之就闲可也。"赵丞相赞曰:"凡好事,古所难者,尽出陛下之意,臣等略无万一可以补助。"后秀邸诸子弟,悉归班焉。辛丑六月,临安士人以不预补试,群诣台谏宅陈词。台谏畏其势,以好语谕之。是夜,集吏部侍郎郑丙之门,诟骂无礼。或疑京尹王宣子怒丙,激使然也。郑遂徙家避之。次日入奏,待罪乞去。上已密知其故,遂批出:"郑丙无罪可待。今临安府将为首作闹人重作行遣。"既而宣子颇回护之,上怒云:"设使郑丙容私,自当讼之朝廷,安可无礼如此?若不得为首人,王佐亦当坐罪。"且令宰执宣谕。宣子越一日奏,勘到作闹士人府学生员丁如植为首,其次许斗权、罗肃。御批并编管邻州。如植仍杖八十科断。尝秋旱,上问执政:"祷雨于天地宗庙社稷,合用牲否?"周益公奏:"止用酒脯、币帛。"上曰:"《云汉》诗云:'靡神不举,靡爱斯牲。'则是合用牲矣。可更与礼官等考订之。"淳熙九年,明堂大礼,以曾觌为卤簿使,李彦颖顿递使。习仪之际,曾以李为参预,漫尔逊之居前。李以五使有序,毅然不敢当者久之。在列悉以顾忌,皆不敢有所决择。太常寺礼直官某人者,忽进曰:"参政,宰执也,观瞻所系;开府之逊良是。"径揖李以前。时曾方有盛眷,翌日入诉其事。上默然久之曰:"朕几误矣!"即日批出:"李彦颖改充卤簿使,伯圭充顿递使,礼直官某人,特转一官。"其改过不吝,盖如此云。淳熙中,张说颇用事,为都承旨。一日,奏欲置酒延众侍从。上许之,且曰:"当致酒肴为汝助。"说拜谢。退而约客,客至期毕集,独兵部侍郎陈良祐不至,说殊不平。已而,中使以上樽珍膳至,说为表谢,因附奏:"臣尝奉旨而后敢集客,陈良祐独不至,是违圣意也。"既奏,上忽顾小黄门言:"张说会未散否?"对曰:"彼既取旨召客,当必卜夜。"乃命再赐。说大喜,复附奏:"臣再三速良祐,迄不肯来。"夜漏将止,忽报中批陈良祐除谏议大夫。坐客方尽欢,闻之,恍然而罢。其用人也又如此。上圣孝出于天性。居高宗丧,百日后,尚食进素膳,毁瘠特甚。吴夫人者,潜邸旧人也,屡以过损为言,上坚不从。一日,密谕尚食内侍云:"官家食素多时,甚觉清瘦,汝辈可自作商量。"于是密令苑中,以鸡汁等杂之素馔中以进。上食之觉异,询所以然。内侍恐甚,以实告。上大怒,即欲见之施行。皇太后闻之,亟过宫力解之。乃出吴夫人于外,内侍等罢职有差。

温 泉 寒 火

邵康节曰:"世有温泉,而无寒火。"昭德晁氏解云:"阴能顺阳,而阳不能顺阴也。水为火爨,则沸而熟物;火为水沃,则灭矣。"晋纪瞻举秀才,陆机策之曰:"阴阳不调,则大数不得不否;一气偏废,则万物不能独成。今有温泉,而无寒火,其故何也?"白虎殿诸儒讲论,班固纂为《白虎通》,《五行篇》亦曰:"有温水,无寒火。"然今汤泉,往往有之。如骊山、尉氏、骆谷、汝水、黄山、佛迹、匡庐、闽中等处,皆表表在人耳目。坡诗云:"自怜耳目隘,未测阴阳故。郁攸火山烈,鬔沸汤泉注。安能长鱼鳖,仅可烀狐兔?"朱氏晦庵诗云:"谁然丹黄焰,爨此玉池水?"盖或为温泉之下,必有硫黄、矾石故耳。独未见所谓"寒火"。按《西京杂记》载董仲舒曰:"水极阴而有温泉,火至阳而有凉焰。"又《抱朴子》曰:"水主纯冷,而有温谷之汤泉;火体宜炽,而有萧丘之寒焰。"又《刘子·从化篇》曰:"水性宜冷,而有华阳温泉,犹曰泉冷,冷者多也。火性宜热,而有萧丘寒焰,犹曰火热,热者多也。"然则寒火亦有之矣,特以耳目所未及,故以为无耳。

段 干 木

《唐书·宗室世系表叙》云:"李耳,字伯阳,一字聃。其后有李宗者,魏封于段,为干木大夫。"按《史记》,聃之子宗,为魏将,封于段干。《抱朴子》亦云:"伯阳有子名宗,仕魏有功,封于段干。"审此,段干乃邑名耳。然《孟子》有段干木,《列子》有段干生,《史记·魏世家》有段干子,《田敬仲世家》有段干朋,《战国策》有段干纶、段干崇、段干越人。意者,因邑以为姓;故"木"与"朋","纶"与"崇"、"越人",皆其名,而"子"与"生",则男子之通称耳。《风俗通·姓氏注》,以为姓段名干木,恐或失之。盖战国时,自有段规。疑"段"与"段干"自别。若如《唐史》之说,则段干木姓李名宗,为魏将有功,封于段干。若如史迁、葛洪之言,则段干木之贤,魏侯所以师而敬之者,恐别一人耳。姑书其说,以俟博识者订之。

表答用先世语

文正范公《岳阳楼记》有云:"先天下之忧而忧,后天下之乐而乐。"其后东坡行忠宣公辞免批答,径用此语云:"吾闻之乃烈考曰:'君子先天下之忧而忧,后天下之乐而乐。'虽圣人复起,不易斯言。卿将书之绅,铭之盘盂,以为一言而可以终身行之者欤!则今兹爰立之命,乃所以委重投艰而已,又何辞乎?"其后忠宣上遗表,亦用之云:"盖尝先天下之忧,期不负圣人之学。此先臣所以教子,而微臣所以事君。"此又述批答之意,亦前所未见也。

蜜 章 密 章

"密章"二字,见《晋书》山涛等传,然其义殊不能深晓。自唐以来,文士多用之。近世若洪舜俞《行乔行简赠祖母制》亦云:"欲报食饴之德,可稽制蜜之章。""蜜"字皆从"虫"。相传谓赠典既不刻印,而以蜡为之。蜜即蜡,所以谓之"蜜章"。然刘禹锡《为杜司徒谢追赠表》云:"紫书忽降于九重,密印加荣于后夜。"《李国长神道碑》云:"煌煌密章,肃肃终言。"《王崇述神道碑》云:"没代流庆,密章下赉。"宋祁《孙奭谥议》云:"密章加等,昭饰下泉。"又《祭文》云:"恤恩告第,蹄书密章。""密"字乃并从"山",莫知其义为孰是。岂古字可通用乎?或他别有所出也。

三苏不取孔明

老泉《权书·强弱篇》云："管仲曰：'攻坚则瑕者坚，攻瑕则坚者瑕。'呜呼！不从其瑕而攻之，天下皆强敌也。汉高帝所忧在项籍，而先取九江、取魏、取代、取赵、取齐，然后取籍。秦之忧在六国，蜀最僻、最小，最先取；楚最强，最后取。诸葛孔明一出其兵，乃与魏氏角，其亡宜也。"又论曰："古之取天下者，常先图所守。诸葛孔明弃荆州取西蜀，吾知其无能为也。"东坡论曰："取之以仁义，守之以仁义者，周也。取之以诈力，守之以诈力者，秦也。以秦之所以取取之，以周之所以守守之者，汉也。仁义诈力杂用以取天下者，此孔明之所以失也。孔明之所恃以胜者，独以其区区之忠信，有以激天下之心耳。刘表之丧，先主在荆州，孔明欲袭杀其孤，先主不忍也。其后，刘璋以好逆之至蜀，不数月，扼其吭、拊其背而夺之国，此其与曹操异者几希矣！乃治兵振旅，为仁义之师，长驱东向，而欲天下向应，盖亦难矣。"颍滨论曰："刘备弃荆州而入蜀，则非其地；用诸葛孔明治国之才，而当纷纷之冲，则非其将；不忍忿忿之气以攻人，则是其气不足尚也。"其说盖用陈寿所谓"应变将略，非其所长"之语耳。虽然，孔明岂可少哉！

诗 用 史 论

刘贡父《咏史诗》云："自古边功缘底事？多因嬖幸欲封侯。不如直与黄金印，惜取沙场万髑髅！"其意盖指当时王韶、李宪辈耳，而其说则出于温公论李广利曰："武帝欲侯宠姬李氏，而使广利将兵伐宛。其意以为非有功不侯，不欲负高帝之约也。夫军旅大事，国之安危，民之生死系焉。苟为不择贤愚，欲徼幸咫尺之功，藉以为名，而私其所爱，不若无功而侯之为愈也。然则武帝有见于封国，无见于置将，谓之能守先帝之约，臣曰过矣！"盖全用之。然胡明仲论留侯则云："善乎，子房之能纳说也！不先事而强聒，不后事而失机。不问则不言,有言则必当其可。故听之易,而用不难也。评者曰:'汉业存亡在俯仰间,而留侯于此每从容焉。诸侯失固陵之期,始分信、越之地;复道见沙中之聚,始言雍齿之侯。'善言子房矣。"此论全用荆公诗:"汉业存亡俯仰中,留侯于此每从容。固陵始议韩、彭地,复道方图雍齿封。"此则史论用诗也。近世刘潜夫诗云:"身属嫖姚性命轻,君看一蚁尚贪生。无因唤取谈兵者,来此桥边听哭声。"而东坡《谏用兵之疏》云:"且夫战胜之后,陛下可得而知者,凯旋捷奏,拜表称贺,赫然耳目之观矣。至于远方之民,肝脑涂于白刃,筋骨绝于馈饷,流离破产,鬻卖男女,薰眼折臂,自经之状,陛下必不得而见也。慈父孝子,孤臣寡妇之哭声,陛下必不得而闻也。"其意亦出此。冯必大诗云:"亭长何曾识帝王? 入关便解约三章。只消一勺清冷水,冷却秦锅百沸汤。"亦用黄公度《汉高祖论》曰:"伤弓之鸟惊曲木,挽万石之弓以射之,宁无所惧;奔渴之牛急浊泥,饮以清冷之水,宁无所喜。项惊天下以弓,而帝饮天下以水。"叶绍翁诗云:"殿号长秋花寂寂,台名思子草茫茫。尚无人世团圞乐,枉认蓬莱作帝乡。"亦出于林少颖《武帝论》云:"武帝好长生不死之术,聚方士于京师,由是祷祠之俗兴,以成巫蛊之祸。阳邑、朱昌二公主俱以此诛,而皇后、太子亦皆不免。其始也,欲求长生不死之术而不可得,徒使败亡之祸横及骨肉,可笑也。"钱舜选诗云:"项羽天资自不仁,那堪亚父作谋臣? 鸿门若遂樽前计,又一商君又一秦。"亦祖陈傅良之论羽云:"羽之戮子婴、弑义帝、斩彭生,坑秦二十万众,亚父独不当试晓之邪? 使楚果亡汉,则羽又一秦,增又一商鞅也。"此类甚多,不暇枚举,岂所谓脱胎者耶?

汉 租 最 轻

自井田之法废,赋名日繁,民几不聊生。余尝夷考,在昔独两汉为最轻,非惟后世不可及,虽三代亦所不及焉。自高、惠以来,十五税一。文帝再行赐半租之令,二年、十二年,至十三年,乃尽除而不收。景帝元年,亦尝赐半租,至明年,乃三十而税一,即所谓"半租"耳。盖先是十五税一,则三十合征其二,今乃止税其一,乃所谓"半租"之制也。自是之后，守之不易。故光武诏曰："顷者，师旅未解，故行什一之税。今粮储差积，其令三十税一，如旧制。"是知三十税一，汉家经常之制也。以武帝南征北伐，东巡西幸，奢靡无度，大司农告竭。当时言利者析秋毫，至于卖爵、更币、算车船、租六畜、告缗、均输、盐铁、榷酤，凡可以佐用者，一孔不遗。独于田租，不敢增益。虽至季世，此意未泯。田有灾害，吏趣其租，于定国以是报罢；用度不足，奏请增赋，翟方进以是受责。重之以灾伤免租，始元二，本始三，建元、元康二，初元元，鸿嘉四。初郡无税，《食货志》。行军劳苦者给复，高二年。陂、湖、园、池假贫民者勿租赋，初元元年。又至于即位免、祥瑞免、行幸免，文帝三。武帝元封元、四、五年，永始四，天汉三，宣帝神爵元，元帝初元四，民赀不满三万免。平帝元始二年。而逋租之民，又时贷焉，何与民之多耶？此三代而下，享国所以独久者，盖有以也。

真　西　山

真文忠公，建宁府浦城县人，起自白屋。先是，有道人于山间结庵，炼丹将成。忽一日入定，语童子曰："我去后，或十日、五日即还，谨勿轻动我屋子。"后数日，忽有扣门者，童子语以师出未还。其人曰："我知汝师死久矣！今已为冥司所录，不可归。留之无益，徒臭腐耳。"童子村朴，不悟为魔，遂举而焚之。道者旋归，已无及。绕庵呼号云："我在何处？"如此月余不绝声，乡落为之不安。适有老僧闻其说，厉声答之曰："你说寻'我'，你却是谁？"于是其声乃绝。时真母方娠，忽见道者入室，遂产西山。幼，颖悟绝人。家贫，无从得书，往往假之他人及剽学里儒，为举子业。未几登第，初任为延平郡掾。时倪文节喜奖借后进，且知其才，意欲以词科衣钵传之。每假以私淑之文，辄一二日即归，若手未触者。文节殊不平曰："老夫固不学，然贤者亦何所见，遽不观耶？"西山悚然对曰："先生善诱后学，何敢自弃？其书皆尝窃观，特不敢久留耳。"文节谩扣一二，皆能成诵，文节始大惊喜。于是与之延誉于朝，而继中词科，遂为世儒宗焉。

书史载箕子比干不同

《书·微子篇》曰："父师、少师，殷其弗或乱正四方。"孔注："父师、太师、三公，箕子也。少师、孤卿，比干也。"《史记·殷纪》乃云："纣淫乱不止，微子数谏不听，与太师、少师谋，遂去。比干曰：'为人臣者，不得不以死争。'乃强谏。纣剖比干心，箕子惧，乃佯狂为奴，纣又囚之。殷之太师、少师乃持其祭器奔周。"《周纪》又云："纣杀比干，囚箕子，太师疵、少师强，抱其乐器奔周。"又《宋世家》："微子数谏，纣弗听，欲死之，及去，未能自决，乃问于太师、少师。箕子披发，佯狂为奴。比干谏，纣剖其心。太师、少师乃劝微子去，遂行。"注但云时比干已死，而云少师者似误。盖三处皆以太师、少师，非箕子、比干。独《周纪》明言，太师名疵，少师名强。《汉·古今人物表》，亦有太师疵，少师强，殊与孔注不合。然二子同武帝时人，何以见异而言不同欤？及苏子由作《古史》，乃用安国之说，刘道原作《通鉴外纪》，则又从《史记》之言，二公必各有所见故耳。

梓 人 抡 材

梓人抡材，往往截长为短，斫大为小，略无顾惜之意，心每恶之。因观《建隆遗事》，载太祖时，以寝殿梁损，须大木换易。三司奏闻，恐他木不堪，乞以模枋一条截用。模枋者，以人立木之两傍，但可手模，不可得见，其大可知。上批曰："截你爷头，截你娘头，别寻进来。"于是止。嘉祐中，修三司，敕内一项云："敢以大截小、长截短，并以违制论。"即此敕也。大哉王言，岂区区斩一木哉？是亦用人之术耳！元丰中，赵伯山为将作监。太后出金帛，建上清储祥宫，内侍陈衍主其役，请辍将作镇库模枋，截充殿梁。伯山执不与，且援引建隆诏旨，惟大庆、文德殿换梁方许用，乃已。《邵氏闻见录》乃以为晋邸内臣奏请，且文其辞云："破大为小，何若斩汝之头乎？"失其实矣。

林　复

林复，字端阳，括苍人，学问材具，皆有过人者，特险隘忍酷，略不容物。绍兴中，为临安推官。有告监文思院常良孙赃墨事，朝廷下之临安狱，久不得其情。上意谓京尹左右之，尹不自安。复乃挺身白尹，乞任其事。迄就煅炼成罪，当流海外，因寓客舶以往。中途遇盗，无以应其求。盗取常手足钉著两船舷，船开，分其尸为二焉。林竟以劳改官，不数年为郎，出知惠州。时常有姻家当得郡，愤其冤，欲报之，遂力请继其后，林弗知也。既知惠，适有诉林在郡日以鸩杀人，具有其实。御使徐安国亦按其家，有僭拟等物。于是有旨令大理丞陈朴追逮，随所至置狱鞫问。及至潮阳，遇诸道间，搜其行李，得朱椅、黄帷等物，盖林好祠醮所用者，乃就鞫于僧寺中。林知必不免，愿一见家人诀别。既入室，亟探囊中药，投酒中饮之。有顷，流血满地，家人号泣。使者入视，则仰药死矣，因具以复命。然其所服，乃草乌末及他一草药耳。至三日，乃苏，即亡命入广。其家以空柩归葬。始就逮时，僮仆鸟散，行囊旁午道中。大姓潘氏者，为收敛归之，了无所失。其家与之音问相闻者累年，至嘉定末始绝，竟佚其罚云。此陈造周士所记，得之括医吴嗣英，甚详。《夷坚志》亦为所罔，以为真死，殊可笑也。

汪　端　明

汪圣锡应辰端明，本玉山县弓手子。喻樗子材为尉，尝授诸子学。有兵在侧，言某儿颇知读书，可使侍笔砚。呼视之，状貌伟然，不类常儿。问："能属对否？"曰："能。"曰："马蹄踏破青青草。"应声曰："龙爪拏开白白云。"喻大惊异曰："他日必为伟器。"留授之学，且许妻以子。后从张横浦游，学益进。年十八，魁天下。天资强敏，记问绝人。其帅福州，吏闻其名，欲尝之。始谒庙，有妪持牒立道左，命取视之，累千百言，皆枝赘不根。即好谕曰："事不可行也。"妪呼曰："乞详状。"公笑曰:"尔谓吾不详耶?"驻车还其牒,诵之,不差一字。吏民以为神,相戒不敢犯。公以忠言直道,受知寿皇。自蜀还,为天官兼学士,向柄用矣。近习多不悦之,朝夕伺间。一日,内宿召对,天颜甚喜,曰:"欲与卿款语。"方命坐赐茶,汪奏:"臣适有白事。"上欣然问:"何事?"时德寿宫建房廊于市廛,董役者不识事体,凡门阖辄题德寿宫字,下至委巷厕溷皆然。汪以为非所以示四方,袖出札子极言之,且谓:"陛下方以天下养,有司无状,亵慢如此。天下后世,将以陛下为薄于奉亲,而使之规规然营间架之利,为圣孝之累不小。"上事德寿谨,汪言颇过激,闻之,变色曰:"朕虽不孝,殆未至是!"汪曰:"臣爱陛下切至,不欲使陛下负此名,故及此。"上终不怿。奏毕,请退,上颔之,不复赐坐。自是眷颇衰。会德寿宫市蜀灯笼锦,诏求之,不获。他日,上诣宫言其故,太上曰:"比已得之。"上问所从来,曰:"汪应辰家物也。"上还,即诏应辰与郡。盖近习揣上意,因事中之。君臣之际,难哉!

张 定 叟 失 出

建康溧阳市民同日杀人,皆系狱。狱具,以囚上府,亦同日就道。二囚时相与语,监者不虞也。夕宿邸舍,甲谓乙曰:"吾二人事已至此,死固其分。顾事适同日,计亦有可为者。我有老母,贫不能自活。君到府,第称冤,悉以诿我,我当兼任之。等死耳,幸而脱,君家素温,为我养母终其身,则吾死为不徒死矣。"乙欣然许之。时张定叟枃尚书知府事,号称严明。囚既至,皆呼使前问之。及乙,则曰:"某实不杀某人,杀之者亦甲也。"张骇异,使竟其说,曰:"甲已杀某人,既逸出,其家不知为甲所杀也。平日与某有隙,遂以闻于官。已而甲又杀某人,乃就捕。某非不自明,官暗而吏赇,故冤不得直也。"张以问甲,甲对如乙言,立破械纵之。一县大惊。甲既论死,官吏皆坐失入抵罪,而张终不悟。甚哉,狱之难明也!

放翁钟情前室

陆务观初娶唐氏，闳之女也，于其母夫人为姑侄。伉俪相得，而弗获于其姑。既出，而未忍绝之，则为别馆，时时往焉。姑知而掩之，虽先知挈去，然事不得隐，竟绝之，亦人伦之变也。唐后改适同郡宗子士程。尝以春日出游，相遇于禹迹寺南之沈氏园。唐以语赵，遣致酒肴，翁怅然久之，为赋《钗头凤》一词，题园壁间云："红酥手，黄縢酒，满城春色宫墙柳。东风恶，欢情薄，一怀愁绪，几年离索。错！错！错！　春如旧，人空瘦，泪痕红浥鲛绡透。桃花落，闲池阁，山盟虽在，锦书难托。莫！莫！莫！"实绍兴乙亥岁也。翁居鉴湖之三山，晚岁每入城，必登寺眺望，不能胜情。尝赋二绝云："梦断香销四十年，沈园柳老不飞绵。此身行作稽山土，犹吊遗踪一怅然。"又云："城上斜阳画角哀，沈园无复旧池台。伤心桥下春波绿，曾是惊鸿照影来。"盖庆元己未岁也。未久，唐氏死。至绍熙壬子岁，复有诗。序云："禹迹寺南，有沈氏小园。四十年前，尝题小词一阕壁间。偶复一到，而园已三易主，读之怅然。"诗云："枫叶初丹槲叶黄，河阳愁鬓怯新霜。林亭感旧空回首，泉路凭谁说断肠？坏壁醉题尘漠漠，断云幽梦事茫茫。年来妄念消除尽，回向薄龛一炷香。"又至开禧乙丑岁暮，夜梦游沈氏园，又两绝句云："路近城南已怕行，沈家园里更伤情。香穿客袖梅花在，绿蘸寺桥春水生。""城南小陌又逢春，只见梅花不见人。玉骨久成泉下土，墨痕犹锁壁间尘。"沈园后属许氏，又为汪之道宅云。

卷二

张魏公三战本末略

富 平 之 战

建炎三年五月,以张浚为川陕宣抚处置使,许便宜黜陟。初,上问大计,浚请身任西事,置司秦州,别遣大臣与韩世忠镇淮东,令吕颐浩扈跸来武昌,从以张俊、刘光世,以相首尾。浚发行在,王彦统八字军从之。浚以御营司提举事务曲端屡挫虏,欲仗其威声,乃承制拜为威武大将军、本司都统制。浚抵秦州置司,节制五路诸帅。四年春,金虏娄室破陕州,李彦仙死之。既而,与其副撒离歇及黑峰等寇邠州,曲端拒之,两战皆捷。至白店原,虏引众来犯,又为端所败。既而虏势复振,献策者多以击虏为便。浚于是欲谋大举,召端问之。端曰:"平原广野,贼便于冲突,而我师未习战,须教士数年,然后可以大举。"复谋之吴玠,玠以宜守要害,以待其弊,然后可以徐图。浚曰:"吾宁不知此?顾今东南之事方急,不得不为是尔。"浚以端沮大议,意已不平,而王庶与端有龙坊之憾,因谮之曰:"端有反心久矣,盍早图之。"浚乃罢端兵柄,迁之秦州狱。其部将张中孚、李彦琪,并诸州羁管。时陕西军民,皆恃端为命;及为庶谮,无罪而贬,军情大不悦。

> 《西事记》云:"张浚之至陕西,易置诸路帅臣,权势震赫。是时五路未破,士马强盛。加以西蜀之富,而贷其赋五年,金银粮帛之运,不绝于道,所在山积。浚为人忠有余而才不足;虽有志,而昧于用人,短于用兵。曲端心常少浚,故夺其兵废之,西人为之失望。"

浚于是决策治兵,移檄河东问罪。兀术闻变,自京西星驰至陕右,与娄室等会。而浚亦合五路兵四十万、马十一万,会战于耀州。

以熙河经略刘锡为都统制,与泾原经略刘锜、秦凤经略孙渥、环庆经略赵哲,各帅所部兵以从。吴玠、郭浩极言虏锋方锐,且当各守其地,掎角相援,待其弊乃可乘。浚不从。军行至富平县,吴玠曰:"兵以利动。今地势不利,未见其可也。"将战,乃诈立前军都统曲端旗以惧虏。娄室曰:"闻曲将军已得罪,必绐我也。"遂拥兵骤至,直击环庆军。会赵哲离所部未至,哲军遂惊遁,而诸军悉从之,大溃。陕西为之大震。浚闻军溃,自邠州退保河池县,又退保兴州。遂归罪赵哲,斩之。责刘锡合州安置,陕西兵皆散归本路:吴玠收秦凤余兵,闭大散关;关师古收泾原余兵,保岷、巩;孙渥收泾原余兵于阶、成、凤三州。未几,大散关复不守。浚时止有亲兵千余人,又退保阆州。或建策徙治夔州,刘子羽以为不可。遂檄吴玠、郭浩据和尚原,而虏复至,于是下令徙治潼州。军士皆愤,取其榜裂之,乃止。

《西事记》云:"张浚之战于富平也,金人初亦畏之。而浚锐于进取,幕下之士多蜀人,南人不练军事,欲亟决胜负于一举,故至于败。遂走兴元,又走阆中。陕西诸郡不残于金人者,亦皆为溃兵所破矣。"

既而张中孚、李彦琪、赵彬,相继降虏,遂犯秦州,又犯熙河,又围庆州,于是五路悉陷。浚以三人皆曲端心腹,疑端必知其情,王庶复谮端不已。时西人多上书为端诉冤者,浚益忌其得众心,乃杀之于秦州狱。时人莫不冤之,军情于是愈沮矣。绍兴元年,浚以关、陕失律,上章待罪,朝野无敢言其事者。至四年二月,浚还朝,侍御史辛炳始言浚被命宣抚,轻失五路,坐困四川;用刘子羽辈小人,而无辜杀曲端、赵哲;以至设秘阁以崇儒,拟上方以铸印;及既败之后,被召不肯出蜀等罪。遂罢为资政殿大学士,提举洞霄宫。寻又诏落职,福州居住。

《秀水闲居录》云:"魏公出使陕、蜀,便宜除官至节度使、杂学士,权出人主右。竭蜀之财,悉陕之兵,凡三十万余,与虏角,一战尽覆。用其属刘子羽谋,归罪其将赵哲、曲端,并诛之。将士由是怨怨俱叛,浚仅以身免,奔还阆中,关、陕之陷自此始。至今言败绩之大者,必曰富平之役。追还薄谴,俾居福州而已。"

其后,川陕宣抚处置副使王似、卢法原,乃分陕、蜀之地,责守于诸将。自秦、凤至洋州,命吴玠主之,屯和尚原。金、房至巴、达,王彦主之,屯通州。文、龙至威、茂,刘锜主之,屯巴西。洮、岷至阶、成,关师古主之,屯武都。既而师古战败降贼,自此遂失洮、岷之地,独存阶、成而已。

淮西之变

绍兴七年三月,浚奏刘光世在淮西,军无纪律,罢为少师、万寿观使,以其兵隶都督府。命参谋、兵部尚书吕祉往庐州节制,且以王德为都统制,郦琼副之。琼与靳赛,皆故群盗,与王德素不相能。德威声素著,军中号为"王夜叉"。都承旨张宗元深以为不可,谓浚曰:"琼等畏德如虎,今乃使临其上,是速其叛也。"浚不以为然。复谋之岳飞曰:"王德,淮西军所服,浚欲以为都统制,而命吕祉为督府参谋领之,如何?"飞曰:"德与琼素不相下,一旦使握之在上,势所必争。吕尚书虽通才,然书生不习军旅,恐不足以服之。"浚曰:"张宣抚何如?"飞曰:"暴而寡谋,且琼辈素不服。"浚曰:"然则杨沂中耳。"飞曰:"沂中视德等耳,岂能驭之?"浚艴然曰:"浚固知非太尉不可。"飞曰:"都督以正问飞,飞不敢不尽其愚,岂以得兵为念哉?"即日乞解兵柄,持余服。浚讫行之,琼辈惧不敢喘。及德视事教场,诸将执挝用军礼谒拜。琼登而言曰:"寻常伏事太尉不周,今日乞做一床锦被遮盖。"德素犷勇自任,竟不解出一语慰抚之,遂索马去。于是琼辈愈惧,相与连衔上章,乞回避之。张宗元知其事,复语浚曰:"业已尔。今独有终任德,或可以镇,不然,变且生矣。"浚不以为然,遂奏召德还。以张俊为淮西宣抚使,驻盱眙;杨沂中为淮西制置使,刘锜副之,并驻庐州。且命郦琼以所部兵赴行在,意将以夺其军而诛之。宗元听制于文德殿下,语人曰:"是速琼等叛耳。"会祉复密奏罢琼兵柄,书吏朱照漏语于琼,于是叛谋始决。及金字牌飞报,吕方坐厅事,闻有大声如骹箭辟历,自戟门随牌而至,及启视之,乃三使除书也。吕拍案叹曰:"庞涓死此树下。"即时乱作,遂缚吕祉,及中军统制张景、钤辖乔仲福、刘永衡友,前知庐州赵康直、摄知庐州赵不群,以其所部七万人悉叛归刘豫。至淮岸，遂杀祉及康直，释不群使还。浚乃亟遣张宗元使招之，已不及矣。浚遂上章引咎，台臣交章论列。谓"浚轻而寡谋，愚而自用。德不足以服人，而惟恃其权；诚不足以用众，而专任其数。若喜而怒，若怒而喜；虽本无疑贰者，皆使之有疑贰之心。予而阴夺，夺而阴予；虽本无怨望者，皆使之有怨望之意。无事则张威恃势，使上下有暌隔之情；有急则甘言美辞，使将士有轻侮之意。郦琼以此怀疑，以数万众叛去。然浚平日视民如草菅，用财如粪土。竭民膏血而用之军中者，曾何补哉？陛下尚欲观其后效，臣谓浚之才，止如是而已"。时司谏王缙，则以罪在刘光世，参政张守期为力求末减。都官郎官赵令衿则乞留浚，陈公辅则谓不可因将帅而罢宰相，于是罢为观文殿大学士，提举太平观。其后，言者不已，遂诏落职。既而御批"张浚散官，安置岭表"。赵鼎力救解之，改秘书少监，分司西京，且为出言官于外。

《退朝录》曰："绍兴二十年，浚复上疏论边事。高宗为汤丞相云：'张浚用兵，不独朕知之，天下皆知之，如富平之败，淮西之师，其效可见矣。今复论兵，极为生事。'于是复有永州之命。"

《挥麈录》云："淮西军叛后，冯楫启上曰：'如张浚者，当再以戎机付之，庶收后效。'高宗正色曰：'朕宁至覆国，不用此人矣。'遂终高宗朝，不复再用。"

符 离 之 师

孝宗隆兴元年正月，以张浚为枢密使，仍都督江淮军马。五月，兼都督荆、襄。浚既入见，屡奏欲先取山东。时显官名士如王大宝、胡铨、王十朋、汪应辰、陈良翰等，皆魏公门人，交赞其谋。左仆射史浩独不以为然，曰："宿师于外，守备先虚。然我出兵山东，以牵制川、陕，彼独不能惊动两淮、荆、襄，以解山东之急邪？惟当固守要害，为不可胜之计。必俟两淮无致敌之虑，然后可前。若乃顺诸将之虚勇，收无用之空城，寇去则论赏于朝，寇至则仅保山寨，顾何益乎？"继而主管殿前司公事李显忠、建康都统制邵宏渊，亦奏乞引兵进取。浩曰："二将辄自乞战，岂督府命令有不行邪？"督府准遣李椿以书遗浚子栻曰："复仇讨贼,天下之大义也。然必正名定分,养威观衅,然后可图。今议不出于督府,而出于诸将,则已为舆尸之凶矣。况藩篱不固,储备不丰,将多而非才,兵弱而未练,节制未允,议论不定,彼逸我劳,虽或有获,得地不守,未足多也。"武锋军都统制陈敏曰："盛夏兴师,恐非其时。兼闻金重兵皆在大梁,必有严备。万一深入,我客彼主。千里争力,人疲马倦。劳逸既异,胜负之势先形矣。愿少缓之。"浚皆不听。韩元吉以长书投浚,言和、战、守三事。略云："和固下策。然今日之和,与前日之和异。至于决战,夫岂易言? 今旧兵惫而未苏,新兵弱而未练,所恃者,一二大将。大将之权谋智略,既不外见,有前败于尉桥矣,有近衄于顺昌矣,况渡淮而北,千里而攻人哉! 非韩信、乐毅不可也。若是,则守且有余。然彼复来攻,何得不战? 战而胜也,江淮可守;战而不胜,江淮固在,其谁守之? 故愚愿朝廷以和为疑之之策,以守为自强之计,以战为后日之图。自亮贼之陨,彼尝先遣使于我矣,又一再遗我书矣,其信其诈,固未可知,而在我亦当以信与诈之间待之。盖未有夷狄欲息兵,而中国反欲用兵者。"云云。参赞军事唐文若、陈俊卿,皆以为不若养威观衅,俟万全而后动,亦不从。遂乞即日降诏幸建康,以成北伐之功。史浩曰："古人不以贼遗君父,必俟乘舆临江而后成功,则安用都督哉?"上以问浩,浩陈三说云："若下诏亲征,则无故招致虏兵寇边,何以应之? 若巡边犒师,则德寿去年一出,州县供亿重费之外,朝廷自用缗钱千四百万,今何以继? 若曰移跸,欲奉德寿以行,则未有行宫;若陛下自行,万一金有一骑冲突,行都骚动,何以处之?"孝宗大悟,谓浚曰："都督先往行边,俟有功绪,朕亦不惮一行。"浚怒曰："陛下当以马上成功,岂可怀安以失事机?"及退朝,浩谓浚曰："帝王之兵,当出万全,岂可尝试而图侥幸? 主上承二百年基业之托,汉高祖起于亭长败亡之余,乌可比哉?"寻复论辨于殿上,浚曰："中原久陷,今不取,豪杰必起而取之。"浩曰："中原必无豪杰,若有之,何不起而亡金?"浚曰："彼民间无寸铁,不能自起;待我兵至,而为内应。"浩曰："胜、广能以锄耰棘矜亡秦,彼必待我兵至,非豪杰矣。若有豪杰而不能起,则是金犹有法制维持之,未可以遽取也。今不思,将贻后悔。"又上疏力谏曰："靖康之祸,忠臣孝子,孰不痛心疾首,思欲蹀血虏廷,以雪大耻?恭想宸衷,寝膳不忘。
然迩安可以服远。若大臣未附,百姓不信,而遽为此举,安保其必胜
乎?苟战而捷,则一举而空虏庭,岂不快吾所欲?若其不捷,则重辱
社稷,以资外侮,陛下能安于九重乎?上皇能安于天下之养乎?此臣
所以食不甘味,而寝不安席也。浚老臣,虑宜及此。而溺于幕下新进
之谋,眩于北人诳惑之说,是以有请耳。德寿岂无报复之心?时张、
韩、刘、岳,各拥大兵,皆西北战士,燕、蓟良马;然与之角胜负于五六
十载之间,犹不能复尺寸之地。今欲以李显忠之轻率,邵宏渊之寡
谋,而欲取胜,不亦难哉?惟当练士卒、备器械、固边围、蓄财赋、宽民
力,十年而后用之,则进有辟国复仇之功,退无劳师费财之患,此臣素
志天下大计也。"既而督府乏用,欲取之民,浩曰:"未施德于民,遽重
征之,恐贼未必灭,民贫先自为盗。必欲取民,臣当丐退。"上为给虚
告五百道,且以一年岁币银二十五万两添给军费。浩复从容为浚言:
"兵少而不精,二将不可恃。且今二十万人,留屯江淮者几何?曰十
万。复为计其守舟运粮之人,则各二万。则战卒才六万耳。彼其畏
是哉!况淄、青、齐、郓等郡,虽尽克复,亦未伤彼。彼或以重兵犯两
淮,荆、襄为之牵制,则江上危如累卵矣。都督于是在山东乎?在江
上乎?"如此诘难者凡五日。又委曲劝之曰:"平日愿执鞭而不可得,
幸同事任,而数数议论不同,不惟为社稷生灵计,亦为相公计。明公
以大仇未复,决意用兵,此实忠义之心。然不观时势而遽为之,是徒
慕复仇之名耳。诚欲建立功业,宜假以数年,先为不可胜之计,以待
敌之可胜,乃上计也。明公四十年名望,如此一旦失利,当如何哉?"
浚曰:"丞相之言是也。虽然,浚老矣。"浩曰:"晋灭吴,杜征南之功
也,而当时归功于羊太傅,以规模出于祜也。明公能先立规模,使后
人藉是有功,是亦明公之功,何必身为之?"浚默然。明日内引,浚奏
曰:"史浩意不可回也。恐失机会,惟陛下英断。"于是不由三省、密
院,径檄诸将出师矣。德寿知之,谓寿皇曰:"毋信张浚虚名,将来必
误大计。他专把国家名器财物做人情耳。"已而,浩于省中忽得宏渊
等遵禀出军状,始知其故。浩语陈康伯曰:"吾属俱兼右府,而出兵不
得与闻,则焉用彼相哉!"浩遂力请罢归,乃出知绍兴府。临辞,复曰:

"愿陛下审度事势。若一失之后,恐终不得复望中原矣。"浚至扬州,合江淮兵八万人,实可用者六万,分隶诸将,号二十万。以李显忠为淮东招抚使,出定远;宏渊为副使,出盱眙。浚自渡淮视师。显忠复灵壁县,败萧琦。宏渊至虹县,金拒之;会显忠亦至,遂复虹县。知泗州蒲察徒穆、同知大周仁并降。二将遂乘胜进,克宿州。捷奏,显忠进开府仪同三司、淮南、京畿、京东、河北招讨使,宏渊进检校少保、宁远军节度使、招讨副使。是时,显忠名出宏渊右。时符离府军中,尚有金三千余两,银四万余两,绢一万二千匹,钱五万缗,米、豆共粮六万余石,布袋十七万条,衣䌷、枣、羊、粆各一库,酒三库。乃纵亲信部曲,恣其搬取。所余者,始以犒军人,三兵共一缗。士卒怨怒曰:"得宿州,赏三百;得南京,须得四百。"既而复出战,悉弃钱沟壑。由是军情愤詈,人无斗志。浚乃移书,令宏渊听显忠节制。宏渊不悦。已而复令显忠、宏渊同节制,于是悉无体统矣。孝宗闻之,手书与浚曰:"近日边报,中外鼓舞,十年来无此克捷。以盛夏人疲,急召李显忠等还师。"未达间,忽报金人副元帅纥石烈志宁大军且至,遇夜,军马未整,中军统制周宏先率军逃归。继逃归者,宏渊之子世雄、统制左士渊,二将皆不能制。于是显忠、宏渊大军并丁夫等十三万众,一夕大溃,器甲资粮,委弃殆尽。士卒皆奋空拳,掉臂南奔,蹂践饥困而死者,不可胜计。二将逃窜,莫知所在。浚时在盱眙,去宿尚四百里。传言金且至,遂亟渡淮入泗州,已而复退维扬。窘惧无策,遂解所佩鱼,假添差太平州通判张蕴古为朝议大夫,令使金求和。僚吏力止之,以为不可。乃奏乞致仕,又乞遣使求和。孝宗怒曰:"方败而求和,是何举错?"于是下诏罪己,有云:"朕明不足以见万里之情,智不足以择三军之帅。号令既乖,进退失律。"又云:"素服而哭殽陵之师,敢废穆公之誓;尝胆而雪会稽之耻,当怀勾践之图。"张浚降特进江淮东西路宣抚使,官属各夺二官。邵宏渊降五官,又责靖州团练副使,南安军安置。李显忠责授清远军节度副使,筠州安置,又再责莱州团练使,潭州安置。弃军诸将,递降贬窜有差。既而置宣抚司,便宜行事。未几,复以浚都督江淮军马,既而又复入为右仆射,仍领都督。二年三月,复诏浚淮上视师。浚复谋大举,上不从。四月,召还。罢江淮都督府，浚亦罢相。及和议将成，浚坚持以为不可。汤思退乃白上以张蕴古求和事，由是浚议遂绌。既而，金纥石烈志宁遣书议和，有云："乃者，出师诡道，袭我灵壁、虹县，以十余万，窃取二小邑。主将气盈，率众直抵符离，帅府以应兵进讨。凭仗天威，以全制胜，所杀过当，余众溃去。计其得丧，孰多孰少？若以符离之役，尚为兵少致败，则请空国之众，以迎我师。"云云。是岁八月，浚薨。

《赵鼎传》云："鼎再相，已逾月，或以未有施设为言。鼎谓今日事，如久病虚弱之人，再有所伤，元气必耗，惟当静以镇之。张德远非不欲有所为，其效可见，亦足以戒矣。时议回临安，鼎奏恐回跸之后，中外谓朝廷无恢复之意。上曰：'张浚措置三年，竭民力，耗国用，何尝得尺寸地？此论不足恤也。'"

《刘氏日记》云："孝宗初立，张魏公用事，独付以恢复之任，公当之不辞，朝廷莫敢违。魏公素轻锐，是时皆以必败待之，特不敢言耳。及辟查籥、冯方为属，此二人尤轻锐，朝廷患之，遂以陈俊卿、唐文若参其军事，盖此二人厚重详审故耳。周益公时为中书舍人，文若来别，益公握文若手，使戒魏公不可轻举。后魏公知之，极憾益公。然卒以轻举败事。"

《何氏备史》云："张魏公素轻锐好名，士之稍有虚名者，无不牢笼。挥金如土，视官爵如等闲。士之好功名富贵者，无不趋其门。且其子南轩，以道学倡名，父子为当时宗主。在朝显官，皆其门人，悉自诡为君子。稍有指其非者，则目之为小人。绍兴元年，合关、陕五路兵三十余万，一旦尽覆，朝廷无一人敢言其罪。直至四年，辛炳始言之，亦不过落职，福州居住而已。淮西郦琼之叛，是时公论沸腾，言路不得已，遂疏其罪，既而并逐言者于外。及符离之败，国家平日所积兵财，扫地无余，反以杀伤相等为辞，行赏转官无虚日。隆兴初年，大政事莫如符离之事，而《实录》《时政纪》，并无一字及之，公论安在哉？使魏公未死，和议必不成，其祸将有不可胜言者矣。"

《涧上闲谈》云："近世修史，本之《实录》《时政纪》等，参之诸家传记、野史及铭志、行状之类。野史各有私好恶，固难尽信；

若志状,则全是本家子孙门人掩恶溢美之辞,又不可尽信。与其取志状之虚言,反不若取野史、传记之或可信者耳。且以近修四朝史言之,如《张魏公列传》所书嘉禾刺客,乃是附会杂史张元遣刺韩忠献事。又载遣蜡书疑郦琼之语,亦是《潘远纪闻》岳武穆秦州叛卒事。至云符离军溃,公方鼻息如雷,此是心学。虽亦取《莱公纪事》中意,然方当大军悉溃,亦安在其为心学哉?其说皆浅近易见,乃略不审其是非,登之信史,传之千万世,可乎?”

卷三

绍 熙 内 禅

绍熙二年辛亥,十一月壬申,光宗初祀圜丘。先是,贵妃黄氏有宠,慈懿李后妒之。至是,上宿斋宫,乘间杀之,以暴卒闻,上不胜骇愤。及行礼,值大风雨,黄坛灯烛尽灭,不成礼而罢。上以为获罪于天,且惮寿皇谴怒,忧惧不宁,遂得心疾,归卧青城殿。寿皇知其事,轻舆径至幄殿,欲慰勉之。直上寐,戒左右使勿言。既寤,小黄门奏寿皇在此,上矍然惊起,下榻叩头请罪。寿皇再三开谕,终不怿。自是喜怒不常,不复视朝矣。至三年二月,疾稍平,诣重华宫起居。四年九月重阳节,以疾不过宫。宰执、侍从,两省百僚及诸生,皆有疏乞过宫。甲申,上将朝重华,百官班立以俟。上已出,至御屏,李后挽上回曰:“天色冷,官家且进一杯酒。”百僚、侍卫皆失色。时陈傅良为中书舍人,遂趋上引裾,请毋再入,随上至御屏后。李后叱之曰:“这里甚去处?你秀才们要斫了驴头!”傅良遂大恸于殿下。李后遣人问曰:“此是何礼?”傅良对曰:“子谏父不听,则号泣随之。”后益怒,遂传旨:“已降过宫指挥,更不施行。”于是臣僚士庶纷纷之议竞起矣。十月,会庆节,工部尚书赵彦逾等上疏重华,乞会庆圣节,先期谕旨,勿免过宫。寿皇御笔:“朕自秋凉以来,思与皇帝相见。所有卿等奏札,已令进御前矣。”庚申,诏过宫,又不果出。至戊寅,上始朝重华,都人皆大喜。先是,丞相留正以论姜特立,待罪范村,凡一百四十日,至此方召还。五年正月,寿皇始不豫。上以疾,不能问安尝药。臣僚劾内侍陈源、杨舜卿、林亿年,以离间两宫,请罢逐。及寿皇疾甚,留正请上侍疾,挽裾随至福宁殿,泣而出。既而宰执以所请不从,乞出。光宗传旨,令宰执尽出,于是俱至浙江亭待罪。知阁韩侂胄奏请自往宣押入城,于是宰执入,各还第。国史《赵汝愚传》云:“孝宗令嗣秀王传意,令宰执复人。"非实。复请过宫,许之。至期,过午,有旨放仗。当是时,诸公引裾恸哭,朝士日相聚于道宫佛寺集议,百司皂隶,造谤讹传,学舍草茅,争相伏阙。刘过改之一书,至有"生灵涂炭,社稷丘墟"之语。且有诗云:"从教血染长安市,一枕清风卧钓矶。"扰扰纷纷,无所不至。大抵当时执政无承平诸公识度,不能以上疾状昭示天下,镇静浮言。而缙绅学士,率多卖直钓名之人,遂使上蒙疑负谤,日甚一日。至六月九日戊戌,寿皇崩于重华殿。本宫提举关礼等,诣宰执第,告上大渐。丞相留正、枢密赵汝愚、参政陈骙、同知余端礼,力请过宫,俟至晚,又不果出。先是,孝宗未服药,黄裳等尝请过宫,以笋拦光宗云:"寿皇已服药矣,便请陛下升辇。"已而无它。至是,亦以为妄,不复信。十三日,寿皇大殓,车驾不至,无与成服,人情忧惧。留正等遂奏请宪圣代行祭奠之礼,以安人心。往反数四,始得太皇圣旨:"皇帝以疾,听就内中成服,太皇太后代行祭奠之礼,宰相百官就重华宫成服。"正等遂成服遵行之。然中外人情汹汹,以祸在旦夕。近习巨室,竞辇金帛藏匿村落。而朝士中如项安世等,遁去者数人。如李祥等,搬家归乡者甚众。侍从至欲相率出城。于是留正等连疏乞立太子,以重国本。二十四日晚,御批云"甚好"。次日,宰执拟立太子指挥进入。御笔批:"依付学士院降诏。"是晚,又御批云:"历事岁久,念欲退闲。"留正见之惧。以为初止请立太子,今乃有"退闲"之语,何邪?会次日朝临,仆于殿庭伤足,正疑为不祥。先是,正尝从善轨革者问命,有兔伏草、鸡自焚之象。及此,谓所知曰:"上卯生,吾酉生,前语验矣。"遂力请罢免,出城俟命。工部尚书赵彦逾,时为山陵按行使,临欲渡江,因别汝愚曰:"近事危急如此,知院乃同姓之卿,岂容坐视?当思救之之策可也。"汝愚默然久之,曰:"今有何策?事急时,持刀去朝天门,叫几声,自割杀耳。"彦逾曰:"与其如此死,不若如是死。"且云:"闻上有御笔八字,果否?"汝愚曰:"留丞相丁宁莫说。今事争矣!与尚书说亦不妨。"彦逾曰:"既有此御笔,何不便立嘉王?"汝愚惊曰:"向尝有立储之请,尚恐上怒。此事谁敢担当?且看慈福、寿成两宫之意如何?"彦逾曰:"留丞相以足跌求去,天付此一段事业与知院,岂可持疑?禫祭在近,便可举行。"汝愚曰:"此是大事,恐未易仓卒,亦须择一好日。”遂取官历检视，适是日甲子吉。彦逾曰：“帝王即位，即是好日。兼官历又吉，何疑？事不容缓，宜亟行之，亦顺事也。”因劝与殿帅郭杲同议。汝愚遂遣范仲壬及詹体仁谕意，杲皆不答。汝愚大恐。彦逾曰：“某尝有德于杲。”遂驰告之曰：“近日外议汹洶，太尉知否？”杲曰：“然则奈何？”彦逾遂以内禅事语之，曰：“某与赵枢密，第能谋之耳。太尉为国虎臣，此事全在太尉。”杲犹未语，彦逾曰：“太尉所虑者，百口之家耳。今某尽诚以告，太尉不答，岂太尉别有谋乎？”杲矍然而起曰：“敢不效使令。”遂与区处发军坐甲等事。还报汝愚，议遂定。乃谋可白事于慈福宫者。始拟吴琚。琚，宪圣侄也。琚辞。或云：“已白宪圣，不许。”继用吴环，环亦辞。于是令徐谊、叶适因阁门蔡必胜谕意于知阁门事韩侂胄。侂胄母，宪圣女弟也，其妻又宪圣女侄，最为亲近。侂胄慨然曰：“某世受国恩，托在肺腑，愿得效力。”于是往见慈福宫提举张宗尹曰：“事势如此，我辈死无日矣。”宗尹曰：“今当如何？”遂告以内禅事，且云：“须得太皇主张方可。”宗尹遂许为奏知。次日未报，侂胄惧，遂亲往慈福宫。适值宪圣感风不出，侂胄益窘，立殿庑垂涕。重华宫提举关礼适至，邀问之，侂胄不言，因指天为誓，侂胄遂具述其事。礼曰：“即当奏知，少俟可也。”礼入见，垂涕。宪圣问曰：“汝有何苦？”曰：“小臣无事，天下可忧耳。”宪圣蹙额不言。礼曰：“圣人读万卷书，曾见有如此时节，可保无虞否？”宪圣曰：“此岂汝所知？”礼曰：“此事人人知之。丞相已去，所赖二三执政，旦夕亦且去矣，中外将谁赖乎？”言与泪俱。宪圣惊曰：“事将奈何？”礼曰：“今宰执令韩侂胄在外，欲奏内禅事。望圣人三思，早定大计。”宪圣不语。久之，曰：“我前日略曾见吴琚说来，若事顺，须是做教好。”且许来早于梓宫前垂帘，引执政面对。礼遂传旨侂胄，侂胄乃复命于汝愚。始往报陈骙、余端礼及郭杲，并步帅阎仲。关礼使其姻党阁门舍人傅昌朝，密制黄袍。先是，嘉王数日谒告。执政谕宫僚彭龟年等曰：“禫祭重事，王不可不入。”七月四日甲子，禫祭。群臣入，王亦入。执政率百僚诣大行前，奏请太皇。顷之，垂帘。有旨令韩侂胄同执政奏事。汝愚等再拜，诣帘前奏曰：“皇帝以疾，至今未能执丧。臣等累入札，乞立皇子嘉王为皇太子，以系人心。皇帝批出‘甚好’，继又批

'历事岁久，念欲退闲'。取太皇太后旨处分。"宪圣曰："皇帝既有御笔，相公自当奉行。"汝愚等奏曰："此事甚大，须降一指挥方可。"宪圣曰："好！好！"汝愚遂袖出所拟指挥以进，曰："皇帝以疾，未能执丧。曾有御笔，自欲退闲。皇子嘉王，可即皇帝位。尊皇帝为太上皇帝，皇后为太上皇后。"宪圣览讫曰："甚好。"汝愚等再拜奏曰："凡事全望太皇太后主张。"宪圣首肯，遂乞令都知杨舜卿提举寿康宫，以任其责。遂召之帘前，面付之。汝愚即几筵殿前宣布圣旨及诏书讫，关礼、张宗尹扶掖太子入帘。太皇面谕再三，太子固辞，曰："恐负不孝之罪。"俯伏涕泣。太皇命佗冑入帘，授以黄袍，令扶嗣君往即皇帝位。关礼、张宗尹共掖嗣君至素幄，传太皇圣旨，令汝愚等劝进。汝愚等奏曰："天子当以安社稷定国家为孝。今中外人人忧乱，万一变生，置太上于何地，尚得为孝乎？"众扶上披黄袍，上犹却立，众扶上就座，汝愚等率百官再拜，皇帝立受。汝愚等遂传宣殿帅郭杲、阁仲，同韩佗冑一班起居，内侍扶导上诣太皇帝前行谢礼，次诣梓宫前行禫祭礼。毕，御史台阁门集百官，禁卫立班起居。翌日，佗冑侍上诣光宗问起居，光宗问："是谁？"佗冑对曰："嗣皇帝。"光宗瞪视曰："吾儿邪？"先是，汝愚谕殿帅郭杲，以军五百至祥禧殿前祈请御宝。杲入，索于职掌内侍羊驷、刘庆祖。二人私议曰："今外议汹汹如此，万一玺入其手，或以它授，岂不利害？"于是封识空函授杲。二珰取玺，从间道诣德寿宫，纳之宪圣。及汝愚开函奉玺之际，宪圣方自内付玺与之。《四朝闻见录》云："宁宗次日谒光宗，慈懿方自卧内取玺与之。"按御玺重宝，安得即位后方取？兼玺玉各有职掌，安得置之卧内？恐非实。先是，襄阳归正人陈应祥等，诱聚亡命，谋以七月望日为寿皇发丧为乱。前一夕登极赦至，其徒告之而败。汝愚遂奏乞召还留正以辅初政，而御史张叔椿则劾以弃国之罪，遂迁叔椿为吏部侍郎。正乃复入拜左相，汝愚为右相。汝愚曰："同姓之卿，不幸处君臣之变，敢言功乎？"辞不拜，乃以特进为枢密使。及孝宗将攒，汝愚建议欲卜山陵，与正异议，遂出正判建康府，汝愚遂拜右相。先是，汝愚许佗冑以事成日授节钺，彦逾执政。既而推定策恩，汝愚乃谓彦逾曰："我辈宗臣，不当言功。"仅除郭杲节度使，彦逾为端明殿学士，出为四川制置、知成都府，佗冑迁观察使、枢密都承旨。元系防御使、知阁门事，至是，仅迁一级。于是二人愤曰："此事皆吾二人之力，汝愚不过蒙成耳。今既自据相位，以专其功，乃置吾辈度外邪！"于是始有逐汝愚之谋矣。汝愚觉之，以朱熹有重名，遂自长沙召入为待制，侍经筵，及收召李祥、杨简、吕祖俭等道学诸君子以自壮。然宫中及一时之议，皆归功于侂胄，自是出入宫掖，居中用事。且嗾伶人刻木为熹等像，峨冠大袖，讲说性理，为戏于禁中。熹与龟年等，屡白汝愚曰："侂胄怨望殊甚。宜以厚赏酬其劳，处以大藩，出之于外。勿使预政，以防后患。"汝愚不纳，曰："彼尝自言不爱官职，何患之有？"既而熹进对，面陈侂胄之奸。继而正言黄度欲论之而谋泄，以内批斥去。熹又因进讲极论之，声色颇厉。上怒，遂批出，除熹宫观。汝愚请见，乃以内批袖还上，继而求去，皆不许。于是彭龟年奏："陛下逐朱熹太暴。"且言："侂胄窃弄威权，为中外所附，必贻大患。"宁宗欲两罢之，汝愚欲两留之。既而龟年与郡，侂胄势由是益张。会彦逾帅蜀，陛辞日，尽疏当时道学诸贤姓名，指为汝愚之党，而宁宗亦疑之矣。知阁刘弢谓侂胄曰："赵丞相欲专此大功，日引虚名之士以植党，君岂但不得节钺，将恐不免岭海之祸。"侂胄恐甚。会汝愚欲除刘光祖为侍御史，侂胄知欲击己。而上方令近臣举御史，于是以御笔除大理簿刘德秀为御史，杨大法为殿院。又罢吴猎，以刘三杰代之，于是言路皆韩党矣。先是，汝愚尝云："梦孝宗授以汤鼎，背负白龙升天。"又沈有开尝在汝愚坐曰："外间传嘉王出判福州，许国公判明州，三军士庶，已推戴相公矣。"又徐谊语人曰："但得赵家一块肉足矣。"盖指魏王之子，徐国公柄也。楼钥行辞免批答，有"亲为伯父，固非同姓之卿"之语。太学上书，乞尊汝愚为伯父。周成子言"郎君不令"。田澹谓"宁宗非光宗子"。其说非一端。于是右正言李沐首疏其事，劾汝愚以"同姓居相位，非祖宗典故。方太上圣体不康之时，欲行周公故事。倚虚声，植私党，以定策自居，专功自恣"等事。遂罢汝愚相位，出知福州。既而台臣合奏，罢郡与祠。于是祭酒李祥、博士杨简、府丞吕祖俭等有疏，太学生周端朝等六人共一书，诉汝愚有大功，不当去位，皆被黜谪。未几，何澹、胡纮疏："汝愚唱引伪徒，谋为不轨。乘龙授鼎，假梦为符。"且言"与徐谊辈造谋，欲卫送太上过越，为绍熙皇

帝"等事。遂责汝愚永州安置,至衡州而卒。朱熹为之注《离骚》以寄
意焉。敖陶孙题诗于阙门,有"一死固知公所欠,孤忠赖有史长存"之
句。其后叶翥、汪义端交论伪学,而刘三杰以伪党为逆党,凡得罪者
五十九人。省部籍记姓名,降诏禁伪学。而直省吏蔡琏,告汝愚定策
时异谋,宾客所言凡七十纸。欲逮彭龟年、曾三聘、徐谊、沈有开下大
理狱,赖范仲艺等力解之乃已。既而侂胄迁太傅,封平原郡王。自
此,十年专政,肇开兵端,身殒国危。在侂胄固不足责,而当时诸君子
驭之亦失其道,有以致之也。

诛韩侂胄本末

　　嘉泰元年五月,监太平惠民局夏允中,请用文彦博故事,以侂胄
为平章军国重事。侂胄恐,乞致仕,免允中官。二年十二月,拜侂胄
为太师,立贵妃杨氏为皇后。初,恭淑后既崩,椒房虚位,杨贵妃、曹
美人皆有宠。侂胄畏杨权数,以曹柔顺,劝上立之。上意向杨,侂胄
不能夺也。太学生王梦龙,为后兄次山客,监杂卖场赵汝说,与王梦
龙为外兄弟,知其事。于是以侂胄之谋告次山,次山以白后,后由是
怨之,始有谋侂胄之意矣。三年,金国盗起,洊饥,惧我乘隙用兵,于
是沿边聚粮增戍,且禁襄阳府榷场。边衅之开,盖自此始。而侂胄久
用事,亦欲立奇功以固位。会邓友龙等廉得北方事以告,而苏师旦等
又从而臾之。开禧元年四月,以李义为镇江都统,皇甫斌为江陵都
统兼知襄阳。金人以侵掠、增戍、渝盟见责,遂诏内外诸军密为行计。
七月,侂胄为平章军国事,立班丞相上。苏师旦为安远军节度使,领
阁门事。师旦本平江书佐,侂胄顷为钤辖日,尝以为笔吏,后依韩门。
会上登极,审名藩邸,用随龙恩得官,骤至贵显。八月,以殿帅郭倪为
镇江都统兼知扬州。二年,以薛叔似为湖北、京西宣抚使,程松为四
川宣抚使,吴曦为副使,邓友龙为两淮宣抚使。十二月,金虏使赵之
杰、完颜良弼来贺正旦,倨慢无礼。于是以北伐告于宗庙,下诏出师。
已而,陈孝庆复泗州,又复虹县。许进复新息县。孙成复保信县。田
琳复寿春府。未几,王大节攻蔡州,不克军溃。皇甫斌败于唐州。秦

世辅军乱于城固县。郭倬、李汝翼攻宿州，败绩，执统制田俊迈以往。李爽攻寿州，败。于是诛窜诸将败事者，更易诸阃。以邱崈为两淮宣抚使。分诸将三衙江上之兵，合十六万余人，分守江淮要害。既而吴曦遣其客姚淮源，献关外四州之地于金人，遂封为蜀王。至此，侂胄始觉为师旦等所误，遂罢师旦，除名，送韶州安置，仍籍其家财，赐三宣抚司为犒军费。斩郭倬于镇江，罢程松四川宣抚使。九月，金人陷和尚原。十月，渡淮，围楚州。十一月，以殿帅郭杲驻真州，以援两淮。邱崈以签书开督府。既而围襄阳，犯庐、和、真、西和州、德安府，陷随、濠、阶、成州、信阳、安丰军、大散关。郭倪弃扬州走。三年正月，邱崈罢，以枢密张岩督师。二月，金人始退师。四川宣抚司、随军转运使安丙及李好义、杨巨源等讨吴曦，斩之，四川平。以杨巨源为四川宣抚使，安丙副之。既而次第复阶、凤、西和州、大散关。四月，遣萧山县丞方信孺奉使，通谢金国。六月，安丙杀杨巨源。八月，信孺回白事，言金人欲割两淮，增岁币、犒军金帛，索回陷没及归正人，又有不敢言者。侂胄再三问之，乃曰：“欲太师首级。”侂胄大怒，坐信孺以私觌物，擅作大臣馈虏人，降三官，临江军居住。乃以赵淳为江淮制置使，而用兵之谋复起。再遣监登闻鼓院王柟出使焉。于是杨次山与皇后谋，俾皇子荣王曮入奏，言“侂胄再启兵端，谋危社稷”，上不答。皇后从旁力请再三，欲从罢黜，上亦不答。后惧事泄，于是令次山于朝行中择能任事者。时史弥远为礼部侍郎、资善堂翊善，遂欣然承命。钱参政象祖，尝以谏用兵贬信州，乃先以礼召之。礼部尚书卫泾、著作郎王居安、前右司郎官张镃，皆预其谋。议既定，始以告参政李壁。前一日，弥远夜易服，持文书往来二参第。时外间籍籍有言其事者。一日，侂胄在都堂，忽谓李参曰：“闻有人欲变局面，相公知否？”李疑事泄，面发赤，徐答曰：“恐无此事。”而王居安在馆中，与同舍大言曰：“数日之后，耳目当一新矣。”其不密如此。弥远闻之大惧，然未有杀之之意，遂谋之张镃。镃曰：“势不两立，不如杀之。”弥远抚几曰：“君真将种也！吾计决矣。”时开禧三年十一月二日，侂胄爱姬三夫人号“满头花”者生辰。张镃素与之通家，至是，移庖侂胄府，酣饮至五鼓。其夕，周筠闻其事，遂以覆帖告变。时侂胄已被酒，视之曰:"这汉又来胡说。"于烛上焚之。初三日,将早朝,筎复白其事,侂胄叱之曰:"谁敢?谁敢?"遂升车而去。甫至六部桥,忽有声诺于道旁者,问为何人,曰:"夏震。"时震以中军统制权殿司公事,选兵三百候于此。复问:"何故?"曰:"有旨,太师罢平章事,日下出国门。"曰:"有旨,吾何为不知?必伪也。"语未竟,夏挺、郑发、王斌等,以健卒百余人,拥其轿以出,至玉津园夹墙内,挝杀之。是夕之事,弥远称有密旨。钱参政欲奏审,史不许曰:"事留,恐泄。"遂行之。是夕,史彷徨立候门首,至晓犹寂然,至欲易衣逃去。而宰执皆在漏舍以俟。既而侂胄前驱至,传呼太师来。钱、李二公疑事泄,皆战栗无人色。俄而寂不闻声,久之,夏震乃至,白二公曰:"已了事矣。"钱参政乃探怀中堂帖授陈自强曰:"有旨,太师及丞相皆罢。"陈曰:"何罪?"钱不答,于是揖二公,遂登车去。是夕,使侂胄不出,则事必泄矣。二参继赴延和殿奏事,遂以窜殛侂胄闻,上愕然不信。及台谏交章论列,三日后,犹未悟其死。盖此夕之谋,悉出于中宫及次山等,宫省事秘,不能详也。遂下诏暴侂胄首开兵端等罪,官籍其家。而夫人张氏、王氏闻变,尽取宝货碎之。其后二人皆坐徒断。夏震为福州观察使、主管殿前司公事。斩苏师旦于韶州。程松宾州,陈自强雷州,郭倪、郭僎皆除名安置,并籍其家。李壁、张岩皆降官居住。毛自知夺伦魁恩,以首论用兵故也。乃拜钱象祖为右相,卫泾、雷孝友并参政,史弥远知枢密事,林大中签书院事,杨次山开府仪同三司,赐玉带。遂以窜殛事,牒报对境三省;以咨目遍遗二宣抚、二制置、十都统,告以上意。谏议大夫叶时,请枭首于两淮,以谢天下,上不许。

时王枬以出使,在金虏帐。一日,金人呼枬问韩太师何如人?枬因盛称其忠贤威略。虏徐以边报示之曰:"如汝之言,南朝何故诛之?"枬窘惧不能对。于是无厌之求,难塞之请,皆不敢与较,一切许之,以为脱身之计。及归,乃以金人欲求侂胄函首为辞,而叶时复有枭首之请,于是诏侍从两省台谏集议。先是诸公间亦有此请,上重于施行。至是,林枢密大中、楼吏书钥、倪兵书思,皆以为和议重事,待此而决。奸凶已毙之首,又何足惜?与其亡国,宁若辱国。而倪公主之尤力,且谓在朝有受其恩,欲为之地者。盖朝堂集议之时,独章文庄良能于众中以事关国体，抗词力争。所谓"欲为之地者"，指章也。叶清逸《闻见录》云："良能首建议函首，王介以为不可。"此非事实。于是遣临安府副将尹明，斫侂胄棺，取其首，送江淮制置大使司；且以咨目谕诸路宣抚制置等以函首事。遂命许奕为通谢使。王柟竟函首以往，且增岁币之数。当时识者，殊不谓然。且当时金虏实已衰弱，初非阿骨打、吴乞买之比。丙寅之冬，淮、襄皆受兵，凡守城者，皆不能下。次年，遂不复能出师，其弱可知矣。倪能稍自坚忍，不患不和，且礼秩岁币，皆可以杀。而当路者畏愞，惟恐稍失其意，乃听其恐喝，一切从之。且吾自诛权奸耳，而函首以遗之，则是虏之县鄙也，何国之为？惜哉！且柟，侂胄所遣，今欲议和，当别遣使，亦不当复遣柟也。至有题诗于侍从宅曰："平生只说楼攻媿，此媿终身不可攻。"又诗曰："自古和戎有大权，未闻函首可安边。生灵肝脑空涂地，祖父冤仇共戴天。晁错已诛终叛汉，於期未遣尚存燕。庙堂自谓万全策，却恐防胡未必然。"又云："岁币顿增三百万，和戎又送一於期。无人说与王柟道，莫遣当年寇准知。"此亦可见一时公论也。明年，阁门舍人周登出使过赵州，观所谓石桥者，已具述其事。纪功勒铭，大书深刻桥柱矣。金主尝令引南使观忠缪侯墓，且释云："忠于为国，缪于为身。"询之，乃韩也。和议既成，乃尽复秦桧官爵，以其尝主和故耳。

　　余按：绍兴秦桧主和，王伦出使，胡忠简抗疏，请斩桧以谢天下，时皆伟之。开禧侂胄主战，伦之子柟复出使，竟函韩首以请和。是和者当斩，而战者亦不免于死。一是一非，果何如哉？余尝以意推之，盖高宗间关兵间，察知东南地势、财力与一时人物，未可与争中原，意欲休养生聚，而后为万全之举。在德寿日，寿皇尝陈恢复之计，光尧曰："大哥，且待老者百年后却议之。"盖可见也。秦桧揣知上意厌兵，力主和议，一时功名之士皆归罪以为主和之失。及孝宗锐意恢复，张魏公主战，异时功名之士靡然从之，独史文惠以为不然。其后符离溃师，虽府库殚竭，士卒物故，而寿皇雄心远虑，无日不在中原。侂胄习闻其说，且值金虏寖微，于是患失之心生，立功之念起矣。殊不知时移事久，人情习故，一旦骚动，怨嗟并起。而茂陵乃守成之君，无意兹事，任情妄动，自取诛僇，宜也。身陨之后，众恶归焉；然其间是非，亦未尽然。若《杂记》所载，赵师罺犬吠，乃郑斗所造，以报挞武学生之愤。至如许及之屈膝，费士寅狗窦，亦皆不得志抱私仇者撰造丑诋，所谓僭逆之类，悉无其实。李心传蜀人，去天万里，轻信纪载，疏舛固宜。而一朝信史，乃不择是否而尽取之，何哉？当泰、禧间，大父为棘卿，外大父为兵侍，直禁林，皆得之耳目所接，俱有家乘、日录可信。用直书之，以告后之秉史笔者。

卷四

避　讳

古今避讳之事，杂见诸书。今漫集数条于此，以备考览。盖殷以前，尚质不讳名；至周始讳，然犹不尽讳。如穆王名满，定王时有王孙满之类。至秦始皇讳政，乃呼正月为"征月"，《史记·年表》作"端月"。卢生曰："不敢端言其过。"秦颁端正法度曰"端直"。皆避"政"字。汉高祖讳邦，旧史以"邦"为"国"。惠帝讳盈，《史记》以"万盈数"作"满数"。文帝讳恒，以恒山为"常山"。景帝讳启，《史记》微子启作"微子开"，《汉书》启母石作"开母石"。武帝讳彻，以彻侯为"通侯"，蒯彻为"蒯通"。宣帝讳询，以荀卿为"孙卿"。元帝讳奭，以奭氏为"盛氏"。光武讳秀，以秀才为"茂才"。明帝讳庄，以老、庄为"老、严"，庄助为"严助"，卞庄为"卞严"。殇帝讳隆，以隆虑为"林虑"。安帝父讳庆，以庆氏为"贺氏"。魏武帝讳操，以杜操为"杜度"。蜀后主讳宗，以孟宗为"孟仁"。晋景帝讳师，以师保为"保傅"，京师为"京都"。文帝讳昭，以昭穆为"韶穆"，昭君为"明君"，《三国志》韦昭为"韦耀"。愍帝讳业，以建业为"建康"。康帝讳岳，以邓岳为"邓岱"，山岳为"山岱"。齐太祖讳道成，师道渊但言"师渊"。梁武帝小名阿练，子孙皆呼练为"白绢"。隋文帝父讳忠，凡郎中皆去"中"字，侍中为"侍内"，中书为"内史"，殿中侍御为"殿内侍御"；置侍郎不置"郎中"，置御史大夫不置"中丞"，以侍书御史代之，中庐为"次庐"。至唐又避太子讳，亦以中郎为"旅贲郎将"，中书舍人为"内舍人"。炀帝讳广，以广乐为"长乐"，广陵为"江都"。唐世祖讳昞，故以"景"字代之，如"景科"、"景令"、"景子"之类是也。唐祖讳虎，凡言虎，率改为猛兽，或为"武"，如"武贲"、"武林"之类。李延寿作《南北史》，易石虎为"石季龙"，韩擒虎为"韩擒"。高祖讳渊，赵文渊为"赵文深"，"渊"字

尽改为"泉"。刘渊为"元海",戴渊为"戴若思"。太宗讳世民,《唐史》
凡言世,皆曰"代";民,皆曰"人",如"烝人"、"治人"、"生人"、"富人
侯"之类。民部曰"户部"。高宗讳治,凡言治皆曰"理",如"至理之
主,不代出者",章怀避当时讳也。陆贽曰:"与理同道罔不兴","胁从
罔理"。韩文《策问》:"尧、舜垂衣裳而天下理",又"无为而理者,其舜
也欤"。睿宗讳旦,张仁亶改"仁愿"。玄宗讳隆基,太一君"基"、臣
"基",并改为"其"字。隆州为"阆中",隆康为"普康",隆龛为"崇龛",
隆山郡为"仁寿郡"。代宗讳豫,以豫章为"钟陵",苏预改名"源明",
以"薯蓣"为"薯"及"山药"。德宗讳适,改括州为"处州"。宪宗讳纯,
淳州改为"栾州",韦纯改名"贯之",之纯改名"处厚",王纯改名"绍",
陆淳改名"质",柳淳改名"灌",严纯改名"休复",李行纯改名"行谌",
崔纯亮改名"行范",程纯改名"弘",冯纯敏改名"约"。穆宗讳恒,以
恒山为"常山"。敬宗讳弘,徐弘敏改名"有功"。郑涵避文宗旧讳,改
名"澣"。武宗讳炎,贾炎改名"嵩"。宣宗讳忱,韦谌改名"损",穆谌
改名"仁裕"。梁太祖父烈祖名诚,遂改城曰"墙"。晋高祖讳敬塘,析
"敬"字为"文"氏、"苟"氏,至汉乃复旧。至本朝避翼祖讳,复析为
"文"、为"苟"。本朝高宗讳构。避嫌名者,仍其字更其音者,"句涛"
是也;加"金"字,"鉤光祖"是也;加"丝"字,"绚纺"是也;加草头者,
"苟谌"是也;改为"句"字者,"句思"是也;增勾龙者,"如渊"是也;勾
龙去上一字者,"大渊"是也。已上,皆臣下避君讳也。

　　吴太子讳和,以和兴为"嘉兴"。唐高宗太子弘,为武后所鸩,追
尊为"孝敬帝",庙曰"义宗",弘文馆改为"昭文",弘农县为"恒农",韦
弘机但为"机"。李含光本姓弘,易为"李",曲阿弘氏易为"洪",温彦
弘遂以"大雅"字行。晋以毗陵封东海王世子毗,以毗陵为"晋陵"。
唐避章怀太子贤讳,改集贤为"崇文馆"之类,皆避太子之讳也。

　　吕后讳雉,《封禅书》谓"野鸡夜雊"。武后讳曌,音照。以诏书为
"制书",鲍照为"鲍昭"。改懿德太子重照为"重润",刘思照为"思
昭"。简文郑后讳阿春,以《春秋》为《阳秋》,富春为"富阳",蕲春为
"蕲阳"。此避后讳也。

　　元后父讳禁,以禁中为"省中"。武后父讳华,以华州为"太州"。

韦仁约避武后家讳，改名"元忠"。窦怀贞避韦后家讳，而以字行。刘穆之避王后家讳，以"宪祖"字行，后复避桓温母讳，遂称小字"武生"。虞茂避穆后母讳，改名"预"。本朝章献太后父讳通，尝改通直郎为"同直郎"，通州为"崇州"，通判为"同判"，通进司为"承进司"，通奉为"中奉"，通事舍人为"宣事舍人"，至明道间，遂复旧。此则避后家讳也。

钱王镠，以石榴为金樱，改刘氏为"金氏"。杨行密据扬州，州人呼"蜜"为"蜂糖"。赵避石勒讳，以罗勒为"兰香"。高祖父名诚，以武成王为"武明王"，武成县为"武义县"。羊祜为荆州，州人呼"户曹"为"辞曹"之类，皆避国主、诸侯讳也。

《诗》、《书》则不讳。若文王讳昌，而箕子陈《洪范》曰："使羞其行，而邦其昌。"厉王讳胡，而宣王时，《诗》曰"胡不相畏"，"胡为虺蜴"，"胡然厉矣"。《周礼》有"昌本之俎"，《诗》有"鬑发"之咏。《大诰》"弗弃基"，不讳后稷"弃"字。孔子父叔梁纥，而《春秋》书臧孙纥。成王讳诵，而"吉甫作诵"之句，正在其时，是也。

庙中则不讳。《周颂》祀文、武之乐歌，《雝》曰"克昌厥后"，《噫嘻》曰"骏发尔私"，是也。

临文则不讳。鲁庄公名同，而《春秋》书"同盟"。襄公名午，而书"陈侯午卒"。僖公名申，书"戊申"。定公名宋，书"宋人"、"宋仲几"。《汉书·纪》，元封诏书有启母石之言。《刑法志》"建三典以刑邦国"与"万邦作孚"。韦孟诗："总齐群邦。"皆不避高祖讳。魏太祖名操，而陈思王有"造白"之句。曹志，植之子，奏议云："干植不强。"三国吴时，有"言功以权成"，盖斥孙权之名。《南史》有"宁逢五虎"及"虎视"之语，则"虎"字亦不尽避。韩文公《潮州上表》云："朝廷治平日久。"曰："政治少懈。"曰："巍巍治功。"曰："君臣相戒，以致至治。"《举张行素》曰："文学治行众所推。"亦不避高宗之讳。又《袁州上表》曰："显荣频烦。"《举韦顗》曰："显映班序。"柳文《乐曲》曰："羲和显耀乘清芬。"皆不尽避中宗之讳。韩《贺即位表》曰："以和万民。"亦不讳"民"字，如此类甚多。胡翼之侍讲迩英日，讲《乾卦》"元、亨、利、贞"，上为动色，徐曰："临文不讳。"伊川讲"南容三复白圭"，内侍告曰："容字，上旧名也。"不听。讲毕曰:"昔仁宗时,宫嫔谓正月为初月,饼之蒸者为炊,天下以为非。嫌名、旧名,请勿讳。"

邦国有不讳者。襄王名郑,郑不改封。至于出居其国,使者告于秦、晋曰:"鄙在郑地。"受晋文公朝,而郑伯传。汉和帝名肇,而郡有"京兆"是也。

嫌名则有避有不避者。韩退之《辩讳》:"桓公名白,传有五皓之称;厉王名长,琴有修短之目。不闻谓布帛为'布皓',肾肠为'肾修'。汉武名彻,不闻讳车辙之'辙'。"然《史记·天官书》:"谓之车通。"此非讳车辙之'辙'乎?若晋康帝名岳,邓岳改名为"嶽",此则不讳嫌名也。二名不偏讳。唐太宗名世民,在位日,戴胄、唐俭为民部尚书,虞"世"南、李"世"勣皆不避。至高宗时,改民部为"户部"。世南已卒,世勣去"世"字。或云:"卒哭乃讳。"

避讳而易字者。按《东观汉记》云:"惠帝讳盈,之字曰'满';文帝讳恒,之字曰'常';光武讳秀,之字曰'茂'。"云云。盖当时避讳,改为其字。之者,变也。如卦变爻曰之也。本朝真宗讳恒,音"胡登切"。若阙其下画,则为"恒",又犯徽宗旁讳。后遂并"恒"字不用,而易为"常",正用前例也。

淮南王安,避父讳长,故《淮南》书,凡言长悉曰"修"。王羲之父讳正,故每书正月为"初月",或作"一月",余则以"政"字代之。王舒除会稽内史,以祖讳会,以会稽为"郐稽"。司马迁以父讳谈,《史记》中,赵谈为"赵同子",张孟谈为"孟同"。范晔父名泰,《后汉书》,郭泰为"郭太"。李翱祖父名楚今,故为文皆以"今"为"兹"。杜甫父名闲,故杜诗无"闲"字。苏子瞻祖名序,故以序为"叙",或改作"引"。曾鲁公父名会,故避之者,以勘会为"勘当"。蔡京父名准,改平准务为"平货务"。此皆士大夫自避家讳也。《史记·李斯传》言"宦者韩谈",则"谈"字不能尽避。《汉书·爰盎传》有"上益庄"之文,《郑当时传》有"郑庄千里不赍粮"之类。此不能尽避也。

范晔为太子詹事,以父名泰,固辞,朝议不许。唐窦曾授中书舍人,以父名至忠,不受。议者以音同字别,乃就职。韦聿迁秘书郎,以父嫌名,换司议郎。柳公绰迁吏部尚书,以祖讳,换左丞。李涵父名少康，为太子少傅，吕渭劾之。本朝吕希纯，以父名公著，而辞著作郎。富郑公父名言，而不辞右正言。韩亿绛、缜，家讳保枢，皆为枢密而不避。此除官有避不避也。

至若后唐，郭崇韬父名弘，改弘文馆为"崇文馆"。建隆间，慕容彦钊、吴廷祚，皆拜使相，而钊父名章，廷祚父名璋，制麻中为改"同为中书门下平章事"为"二品"。绍兴中，沈守约、汤进之二丞相，父皆名举，于是改提举书局为"提领"。此则朝廷为臣下避家讳也。

元稹以阳城驿与阳道州名同，更之曰"避贤驿"，且作诗以记之，白乐天和之云："荆人爱羊祜，户曹改为词。一字不忍道，况兼姓呼之。"是也。郑诚过郧州浩然亭，谓贤者名不可斥，更名"孟亭"。歙有任昉寺、任昉村，以任所游之地故也。虞藩为刺史日，更为"任公寺"、"任公村"。此则后人避前贤名也。

至有君臣同名者。襄王名郑，卫成公与之同时，亦名郑。卫侯讳恶，其臣有石恶。宋武帝名裕，褚叔度、王敬弘，皆名裕之；谢景仁、张茂度皆名裕。宋明帝名彧，王景文亦名彧。唐玄宗名隆基，刘子玄名知幾。

又有父子、祖孙同名者。周康王名钊，生子瑕，是为昭王。宋明帝名彧，其子后废帝亦名昱。魏献文名弘，其子孝文名宏。声虽相近，而字犹异也。若周厉王名胡，而僖王名胡齐。蔡文侯、昭侯，相去五世，皆名申。魏安同父名屈，同之子亦名屈。襄阳有《处士罗君墓志》曰："君讳靖，父靖，学优不仕。"此尤为可罪也。若桓玄，呼父温曰"清"，此不足责。若韩愈，不避"仲卿"，又何耶？

朱温之父名诚，以其类"戊"字，司天监上言，请改戊己之"戊"为"武"字，此全无义理。如扬都士人名审，沈氏与书，名而不姓，皆谀之者过耳。未如梁谢举闻家讳必哭，近世如赵南仲亦然，此亦不失为孝。若唐裴德融父讳皋，高锴为礼部侍郎，典贡举。德融入试，锴曰："伊父讳皋，而某下就试，与及第，困一生事。"后除屯田员外郎，与同除一人参右丞卢简。卢先屈前一人，使驱使官传语曰："员外是何人下及第？偶有事，不得奉见。"裴仓遽而去。李贺以父名晋肃，终身不赴进士举，抑又甚焉。崔殷梦知举，吏部尚书归仁晦托弟仁泽，殷梦唯唯,至于三四。殷梦敛色端笏曰:"某见进表,让此官矣。"仁晦始悟己姓,乃殷梦家讳"龟从"故也。后唐天成中,卢文纪为工部尚书,郎中于邺参,文纪以父名嗣业,与同音,竟不见。邺忧畏太过,一夕,雉经而死。杨行密父名怤,与"夫"同音,改文散诸大夫为"大卿",御史大夫为"御史大卿"。至有《兴唐寺锺题志》云:"金紫光禄大,兼御史大,及银青光禄大。"皆直去"夫"字,尤为可怪。国朝刘温叟,父名乐,终身不听丝竹,不游嵩岱。徐绩父名石,平生不用石器,遇石不践,遇桥则令人负之而过。此皆避讳不近人情者也。

　　至如唐宪宗时,戎昱有诗名,京兆尹李鸾拟以女嫁之,令改其姓,昱辞焉。五代有石昂者,读书好学,不求仕进。节度使符习高其行,召为临淄令。习入朝,监军杨彦朗知留后。昂以公事上谒,赞者以彦朗家讳石,遂更其姓曰"右昂"。昂趋于庭,责彦朗曰:"内侍奈何以私害公?昂姓石,非'右'也。"彦朗大怒,昂即解官去。语其子曰:"吾本不欲仕乱世,果为刑人所辱。"宣和中,徐申干臣,自讳其名,知常州,一邑宰白事,言"已三状申府,未施行"。徐怒形于色,责之曰:"君为县宰,岂不知长吏名,乃作意相侮。"宰亦好犯上者,即大声曰:"今此事'申'府不报,便当'申'监司,否则'申'户部,'申'台,'申'省,'申'来'申'去,直待'身'死即休。"语罢,长揖而退。徐虽怒,然无以罪之。三人者,皆不肯避权贵之讳以自保其姓名。若北齐熊安生者,将通名见徐之才、和士开,二人相对。以之才讳熊,士开讳安,乃称"触触生",群公哂之。蔡京在相位日,权势甚盛,内外官司公移皆避其名,如"京东"、"京西"并改为"畿左"、"畿右"之类。蔡门下昂避之尤谨,并禁其家人,犯者有笞责。昂尝自误及之,家人以为言,乃举手自击其口。蔡经国闻京闽音,称"京"为"经",乃奏乞改名"纯臣"。此尤可笑。绍圣间,安惇为从官,章惇为相,安见之,但称"享"而已。近世方巨山名岳。或谤其为南仲丞相幕客,赵父名方,乃改姓为"万"。既而又为邱山甫端明属,邱名岳,于是复改名为"方山"遂止,以为过焉。善乎,胡康侯之论曰:"后世不明《春秋》之义,有以讳易人姓者,易人名者。愚者迷礼以为孝;谄者献佞以为忠。忌讳繁,名实乱,而《春秋》之法不行矣。"

方巨山争体统

贾师宪，淳祐己酉岁为湖广总领。时方岳巨山知南康军。一日，总所纲运经从星江，押纲军卒，骄悍绎骚，市民横遭其祸者甚众。巨山大不能堪，遂擒数辈断治之。贾公闻之，移文诘问，且追本军都吏。巨山于是就判公牒云：“总领虽大，湖广之尊；南康虽微，江东列郡。当职奉天子命来牧是邦，初非总领之幕客，亦非湖广之属郡。军无纪律，骚动吾民；国有常刑，合从断遣；此守臣职也，于都吏何与焉？牒报。”贾公得牒，不胜其愤，遂申朝廷，乞行按劾。于是朝廷俾岳易邵武以避之。去郡日，有士人作大旗，书一诗以送之，曰：“秋厓秋壑两般秋，湖广、江东事不侔。直到南康论体统，江西自隔两三州。”

曝　　日

袁安卧负暄，令儿搔背，曰：“甚快人意。”赵胜负暄风檐，候樵牧之归。故杜诗云“负暄候樵牧”，又云“负暄近墙壁”。又《西阁曝日》云：“凛冽倦玄冬，负暄嗜飞阁。”又云：“毛发且自和，肌肤潜沃若。太阳信深仁，衰气欻有托。欹倾烦注眼，容易收病脚。”乐天《负日》诗云：“杲杲冬日出，照我屋南隅。负暄闭目坐，和气生肌肤。初似饮醇醪，又如蛰者苏。外融百骸畅，中适一念无。旷然忘所在，心与虚空俱。”此皆深知负暄之味者也。冬日可爱，真若可持献者。晁端仁尝得冷疾，无药可治，惟日中炙背乃愈。周邦彦尝有诗云：“冬曦如村酿，奇温止须臾。行行正须此，恋恋忽已无。”余尝于南荣作小日阁，名之曰献日轩。幕以白油绢，通明虚白，盎然终日，四体融畅，不止须臾而已。适有客戏余曰：“此所谓天下都绵袄者。”相与一笑。后见何斯举《黄绵袄子歌》，序曰：“正月大雨雪，十日不已。既晴，邻舍相呼负日，曰：‘黄绵袄子出矣。’”乃知古已有此语。然王立之亦尝名日窗为大裘轩。谢无逸为赋诗曰：“小人拙生事，三冬卧无帐。忍寒东窗底，坐待朝曦上。徐徐晨光熙，稍稍血气畅。薰然四体和，恍若醉

春酿。此法秘勿传,不易车百辆。君胡得此法,开轩亦东向。苏公名
大裘,意岂在万丈。但观名轩心,人人如挟纩。"陶隐居《清异录》载开
元时,高太素隐商山,起六逍遥馆,各制一铭。其三曰《冬日初出》,铭
曰:"折胶堕指,梦想负背;金锣腾空,映檐白醉。"楼攻媿尝取"白醉"
二字以名阁,陈进道为赋诗,攻媿次之云:"处世难独醒,时作映檐醉。
年少足裘马,安知老夫味? 天梳与日帽,且复供酒事。谪居幸三适,
得此更惭愧。向来六逍遥,特书见清异。君家老希夷,相求谅同气。
曲身成直身,朝寒俄失记。醉中知其天,不饮乃同意。书生暂寄温,
难语纯绵丽。"洪驹父亦有《大裘轩》诗。

经　验　方

　　喉闭之疾,极速而烈。前辈传帐带散,惟白矾一味,然或时不尽
验。辛丑岁,余侍亲自福建还,沿途多此证,至有阖家十余口,一夕并
命者。道路萧然,行旅惴惴。及抵南浦,有老医教以用鸭嘴、胆矾研
细,以酽醋调灌,归途恃以无恐,然亦未知其果神也。及先子守临汀
日,钤下一老兵素愿谨,忽垂泣请告曰:"老妻苦喉闭,绝水粒者三日,
命垂殆矣。"偶药笈有少许,即授之,俾如法用。次日,喜拜庭下云:
"药甫下咽,即大吐,去胶痰凡数升,即瘥。"其后凡治数人,莫不立验。
然胆矾难有真者,养生之家,不可不预储以备用也。

　　熊胆善辟尘。试之之法:净一器,尘幂其上,投胆一粒许,则凝
尘豁然而开。以之治目障翳,极验。每以少许净水略调开,尽去筋膜
尘土,入冰脑一二片,或泪痒,则加生姜粉些少,时以铜箸点之,绝奇。
赤眼亦可用。余家二老婢,俱以此效。

　　辛酉夏,余足疡发于外廉。初甚微,其后浸淫。涉秋徂冬,不良
于行。凡敷糁膏濯之剂,尝试略遍,痛痒杂作,大妨应酬。一日,友人
俞和父见过,怪其蹒跚,举以告之。和父笑曰:"吾能三日已此疾。法
当先以淡薑水涤疮口,挹干;次用局方驻车丸研极细,加乳香少许,干
糁之,无不立效。"遂如其说用之,数日良愈。盖驻车丸本治血痢滞
下,而此疮亦由气血凝注所成。医者,意也。古人处方治疾,其出人

意表如此。其后莫子山传治痢杜僧丸，亦止是一膏药，用有奇验，亦此意也。

用 事 切 当

淳熙中，孝宗及皇太子朝上皇于德寿宫，置酒赋诗为乐，从臣皆和。周益公诗云："一丁扶火德，三合巩皇基。"盖高宗生于大观丁亥，孝宗生于建炎丁未，光宗生于绍兴丁卯故也。阴阳家以亥、卯、未为"三合"，一时用事，可谓切当。其后杨诚斋为光宗宫僚，时宁宗已在平阳邸，其《贺寿》诗云："祖尧父舜真千载，禹子汤孙更一家。"又云："天意分明昌火德，诞辰三世总丁年。"盖祖益公语也。嘉熙己亥四月，诞皇子，告庙祀文，学士李、刘功府当笔，内用四柱作一联云："亥年巳月，无长蛇封豕之虞；午日丑时，有归马牧牛之喜。"盖时方有蜀扰。其用事可谓中的，然或者则谓失之俳耳。

杨 府 水 渠

杨和王居殿岩日，建第清湖洪福桥，规制甚广。自居其中，旁列诸子舍四，皆极宏丽。落成之日，纵外人游观。一僧善相宅，云："此龟形也，得水则吉，失水则凶。"时和王方被殊眷，从容闻奏，欲引湖水以环其居。思陵首肯曰："朕无不可，第恐外庭有语，宜密速为之。"退即督濠寨兵数百，且多募民夫，夜以继昼。入自五房院，出自惠利井，蜿蜒萦绕，凡数百丈，三昼夜即竣事。未几，台臣果有疏言擅灌湖水入私第，以拟宫禁者。上晓之曰："朕南渡之初，虏人退而群盗起。遂用议者羁縻之策，刻印尽封之。所有者，止淮、浙数郡耳。会诸将尽平群盗，朕因自誓，除土地外，凡府库金帛，俱置不问。故诸将有余力以给泉池园圃之费。若以平盗之功言之，虽尽以西湖赐之，曾不为过。况此役已成，惟卿容之。"言者遂止。既而复建杰阁，藏思陵御札，且揭上赐"风云庆会"四大字于上。盖取大龟昂首下视西湖之象，以成僧说。自此百余年间，无复火灾，人皆神之。至辛巳岁，其家舍阁于佑圣观，识者谓龟失其首，疑为不祥。次年五月，竟毁延燎潭，潭数百楹，不数刻而尽，益验毁阁之祸云。

潘庭坚王实之

庚子辛丑岁，先君子佐闽漕幕时，方壶山大琮为漕，臞轩王迈实之与方为年家，气谊相好。用此，实之留富沙之日多，而壶山资给亦良厚，然亦仅资一时饮博之费耳。籍中有吴宜者，王所狎也。一日，三司燕集，大合乐于公厅。吴方舞遍，实之被酒，直造舞筵，携之径去，旁若无人，一座为之愕然。壶山起谢曰："此吾狂友王实之也。"时以为奇事。实之，莆人。登甲科，甚有文名，落魄不羁。为正字日，因轮对，及故相擅权。理宗宣谕曰："姑置卫王之事。"迈即抗声曰："陛下一则曰卫王，二则曰卫王，何容保之至耶？"上怒不答，径转御屏，曰："此狂生也。"迈后归乡里，自称"敕赐狂生"。尝有诗云："未知死所先期死，自笑狂生老更狂。"又赋《沁园春》曰："狂如此，更狂狂不已。"押赴琼厓。同时富沙人紫岩潘牥庭坚，亦以豪侠闻，与实之不相下。庭坚初名公筠，后以诏岁乞灵南台神，梦有持方牛首与之，遂易名为"牥"。殿试第三人，跌宕不羁，傲侮一世。为福建帅司机宜文字日，醉骑黄犊，歌《离骚》于市，人以为仙。尝约同社友剧饮于南雪亭梅花下，衣皆白。既而尽去宽衣，脱帽呼啸。酒酣客散，则衣间各浓墨大书一诗于上矣。众皆不能堪。居无何，同社复置酒瀑泉亭。行令曰："有能以瀑泉灌顶而吟不绝口者，众拜之。"庭坚被酒豪甚，竟脱巾鬘髻，裸立流泉之冲，且高唱"濯缨"之章。众因谬为惊叹，罗拜以为不可及，且举诗禅问答以困之。潘气略不慑，应对如流，然寒气已深入经络间矣。归即卧病而殂。既不得年，又以戏笑作孽，不自贵重，闻者惜之。庭坚才高气劲，读书五行俱下，终身不忘。作文未尝视草，尤长于古乐府。年六七岁时，尝和人诗云："竹才生便直，梅到死犹香。"识者已知其不永。其论巴陵一疏，至今人能诵之，以此终身坎壈焉。刘潜夫志其墓云："公论如元气兮，入人之肝脾。有一时之荣辱兮，有千载之是非。昔在有周兮，观孟津之师。于扣马之谏兮，曰扶而去之。彼八百国之同兮,不能止一士之异。呜呼! 此所谓世教兮,所谓民彝。"正谓此也。余少侍先君子,皆尝识之,转眼今五十年矣。

卷五

四　皓　名

四皓之名，见于《法言》。《汉书·乐书》多不同，前辈尝辨之。王元之在汝日，以诗寄毕文简曰："未必颈如樗里子，定应头似夏黄公。"文简谓绮里季、夏，当为一人，黄公则别一人也。杜诗云："黄、绮终辞汉。"王逸少有《尚想黄绮帖》。陶诗云："黄、绮之南山。"又云："且当从黄、绮。"《南史》阮孝绪辞梁武之召云："周德虽兴，夷、齐不厌薇蕨；汉道方盛，黄、绮无间山林。"盖各以首一字呼之。于是元之遂改此句，后皆以文简为据。然汉刻四皓神坐，一曰园公，二曰绮里季，三曰夏黄公，四曰甪里先生。按《三辅旧事》云："汉惠帝为四皓作碑。"当时所镌，必无误书，然则元之所用非误也。盖昔人论四皓，或云园、绮，或云绮、夏，亦未必尽举首一字。或渊明自读作"绮里季、夏"，亦不可知。周燮曰："追绮、季之迹。"《世说》曰："绮季，东园公，夏黄公，甪里先生，谓之'四皓'。"姓书有绮里先生，季，其字也。是则为夏黄公，益可信矣。按《风俗通》：楚鬻熊之后为圈。郑穆公之子圈，其后为姓。至秦博士逃难，乃改为园。《陈留风俗记》乃圈称所撰。盖圈公自是秦博士。周庚以尝居园中，故谓之园公。《陈留志》谓圈公名秉，字宣明。《蔡伯喈集》有圈典，魏有圈文生，皆其后也。古字"禄"与"甪"通用，故《乐书》作"绿"。郑康成于《礼书》，"甪"皆作"禄"。《陈留志》则又作"用"，唐李涪尝辨之矣。然《史记·留侯世家》注云："东园公姓庚，以居园中，因以为号。夏黄公姓崔名广，字少通，齐人，隐居夏里，故号夏黄公。甪里先生，河内人，太伯之后，姓周名术，字元道。京师号曰霸上先生，一曰甪里先生。"此又何邪？又《吴俗纪》云："先生吴人，姓周氏。今太湖中有禄里村、甪头寨，即先生逃秦聘之地。"《韩诗》："虎有爪兮牛有角，虎可搏兮牛可触。"蔡氏注云："角、触,协音也。"淳化中,崔偓佺判国子监,有《字学》。太宗问曰:"李觉尝言:四皓中一人姓角。或云'用'上加一撇。或云'用'上加一点。果何音?"偓佺曰:"臣闻刀下用乃'権'音,两点下用乃'鹿'音。'用'上一撇一点,俱不成字。"然"角里"作"角里",亦非也。后汉有角善叔,乃读作"觉"音,何邪?

作文自出机杼难

曾子固熙宁间守济州,作北渚亭,盖取杜陵《宴历下亭》诗"东藩驻皂盖,北渚陵清河"之句。至元祐间,晁无咎补之继来为守,则亭已颓毁久矣。补之因重作亭,且为之记。记成,疑其步骤开阖类子固拟《岘台记》,于是易而为赋,且自序云:"或请为记,答曰:'赋,可也。'"盖寓述作之初意云。然所序晋、齐攻战,三周华不注之事,虽极雄瞻,而或者乃谓与坡翁《赤壁》所赋孟德、周郎之事略同,补之岂蹈袭者哉!大抵作文欲自出机杼者极难,而古赋为尤难。"惟陈言之务去,戛戛乎其难哉!"虽昌黎亦以为然也。

端　平　入　洛

端平元年甲午,史嵩之子申,开荆湖阃;遂与孟珙合鞑兵夹攻蔡城,获亡金完颜守绪残骸以归。乃作露布以夸耀一时,且绘八陵图以献,朝廷遂议遣使修奉八陵。时郑忠定丞相当国,于是有乘时抚定中原之意。会赵葵南仲,范武仲,全子才三数公,惑于降人谷用安之说,谓非扼险无以为国,于是守河据关之议起矣。乃命武仲开阃于光、黄之间,以张声势,而子才合淮西之兵万余人赴汴。六月十二日离合肥,十八日渡寿州,二十一日抵蒙城县。县有二城相连,背涡为固。城中空无所有,仅存伤残之民数十而已。沿途茂草长林,白骨相望,蛆蝇扑面,杳无人踪。二十二日至城父县,县中有未烧者十余家,官舍两、三处。城池颇高深,旧号"小东京"云。二十四日入亳州,总领七人出降,城虽土筑,尚坚。单州出成军六百余人在内,皆出降。市井残毁,有卖饼者云:"戍兵暴横,亳人怨之。前日降鞑,今日降宋,皆此军也。"遂以为导,过魏真县、城邑县、太康县,皆残毁无居人。七月二日,抵东京二十里札寨,犹有居人遗迹及桑枣园。初五日,整兵入城。行省李伯渊,先期以文书来降,愿与谷用安、范用吉等结约。至是,乃杀所立大王崔立,率父老出迎,见兵六七百人。荆棘遗骸,交午道路,止存民居千余家,故宫及相国寺佛阁不动而已。黄河南旧有寸金淀,近为北兵所决,河水淫溢。自寿春至汴,道路水深有至腰及颈处,行役良苦,幸前无敌兵,所以能进至此。子才遂驻汴,以俟粮夫之集。而颍川路钤樊辛、路分王安,亦以偏师下郑州。二十日,赵文仲以淮东之师五万,由泗、宿至汴,与子才之军会焉。因谓子才曰:"我辈始谋据关守河,今已抵汴半月,不急趣洛阳、潼关,何待邪?"子才以"粮饷未集"对,文仲益督趣之,遂檄范用吉提新招义士三千,樊辛提武安军四千,李先提雄关军二千,文仲亦以胡显提雄关军四千,共一万三千人。命淮西帅机徐敏子为监军,先令西上,且命杨义以庐州强弩等军一万五千人继之,各给五日粮。诸军以粮少为辞,则谕之以陆续起发。于是敏子领军,以二十一日启行,且令诸军以五日粮为七日食,盖惧饷馈或稽故也。至中牟县,遂遣其客戴应龙回汴趣粮。且与诸将议,遣勇士谕洛,独胡显议为不合。敏子因命显以其所部之半,以扼河阴。二十六日,遣和州宁淮军正将张迪,以二百人潜赴洛阳。至夜,逾城大噪而入,城中寂然无应者。盖北军之戍洛阳者,皆空其城诱我矣。逮晚,始有民庶三百余家登城投降,二十八日,遂入洛城。二十九日,军食已尽,乃采蒿和面作饼而食之。是晚,有溃军失道,奔迸而至。云:"杨义一军,为北兵大阵冲散。今北军已据北牢矣。"盖杨义至洛东三十里,方散坐蓐食,忽数百步外,山椒有立黄红伞者。众方骇异,而伏兵突起深蒿中。义仓卒无备,遂致大溃,拥入洛水者甚众,义仅以身免。于是在洛之师,闻而夺气。八月一日,北军已有近城下寨者,且士卒饥甚,遂杀马而食。敏子与诸将议进止,久之无他策,势须回师。遂遣步军两项往劫东西寨,自提大军济洛水而阵。北军冲突,坚勿动。初二日黎明,北军以团牌拥进接战。我军分而为三,并杀四百余人,夺团牌三百余,至午不解,而军士至此四日不食矣。始议突围而东。会范用吉下归顺人楚珏者献策曰：“若投东面，则正值北军大队，无噍类矣。若转南登封山，由均、许走蔡、息，则或可脱虎口耳。”事势既急，遂从之。北军既知我遁，纵兵尾击，死伤者十八九。敏子中流矢，伤右胯几殆，所乘马死焉。徒步间行，道收溃散，得三百余人。结阵而南，经生界团，结寨栅，转斗而前。凡食桑叶者两日，食梨蕨者七日，乃抵浮光。樊显、张迪死焉。敏子前所遣客戴应龙，自汴趣粮赴洛，至半道，逢杨义军溃卒，知洛东丧衄之耗，遂驰而还汴，白南仲、子才。二公相谓曰：“事势如此，我辈自往可也。”帅参刘子澄，则以为无益。抵暮，下令促装。翌日昧爽起发，众皆以为援洛，而前旌已出东门，始知为班师焉。是役也，乘亡金丧乱之余，中原俶扰之际，乘几而进，直抵旧京，气势翕合，未为全失。所失在于主帅成功之心太急，入洛之师无援，粮道不继，以致败亡，此殆天意。后世以成败论功名，遂以贪功冒进罪之，恐亦非至公之论也。此事得之当时随军幕府日记，颇为详确。近于忠信尝编《三京本末》，与此互相同异焉。

端平襄州本末

赵忠肃公方，开阃荆、襄日久，军民知其威声。端平甲午冬，朝廷以其子范武仲为荆、湖制置大使，镇襄阳。盖欲其绍世勋，作藩屏也。至郡，则以王旻、樊文彬、李伯渊、黄国弼数人为腹心，朝夕酗狎，了无上下之序。民讼边备，一切废弛。且诸将不能协济，反自相忌嫉。而一时幕府，又袖手坐观成败而已。乙未五月，唐州守杨侁禀议，因言本州统制军马郭胜有异志。盖杨、郭有隙非一日矣。杨之来，郭已疑之。及杨受犒归，赵乃以檄召郭胜，于是郭之反谋始决。六月二日，赵下令以襄阳簿厅置勘院，将以勘郭胜也。先是，赵幕客蒋应符往司唐州，遂泄其谋于郭。初六日，乘杨侁朝拜天贶节，遂闭城，率众射死侁于凉轿中。凡回易钱物之在司者千余万皆掠取之。且下令曰：“百姓及忠义军、大军之屯戍在城者，皆不杀。”即密遣人求北援。初七日，反报至襄阳，时制阃诸客，方命妓宴赵楷于城西檀溪。赵忽急召两制机议事,时赵括夫瑞州人,以制干权,章清孙以襄倅权,始知唐州之事已泄。初八日,命忠卫都统江海领兵。初九日,先锋行兵号二万。又命随州守臣全子才节制诸项捕贼军马,摄枣阳军刘子澄策应,赵楷监军。三人者,皆以西师之败镌责。赵欲于此立功,以为复官之地。七月二日,北军至唐州、枣林,全、刘闻之遁去。先又调德安守王旻策援,亦不至,反俱以捷闻。全、王至襄,凡痛饮半月而回。既而探报益急,寇已半渡黄河。而王旻归德安,以黄州克敌军叛即李藏器之军留黄陂上者。德安境,遣人招纳四千八百余人,意欲阻挠淮西制帅杨恢,赵欣然从之。九月十日,闻王旻带所纳叛军来,襄人疑其反覆不常,而末如之何。赵忽令诸门不许出一人一担,而所置缉捕司带行人孙山等察探,变是为非,于是襄人愈侧足矣。二十三日,枣阳告急,赵复不遣援兵。自此,京西诸郡俱叛。十一月一日,北军首领侜盏,至襄阳江北对垒,不战而败。遣李师古持书与赵,赵不启封,焚之。十一日,北哨入南关,即追逐,斩守关赵宁以徇。十九日,北骑至襄阳城下,约六七千人,下寨于檀溪山。二十日,战于上闸口。余哲军败,丧数千人;再战,胜之。二十一日,北军始退。十二月,北军自峡州回,战于江北樊城。我师少胜,则以大捷闻。自十月初,下令清野,凡襄四境民居竹木无孑遗。至是,物价踊贵,诸将日饮。亡何,用散乐段得仙者佐欢,绕城跃马,殊不介意。二月五日,始遣王旻带克敌军往均州光化军巡逻,逗遛不进,仅至小樊,乃以收复两郡捷闻。是日,朝廷遣镇江都统李虎,号无敌军,偕光州都统王福所部军,至襄策应,而克敌军不能自安矣,赵遂急遣王旻避之。赵出城迓虎,虎传朝廷宣谕之命,赵涕泣谢恩,乃对虎慷慨,共釂十余大觥以归。无敌军即宣言欲剿除克敌,云:"不因你瞒番人在此,如何我瞒四千里路来。"十四日,王旻回,赵令戍郢州,旻恃平日媟狎,不从,必欲入城。十六日,下令大宴,犒诸制领。于是克敌愈疑,公出怨言,襄人愈皇皇矣。有以其言密告赵内机检者,赵之侄。宴遂中止。二十日,止宴李虎、王旻、王福、杨茂、李伯渊、黄国弼、夏全于府治,大醉极欢,达旦而罢。二十一日,克敌军往南门烧纸,盖合谋也。夜二鼓,纵火于市东竹竿巷口,及于诸处纵火发喊,抢入制府辕门,为门内军射杀二人,复至东市劫掠,摞甲露刃,不许救援。至二十二日火方熄。赵帅于南门城上,呼王旻诘问,李虎适在旁,云:"好斩。"言未脱口,而旻首已断,身皆分裂矣。赵遂下令,凡背心有红月号者皆斩,克敌军号也。于是刀刃乱下,死者多无辜,然叛军未尽剿也。未时,火复自南门起,凡官民之居,一爇而空。漕使李伯度、教官罗叔度两家避难东城上,亦为叛军焚杀。二十三日,遣李伯渊往江北剿杀叛军,未回,克敌军遂杀其家,因乘乱劫掠民居尤酷。赵帅于是先焚其父威惠庙,遂同李虎、黄国弼、夏全及回回四人,潜出西门,失去制司印。城中久之方觉,遂皆狼狈奔逃而出矣。是日,江北忠卫军亦反。赵至荆州,复遣都统江海戍荆门。有军校获制司印来献,赵补以统领之职。是时叛乱相仍,赵乃严刑以安反侧。于教场后掘地方三丈,深二丈,以石作窗为地牢,上覆以土,下施杻械,悬梯而下以准,遣胡翀主之。大抵襄州之祸,萌于赵武仲之来,成于王旻招纳克敌军,激于李虎无敌军之至。自岳武穆收复,凡一百三十年,生聚繁庶,不减昔日。城池高深,甲于西陲。一旦灰烬,祸至惨也。先是,郡厅相对,有雅歌楼,雄丽特甚。一日,赵方坐衙,忽睹楼中妓女人物杂遝宴饮,赵怒,以为僚属置宴,略不避忌。亟遣人觇之,则楼门扃镭甚严,凝尘满室,识者已疑其不祥。章叔恭时为倅,一夕,坐中堂阅案牍,至夜分,忽若有人自后呼之曰:"快去!快去!此地不久也。"心疑之而未深信,越月而乱作。益知祸患有定数,鬼神固已先知矣。此事皆章叔恭得之目击云。

赵氏灵璧石

赵邦永,本姓李,李全将也。赵南仲爱其勇,纳之,改姓赵氏。入洛之师,实为统军。尝过灵璧县,道旁奇石林立,一峰巍然,嶻嵲秀润。南仲立马旁眈,抚玩久之。后数年家居,偶有以片石为献者,南仲因诧诸客以昔年符离所见者。邦永时适在旁,闻语即退。才食顷,数百兵舁一石而来,植之庭间,俨然马上所见也。南仲骇以为神,扣所从来,则云:"昔年相公注视之际,意谓爱此,随命部下五百卒辇归,而未敢献。适闻所言,始敢以进。"南仲为之一笑。

南 园 香 山

事有一时传讹,而人竞信之者,阅古之败,众恶皆归焉。然其间率多浮诞之语,抑有乘时以丑名恶声,以诋平日所不乐以甘心者,如犬吠村庄等事是也。姑以《四朝闻见录》所载一事言之,谓蜀帅献沈香山,高五丈,立之南园凌风阁下。今庆乐园,即昔之南园也。所谓香山,尚巍然立于阁前,乃枯桲耳,初非沉香也。推此以往,人言未可尽信也如此。余尝戏赋绝句云:"旧事凄凉尚可寻,断碑闲卧草深深。凌风阁下槎牙树,当日人疑是水沈。"

李泌钱若水事相类

李泌在衡岳,有僧明瓒号懒残。泌察其非凡,中夜潜往谒之。懒残命坐,拨火中芋以啖之,曰:"勿多言,领取十年宰相。"《李泌家传》及《甘泽谣》。钱若水为举子时,见陈希夷于华山。希夷曰:"明日当再来。"若水如期往,见一老僧与希夷拥地炉坐。僧熟视若水久之,不语,以火箸画灰,作"做不得"三字。徐曰:"急流勇退人也。"若水辞去。后为枢密使,年才四十致仕。老僧者,麻衣道者也。《邵氏闻见录》。又若水谒华山陈抟,曰:"目如点漆,黑白分明,当作神仙。"有紫衣老僧曰:"不然。他日但能富贵,急流中勇退人也。"《明道杂志》。又若水谒陈希夷,曰:"子神清气一,可致神仙。"遂招白阁道者决之,乃以为不然。《画墁录》。

又法云佛国禅师惟白,传康节《易》学甚精熟,未尝语人。元符辛巳,郑达夫以大宗丞召佛国,即招达夫饮,并约妙应大师伯华同席。顾妙应曰:"如何?"妙应曰:"决作,决作。"佛国乃语达夫曰:"君异日必为相,直待蔡元长、张天觉颠沛之后,即爰立矣。"已而果然。《鉴堂遗事》。

以上数说,皆同而微异,岂即一事演而为数说乎?大抵近世杂说,率多剿入,不可尽信,故余表而出之。

用　事　偶　同

欧阳公《非非堂记》曰:"是是近乎谄,非非近乎讪;不幸而过,宁讪无谄。"坡翁为刘壮舆作《是是堂》诗云:"闲燕言仁义,是非安可无;非非义之属,是是仁之徒;非非近乎讪,是是近乎谀。"子由《弹吕惠卿章》云:"放麑,违命也,推其仁则可以托国;食子,徇君也,推其忍则至于弑君。"山谷《怀半山老人》诗云:"啜羹不如放麑,乐羊终愧巴西。"其意盖指惠卿也。二公岂相蹈袭者邪?其用事造语,若出一辙,而不以为嫌也。然《韩非子》所载"放麑",乃是"西巴",恐一时偶误耳。

方　翥

莆田方翥试南宫,第三场欲出纳卷,有物硋其足,视之,则一卷子,止有前二篇,其文亦通畅,不解何以不终卷而弃于地也。翥笔端俊甚,以其绪余足成之,并携出中门,投之幕中,一时不暇记其姓名。翥既中第,亦不复省问。他年,翥为馆职,偶及试闱异事,因及之。偶有客在坐,同年也,默不一语。翼日,具冠裳造方,自叙本末。言:"试日,疾不能支。吾扶拽而出,所谓试卷者,莫记所在,已绝望矣。一旦榜至,乃在选中。恍然疑姓名之偶同,幸未尝与人言。亟入京物色之,良是。借真卷观之,俨然有续成者,竟莫测所以。今日乃知出君之笔。君,吾恩人也。"方笑谢而已。按冯京知举,张芸叟赋《公生明》,重叠用韵,已而为第四名,窃怪主司卤莽。及元祐中,使虏过北门,冯为留守,始修门生敬酒边,冯因言:"昔忝知举,秘监赋重叠用韵,以论策佳,辄为改之,擢置高第,颇记忆否?"芸叟方饮,不觉酒杯覆怀,再三愧谢。与此略同。

乔文惠晚景

乔文惠行简,嘉熙之末,自相位拜平章军国重事,年已八袠矣,时皆以富贵长年羡之。而公晚年子孙沦丧,况味尤恶,尝作《上梁文》云:"有园有沼,聊为卒岁之游;无子无孙,尽是他人之物。"又《乞归田里表》云:"少、壮、老,百年已逾八帙;祖、子、孙,三世仅存一身。"闻者怜之。

赵 伯 美

赵嘉庆,字伯美,素号忠直,然性颇猜忌褊躁,故所至与物多忤。淳祐庚戌,旴江峒寇猖獗,以府丞吴蒙明发知建昌军。至则抚劳剿除,渐致安靖,朝廷奖劳之。未几,以病丐祠,有旨转一官,别与差遣。时伯美在后省,遂缴寝转官之命。既而再乞祠,遂主玉局。而伯美复缴其祠,且谓:"前奏稽迟,是必贼蒙使其兄司农丞革,坐局行赇,遏截御笔之所致。以区区支叠,琐琐下流,辄敢倚同气以置局于辇下,植死党而为阱于国中。乞收回玉局之命,并从尚书省札下吴革,责戒励状。仰今后不得怀奸事上,徇欲欺君。如或不悛,重置典宪。"省札既下,吴农丞辨析状云:"革弟蒙,分符罔功,以病丐祠。增秩改廛,既被缴驳,圣恩宽大,遂畀祠廪。或予或夺,惟上所命。且革滥缀班行,治事有公宇,退食有公廨,何谓置局?何谓行赇?况弟蒙始于请祠,终于得祠,初非干进,何事营求?盖弟蒙之取怒嘉庆者,只缘丁未岁同官京推,以女求婿,屡请不谐,遂成仇隙。求旴江僚属之荐举,则有书;求旴江公库之文籍,则有目。厚貌深情,机阱莫测。况于革,尤为无辜。且所谓'责励状'者,乃州县警吏民之文。仰惟国家待士以礼,三百年间,未闻有此典故。革粗识事体,安敢辨白?但乞将革罢斥,远迹仇怨,实拜公朝之赐。"有旨吴革知南安军。而伯美复上章辨证,且于缴蔡荣疏内,谓荣与革结为死党,滋长其恶,议欲与之报复。后二年,伯美为湖南宪,牟溁叔清知衡阳。行移之间,微有抵牾。伯美遂上章劾叔清,报可稍稽,复疑为叔清乡相谢渎山方叔所匿,遂再疏按之,且言沈匿之弊。谢相大不能堪,遂于榻前奏陈,将承受苏镛断遣,仍作勘会云:"据湖南提刑赵嘉庆,昨于奏状称,已按知衡州牟溁,久而未下,谓是相府遏奏。寻令临安府追上承受,及通奏进银台司等人根究，俱称即不曾有奏投进。所有牟溁，既是外台已按，虽是未见按章，先合施行。"奉旨牟溁与祠。随有御笔云："赵嘉庆劾牟溁，初无奏牍，辄诬大臣以沈匿之事，力肆攻诋。然以在外小臣，乃敢欺罔君上，诬谤宰臣。且不顾廉耻，行赇略吏，尚气节者，得如是乎？国朝典故，凌蔑宰相，罪在不恕。朕不欲已甚，姑镌一秩罢任，以为翼虚驾伪，亏国体，坏纲纪者之戒。"明年，谢罢相，董槊堂槐继之。嘉庆为大蓬供职，后复有申省状云："重念嘉庆重遭诬罔，沮于威势，不容分疏。但诬奏传播万里，而元来按发之事，未能暴白天下。承受苏铺，久已叛去，忽得其状，具述前相之子，使其仆任康祖诱胁，打回元奏因依。乃是事未发以前，牟溁自知在郡酷虐有罪，惧为民诉，先已驰告谢修。修遂令任康祖诱胁苏铺，遇有嘉庆章奏，预先袖呈相府。先奏实被谢修分付以水湿打回。第二奏既到，谢修自知败露，却将苏铺送狱，妄令供析。欲乞敷奏施行，俾元来屈抑，稍得暴白于四方。"得旨与改正理选月日。是岁冬，察官朱应元劾伯美："向者，持节湖南，不理民讼，惟理赃钱。不问虚实之有无，但责郡吏之代纳。兜揽民讼，交通关节，为郡将所持，遂生怨隙。"遂用此罢出。

二苏议礼

《礼》：家如聚讼，虽兄弟亦不容苟同。其大者，无如天地之祭分合一议。自昔诸儒之论，不知其几，今姑摭二苏之议言之。东坡则据《周颂·昊天有成命·序》云："郊祀天地也。"以为此乃合祭天地之明文。颖滨乃据《周礼》为说，谓"冬至祀天于圆丘，夏至祀地于方泽"。其后朝廷迄从坡说，合祭以至于今焉。

卷六

绍兴御府书画式

思陵妙悟八法，留神古雅。当干戈俶扰之际，访求法书名画，不遗余力。清闲之燕，展玩摹拓不少怠。盖睿好之笃，不惮劳费，故四方争以奉上无虚日。后又于榷场购北方遗失之物，故绍兴内府所藏，不减宣、政。惜乎鉴定诸人如曹勋、宋皆、龙大渊、张俭、郑藻、平协、刘炎、黄冕、魏茂实、任源辈，人品不高，目力苦短。凡经前辈品题者，尽皆拆去。故今御府所藏，多无题识。其源委、授受、岁月、考订，邈不可求，为可恨耳。其装褾裁制，各有尺度，印识标题，具有成式。余偶得其书，稍加考正，具列于后，嘉与好事者共之，庶亦可想像承平文物之盛焉。

上等真迹法书。两汉、三国、二王、六朝、隋、唐君臣墨迹。

并系御题金，各书"妙"字。

用克丝作楼台锦褾。　　　　　青绿簟文锦里。

大姜牙云鸾白绫引首。　　　　高丽纸赙。

上等白玉碾龙簪顶轴。或碾花。

檀香木杆。　　　　　　　　　钿匣盛。

上、中、下等唐真迹。内上、中等，并降付米友仁跋。

用红霞云鸾锦褾。　　　　　　碧鸾绫里。

白鸾绫引首。　　　　　　　　高丽纸赙。

白玉轴。上等用簪顶，余用平等。　　檀香木杆。

次等晋、唐真迹。并石刻晋、唐名帖。

用紫鸾鹊锦褾。　　　　　　　碧鸾绫里。

白鸾绫引首。　　　　　　　　蠲纸赙。

次等白玉轴。

引首后赙卷缝用御府图书印。

引首上下缝用绍兴印。

钩摹六朝真迹。并系米友仁跋。

　　用青楼台锦褾。　　　　　碧鸾绫里。

　　白鸾绫引首。　　　　　　高丽纸赙。

　　白玉轴。

御府临书六朝、羲、献、唐人法帖,并杂诗赋等。内长篇不用边道,依古厚纸,不揭不背。

　　用球路锦。　　　　　　　衲锦。

　　柿红龟背锦。

　　紫百花龙锦。　　　　　　皂鸾绫褾等。

　　碧鸾绫里。　　　　　　　白鸾绫引首。

　　玉轴或玛瑙轴临时取旨。

　　内赵世元钩摹者亦用衲锦褾。

　　蠲纸赙。　　　　　　　　玛瑙轴。

　　并降付庄宗古、郑滋,令依真本纸色及印记对样装造。将元拆
　　　下旧题跋进呈拣用。

五代、本朝臣下临帖真迹。

　　用皂鸾绫褾。　　　　　　碧鸾绫里。

　　白鸾绫引首。　　　　　　夹背蠲纸赙。

　　玉轴或玛瑙轴。

米芾临晋、唐杂书上等。

　　用紫鸾鹊锦褾。　　　　　紫驼尼里。

　　楷光纸赙。　　　　　　　次等簪顶玉轴。

　　引首前后,用内府图书、内殿书记印。或有题跋,于缝上用御
　　　府图籍印。最后用绍兴印。并降付米友仁亲书审定,题于
　　　赙卷后。

苏、黄、米芾、薛绍彭、蔡襄等杂诗、赋、书简真迹。

　　用皂鸾绫褾。　　　　　　白鸾绫引首。

　　夹背蠲纸赙。　　　　　　象牙轴。

用睿思东阁印、内府图记。

米芾书杂文、简牍。

　　用皂鸾绫褾。　　　　　　　碧鸾绫里。

　　白鸾绫引首。　　　　　　　蠲纸赙。

　　象牙轴。

　　用内府书印、绍兴印。

　　并降付米友仁定验,令曹彦明同共编类等第,每十帖作一卷。

　　内杂帖作册子。

赵世元钩摹下等诸杂法帖。

　　用皂木锦褾。

　　或牙轴。

　　前引首用机暇清赏印,缝用内府书记印,后用绍兴印。仍将原
　　　来拆下题跋拣用。

六朝名画横卷。

　　用克丝作楼台锦褾。　　　　青丝篜文绵里。次等用碧鸾绫里。

　　白大鸾绫引首。　　　　　　高丽纸赙。

　　上等白玉碾花轴。

六朝名画挂轴。

　　用皂鸾绫上下褾。　　　　　碧鸾绫引首。

　　碧鸾绫托褾。全轴。　　　　檀香轴杆。

　　上等玉轴。

唐、五代画横卷。皇朝名画同。

　　用曲水紫锦褾。　　　　　　碧鸾绫里。

　　白鸾绫引首。　　　　　　　玉轴。

　　或玛瑙轴。内下等并誊本用皂褾杂色轴。蠲纸赙。

唐、五代、皇朝等名画挂轴,并同六朝装褫,轴头旋取旨。

苏轼、文与可杂画。姚明装造。

　　用皂大花绫褾。　　　　　　碧花绫里。

　　黄白绫双引首。　　　　　　乌犀或玛瑙轴。

米芾杂画横轴。

用皂鸾绫褾。　　　　　　碧鸾绫里。

白鸾绫引首。　　　　　　白玉轴。

或玛瑙轴。

僧梵隆杂画横轴。陈子常承受。

樗蒲锦褾。　　　　　　　碧鸾绫里。

白鸾绫引首。　　　　　　玛瑙轴。

诸画并上用乾卦印,下用希世印,后用绍兴印。

诸画装褫尺寸定式。

大整幅上引首三寸。　　　下引首二寸。

小全幅上引首二寸七分。

下引首一寸九分。　　　　经带四分。

上褾除打抴竹外,净一尺六寸五分。

下褾除上轴外,净七寸。

一幅半上引首三寸六分。

下引首二寸六分。　　　　经带八分。

双幅上引首四寸,下引首二寸七分。

上褾除打抴竹外,净一尺六寸八分。

下褾除上轴杆外,净七寸三分。

两幅半上引首四寸二分。

下引首二寸九分。　　　　经带一寸二分。

三幅上引首四寸四分。

下引首三寸一分。　　　　经带一寸三分。

四幅上引首四寸八分。

下引首三寸三分。　　　　经带一寸五分。

横卷褾合长一尺三寸。高者用全幅。

引首阔四寸五分。高者五寸。

应书画面金,并用真古经纸,随书画等第取旨。

应六朝、隋、唐上等法书名画,并御临名帖,本朝名臣帖,并御书
　面金。

内中、下品,并降付书房,令装禧书。

应书画横卷、挂轴，并用杂色锦袋复帕，象牙牌子。

应搜访到法书墨迹，降付书房。先令赵世元定验品第进呈讫，次
　令庄宗古分拣付曹勋、宋妅、张俭、龙大渊、郑藻、平协、黄冕、
　魏茂实、任源等覆定验讫，装褫。

应搜访到名画，先降付魏茂实定验，打《千字文》号及定验印记进
　呈讫，降付庄宗古分手装背。

应搜访到古画内，有破碎不堪补背者，令书房依元样对本临摹进
　呈讫，降付庄宗古，依元本染古槌破，用印装造。
　　　刘娘子位并马兴祖誊画。

应古画如有宣和御书题名，并行拆下不用。别令曹勋等定验，别
　行撰名作画目进呈取旨。

碑刻横卷定式。
　定武《兰亭》，阑道高七寸六分。
　　每行阔八分，共二十八行。
　《乐毅论》，阑道高七寸五分。
　　每行阔六分，共四十三行。
　真草《千文》，阑道高七寸二分。
　　每行阔八分，共二百行。
　智永《归田赋》，阑道高七寸二分半。
　　每行阔八分，共四十四行。
　献之《洛神赋》，阑道高八寸三分。
　　每行阔六分，共九行。
　《枯木赋》，阑道高九寸九分。
　　每行阔九分，共三十九行。

应古厚纸，不许揭薄。若纸去其半，则损字精神，一如摹本矣。

应古画装褫，不许重洗，恐失人物精神，花木称艳。亦不许裁剪
　过多，既失古意，又恐将来不可再背。

应搜访到法书，多系青阑道，绢衬背。唐名士多于阑道前后题
　跋。令庄宗古裁去上下阑道，拣高格者，随法书进呈，取旨拣
　用。依绍兴格式装褫。

内府装褫分科引式格式。

粘裁　　摺界　　装背　　染古

集文　　定验　　图记

按《唐·艺文志·序》，载四库装轴之法，极其瑰致。《六典》载崇文馆有装潢匠五人，即今"背匠"也。本朝秘府谓之装界即此事，盖古今所尚云。

解　　颐

匡衡好学，精力绝人，诸儒为之语曰："无说《诗》，匡鼎来；匡说《诗》，解人颐。"盖言其善于讲诵，能使人喜而至于解颐也。至今俗谚以人喜过甚者，云"兜不上下颏"，即其意也。本朝盛度，以第二名登第，其父喜甚，颐解而卒。又岐山县樊纪登第，其父亦以喜而颐脱，有声如破瓮。按《医经》云："喜则气缓，能令致脱颐。"信非戏语也。

山 陵 使 故 事

韩魏公为永昭山陵使，事毕，而英宗不豫，不敢还。至四载，以永厚陵成，复护葬于洛阳。因上疏云："自唐至于五代故事：山陵使事讫，合行求去。"遂以司徒、两镇节钺，判相州。元符间，章子厚为永泰山陵使，有作词戏之云："草草山陵职事，厌厌罢相情怀。"盖谓故事当然也。淳熙间，高宗山陵欲差五使，王季海为首相，殊以为忧。尤延之时为礼官，于是授之以说云："今此乃攒宫耳，不当置五使。"季海遂倡其说曰："祖宗全盛，营陵西洛，乃差五使。今权卜会稽，止当差总护使耳。且岁旱，民力何以堪之？"于是止差伯圭充总护使，洪迈充桥道顿递使。殊不知季海拜高宗朝宰相，本无解罢之嫌，亦一时不深考典故耳。

胡 明 仲 本 末

胡致堂寅，字明仲，文定公安国之庶子也。将生，欲不举。文定夫人梦大鱼跃盆水中,急往救之,则已溺将死矣,遂抱以为己子。少桀黠难制,父闭之空阁中,其上有杂木,过数旬,寅尽刻为人形。安国曰:“当思所以移其心。”遂别置书数千卷于其上。年余,悉能成诵,不遗一卷,遂为名儒。及贵显,不复为本生母持服,为右正言章夏所劾,会秦丞相亦恶之,遂谪新州安置。尝于谪所著《读史管见》数十万言,极意讥贬秦氏。如论桑维翰,“虽因耶律德光而相,其意特欲兴晋而已,固无挟虏以自重,劫主以盗权之意,犹足为贤”等语甚多。盖此书有为而作,非徒区区评论也。及《论汉宣帝立皇考庙》曰:“既为伯父母、叔父母之后而父母亡,则当降所生父母,而伯父母、叔父母之称,昭昭然矣。称谓既如此,则三年之丧,宜降其服期,又昭昭然矣。称谓既如此,服丧又如此,则情之主乎内者,隆所当隆,杀所当杀,不敢交夺于幽隐之中,又昭昭然矣。”其《论哀帝议立定陶王后》曰:“故为人后者,不顾私亲,安而行之,犹天性也。当是时而责为人后者,绝私亲之顾,彼反得以旁缘不孝之似而责之。顾私亲者,至以孝自居,不顾者,反陷于罪辟。”云云。其《论晋出帝追封敬儒为宋王》曰:“服而或加或降者,以恩屈于义也。屈所生之恩,以伸所厚之义,则恩轻而义重矣。恩轻而义重,则所生父母,固可名之曰伯父母、叔父母矣。为此论者,是皆欲借此以自解。然持论太过,所谓欲盖而益彰,前辈盖尝评之。故今详著始末于此,固非敢轻议先儒也。若夫定陶立后,敬儒封王,纷纷为是无定者,皆父子私心不能自克,互相为欺,以致此耳。若昭陵立英宗为皇子诏曰:‘濮安懿王之子,犹朕之子也。’思陵立寿皇为皇子诏曰:‘艺祖皇帝七世孙也。’明白洞达,大哉王言,后世安得而拟议之哉?”

诗 用 事

糜先生,吴之老儒也,夒、弇,皆其子侄行。记问该洽《九经》注疏,悉能成诵;场屋之文,未尝誊藁;为时乡师。然垂老连蹇,未尝预贡士籍。时吴中孚名惟信号菊潭。客吴,能诗,善绝句。糜极称之,以为不可及。一日,遇诸涂,扣以近作,吴因朗诵《伤春》绝句云:“白发伤春又一年,闲将心事卜金钱。梨花瘦尽东风懒,商略平生到杜鹃。"糜老至屈膝拜之曰:"子真谪仙人也。老夫每欲效颦,则汉高祖、唐太宗,追逐不少置矣。"盖前辈服善若此。陈简斋尝语人以作诗之要云:"天下书虽不可不读,然慎不可有意于用事。"正谓此也。今人或以用事多为博赡,误矣。

王　魁　传

世俗所谓王魁之事殊不经,且不见于传记杂说,疑无此事。《异闻集》虽有之,然集乃唐末陈翰所编,魁乃宋朝人,是必后人剿入耳。按嘉祐中,进士奏名讫,未御试,京师妄传王俊民为状元,不知言之所起,亦不知俊民为何人。及御试,王荆公时为知制诰,与杨乐道共为详定官。旧制:御试举人,设初考官,先定等第,复弥之,以送覆考再定,乃付详定。发初考所等以对覆考如同,即已;不同,则详其程文为定。时荆公以初、覆所定第一人,皆未允当,于行间别取一人为首。杨乐道以为不可。议未决。太常少卿朱从道时为封弥,闻之,谓同舍曰:"二公何用力争?从道十日前已闻王俊民为状元,事必前定,二公徒自苦耳。"既而,二人各以己意进禀,而诏从荆公之请。及发封,乃王俊民也。后又见初虞世所集《养生必用方》,戒人不可妄服金虎碧霞丹,乃详载其说云:"状元王俊民,字康侯,为应天府发解官,得狂疾,于贡院中尝对一石碑呼叫不已;碑石中若有应之者,亦若康侯之奋怒也。病甚不省觉,取书册中交股刀自裁及寸,左右抱持之,遂免。出试院未久,疾势亦已平复。予与康侯有父祖乡曲之旧,又自童稚共笔砚。嘉祐中,同试于省场,传闻可骇,亟自汶拏舟抵彭城。时十月尽矣,康侯亦起居饮食如故,但惘惘不乐。或云:'平生自守如此,乃有此疾。'予亦多方开慰。岁暮,予北归,康侯有诗送予云:'寒窗一夜雪,纷纷来朔风。之子动归兴,轻袂飘如蓬。问子何所之?家在济水东。问子何所学?上庠教化宫。行将携老母,寓居学其中。'云云。予既去,徐医以为有痰,以金虎碧霞丹吐之。或谓心藏有热,劝服治心经诸冷药。积久,为夜中洞泄,气脱内消,饮食不前而死。康侯父

知舒州太湖县,遣一道士与弟觉民自舒来,云道士能奏章达上清,及
诉问鬼神幽暗中事。道士作醮书符,传道冥中语云:五十年前打杀
谢、吴、刘不结案事。康侯丙子生,死才二十七岁,五十年前,岂宿生
邪?康侯既死,有妄人托夏噩姓名作《王魁传》,实欲市利于少年狎邪
辈,其事皆不然。康侯,莱州掖县人,祖世田舍翁。父名弁,字子仪,
诵诗登科,为郓州司理。康侯时十五余岁,三兄弟随侍,与予同在郓
学。子仪为开封军巡判官,康侯兄弟入太学,不三年,号成人。子仪
待苏州昆山阙,来居汝,康侯兄弟又与予在汝学。子仪谪潭州税,康
侯兄弟自潭来贯鄢陵户。康侯登科为第一。省试前,父雪昆山事,自
潭移舒州太湖县。康侯是年归舒州省亲;次年,赴徐州任;明年,死于
徐;实嘉祐八年五月十二日也。康侯性刚峭不可犯,有志力学,爱身
如冰玉,不知猥巷俚人语。不幸为匪人厚诬,弟辈又不为辨明,惧日
久无知者,故因戒世人服金虎碧霞丹,且以明康侯于泉下。绍圣元年
九月,漕河舟中记。"

向 氏 粥 田

杨和王最所钟爱者第六女,极贤淑。初事赵汝敕,继事向子丰,
居于霅,未有所育。王甚念之。一日,向妾得男,杨氏使秘之,以为己
出,且亟报王。王喜甚,即请诰命,轻舟往视之。向氏家知王来,良
窘,无策以泥其行。时王以保宁、昭庆两镇节钺领殿岩,于湖为本镇。
子丰因使人讽郡官往迓之。自郡将以次,皆属橐鞬,谨伺于界首。王
初以人不知其来,及是闻官吏郊迎,深恐劳动多事,遂中道而返。因
厚以金缯花果以遗其女,且拨吴门良田千亩以为粥米。逮今向氏家
有昆山粥米庄云。此事得之向氏子孙。

祥 瑞

世所谓祥瑞者,麟凤、龟龙、驺虞、白雀、醴泉、甘露、朱草、灵芝、
连理之木、合颖之禾皆是也。然夷考所出之时,多在危乱之世。今不

暇远引古昔,姑以近代显著者言之:王建父子之据蜀也,天复六年,巨人见青城山,凤凰见万岁县,黄龙见嘉阳江,而甘露、白雀、白鹿、龟龙并见于诸州。武成元年,驺虞见武定,嘉禾生广昌,麟见壁州,龙五十见于洵阳水中。永平二年,剑州木连理,文州麟见,黄龙见富义江。三年,麟见永泰,白龙见邛江,驺虞见壁山,有三鹿随之。四年,麟见昌州。通正元年,黄龙见太昌池。瑞物之出,殆无虚岁,而太子元膺以叛死,大火焚其宫室,兵败于外,政乱于内,终之以身死衍立而国亡。其为瑞征乃如此耳。至如政和隆盛之际,地不爱宝,所在奏贡芝草者,动二、三万本。蕲、黄间,至有一铺二十五里之间,遍野而出。密州山间,至弥满四野,有一本数十叶、众色咸备者。太守李文仲采及三十万本,作一纲进,即进职,除本道运使。海、汝诸郡县,山石变为玛瑙,动以千百。伊阳太和山崩,出水晶几万斤,皆以匣进京师。长沙、益阳山溪,流出生金数百斤,其间大者一块重四十九斤。其他草木鸟兽之珍,不可一二数。一时君臣称颂,祥瑞盖无虚月。然越数岁,而遂罹狄难,邦国丧乱,父子播迁。所谓瑞应,又如此也。善乎先儒之论曰:"未有丧仁而久者也,未有恃祥而寿者也。"商之王以桑谷昌,以雉雊大。郑以龙衰,鲁以麟弱。白雉亡汉,黄犀死莽,恶在其为符也。世有喜言祥瑞之人,观此亦可以少悟矣。

杭学游士聚散

杭学自昔多四方之人。淳祐辛亥,郑丞相清之当国,朝议以游士多无检束,群居率以私喜怒轩轾人。甚者,以植党挠官府之政,扣阍揽黜陟之权,或受赂丑诋朝绅,或设局骗胁民庶,风俗寝坏。遂行下各州,自试于学,仍照旧比分数,以待类申,将以是岁七月引试为始。会教官林经德对士子上请语微失,于是大哄肆骂。时赵京尹与篸委官调停,一时但欲求静,遂许以三百名内,一半取土著,一半取游士,于是乃息。越数日,宰执奏事,上面谕曰:"近行诸州各试之法,正欲散游学之士。不知临安府凭何指挥复放外方之人?"赵尹闻之,恐甚,乃移牒,俾游士限日出境,其计始穷。乃为檄文,相率而去,云:"天之将丧斯文，实系兴衰之运。士亦何负于国，遽罹斥逐之辜？静言思之，良可丑也。慨祖宗之立法，广学校以储材，非惟衍丰芑以贻后人，盖亦隆汉都而尊上国。肆惟皇上，克广前猷。炳炳宸奎，厘为四学；戋戋束帛，例及诸生。蒙教育之如天，恨补报之无地。但思粉骨，何畏触喉。直言安石之奸，共惜元城之去。实为公议，不利小人。始阴讽其三缄，终尽打于一网。不任其咎，移过于君；是诚何心，空人之国？郑侨犹谓毁校不可，而李斯尚知逐客为非，今彼不顾行之，使我何颜居此？厄哉吾道，告尔同盟：毋见义以不为，宜行己而有耻。苟为温饱，可胜周粟之羞；相与提携，莫蹈秦坑之祸。斯言既出，明日遂行。"八月朔，乃相率而出，复作文告先圣曰："斯文将丧，呜呼天乎！吏议逐客，呜呼人乎！乘桴浮海，呜呼圣乎！遁世无闷，呜呼士乎！敢告。"又作绝句诗云："塞翁何必恨失马，城火可怜殃及鱼。一笑出门天万里，担头犹有斥奸书。"又五言云："郑五不去国，金陵深惧君。校存知必毁，书在已如焚。自是清流祸，非干比党分。归欤虽幸矣，恨未效朱云。"又古诗云："上书如啜卢仝茶，直论国体宁无哗。依然茅苇纵横斜，钟山老柏林槎牙。呜呼世事如丝麻，食肉者口徒呫哗。鬼蜮空含射影沙，逐客令下堪吁嗟。识者将谓秦得邪，淳祐寖不知瑞嘉。邪人刚指正人邪，时有引喙鸣灵鸦。失脚奇祸遭罗罝，尼山草木枯无华。奄奄山鬼相揄揶，我今束书归天涯，不惜一去惜国家。"于是京尹待罪，两教官各降一资。而陈显伯、郑雄飞方以公道自任，且欲收誉士林，乃相继上疏，欲复其旧。而贾似道居淮阃，至以游士欲渡淮以胁上必从。而理宗以"周粟"、"秦坑"等语怒未解，深不然之。至开庆己未，吴丞相潜再登揆席，首欲收士心、复旧法，会去，不果。戴庆炯以参枢轮笔，竟作指挥，许京庠有籍无分人引试一次，于是渐复云集矣。

卷七

鸱夷子见黜

吴江三高亭,祠鸱夷子皮、张季鹰、陆鲁望。而议者以为子皮为吴大仇,法不当祀。前辈有诗云:"可笑吴痴忘越憾,却夸范蠡作三高。"又云:"千年家国无穷恨,只合江边祀子胥。"盖深非之。后有戏作文弹之者云:"匿怨友其人,丘明所耻;非其鬼而祭,圣经是诛。今有窃高人之名,处众恶之所,有识之士,莫不共愤;无知之魂,岂当久居?"又云:"范蠡,越则谋臣,吴为敌国。以利诱太宰嚭,而脱彼勾践;鼓兵却公孙雄,而灭我夫差。既遂厥谋,反疑其主。鄙君如鸟喙,累大夫种以伏诛;目己曰鸱夷,载西施子而潜遁。"又云:"如蠡者,变姓名为陶朱,诡踪迹于江海。语其高节则未可,谓之智术则有余。假扁舟五湖之名,居笠泽三高之首。况当此无边胜境之土,岂应著不共戴天之仇。"云云。鸱夷之见黜于吴,宜也;而史越王判绍兴日,作会稽先贤祠,亦复黜之,不得在高士之列。其说云:"或谓鸱夷子皮之决,贺季真之高,而不得名高士,何也?呜呼!予于是岂无意哉?夫贵于士者,进退不失礼义。彼子皮去国之遗言,有人臣所不忍。而季真阿时所好,黄冠东归,又使李林甫辈,祖饯赋诗,予见其辱,未见其荣也。使子皮居严子陵之上,季真置张子同之列,则有不可者。故具述之,觊来者知予之不敢苟,而高士之尤可贵也。"呜呼!子皮既不容于吴,又不齿于越,千古之下,至无容身之地,公论至后世而定,亦可畏哉!是以古之君子,交绝不出恶声,况君臣之际乎?司马公修《通鉴》,而不取屈原《离骚》之事,正此意也。余感其事,故书之,以为异世之戒云。

王 敦 之 诈

王敦初尚武帝女武阳公主。如厕,见漆箱盛干枣,本以塞鼻。王谓厕上亦下果食,遂至尽食。既还,婢擎金藻盆盛水,琉璃碗盛澡豆,因倒著水中而饮之,谓是"干饮"。群婢莫不掩口而笑之。他日,又至石季伦厕。十余婢侍列,皆丽服藻饰。置甲煎粉、沉香汁之属,无不毕备,又与新衣著令出。他客多羞不能如厕,敦独脱故衣,著新衣,神色傲然。群婢相谓曰:"此客必能作贼。"一王敦耳,何前蠢而后倨邪?干枣、澡豆,亦何至误食而不悟?至季伦之厕,则倨傲狠愎之状始不可得而掩矣。则知敦前之误,直诈耳。王荆公误食鱼饵,亦近似之。人之不近人情者,鲜不为大奸大慝,吾于敦,重有感焉。

赠 云 贡 云

陶通明诗云:"山中何所有?岭上多白云。只可自怡悦,不堪持赠君。"云,固非可持赠之物也。坡翁一日还自山中,见云气如群马奔突自山中来,遂以手掇开笼,收于其中。及归,白云盈笼,开而放之,遂作《攫云篇》云:"道逢南山云,歘吸如电过。竟谁使令之,衮衮从空下?"又云:"或飞入吾车,逼仄人肘腋。搏取置笥中,提携反茅舍。开缄仍放之,掣去仍变化。"然则云真可以持赠矣。宣和中,艮岳初成,令近山多造油绢囊,以水湿之,晓张于绝巘危峦之间。既而云尽入,遂括囊以献,名曰"贡云"。每车驾所临,则尽纵之。须臾,溢然充塞,如在千岩万壑间。然则不特可以持赠,又可以贡矣。并资一笑。

出 师 旗 折

贾师宪平章,德祐乙亥正月十六日,亲总大军,督师江上,祃祭于北关外,而大帅之旗,适为风所折,识者骇之,而一时游幕之宾,反傅会为古谶。夷考往昔:若春秋时,晋侯、楚人战于城濮,晋中军风于泽,亡大旆之左旐,晋安帝元兴二年,桓玄篡位于姑熟,百僚陪列,仪卫整肃,而龙旗竿折。成都王颖以陆机督诸将讨长沙王,临戎而牙旗折。赵王伦即帝位,祠太庙,适遇大风,飘折麾盖。王澄为荆州刺史,率众军将赴国难,而飘风折其节柱。齐文宣至邺受魏禅,孝昭上省,且发领军府,大风暴起,坏所御车幔。哥舒翰守潼关,天子御勤政楼临送,师始东,先驱牙旗触门堕涯,旄竿折。郑注赴凤翔,出都门,旗竿折。宣和间,童贯出师,而牙旗竿折,时蔡攸为之副,自建少保节度使及宣抚副使二大旗于后,竟为执旗卒盗窜而去。端平入洛之师,全子才帅旗亦为风所折,无非亡身败军之征也。按《真人水镜经》云:"凡出军立牙,必令坚完;若折,则将军不利。"盖牙,即旗也。又《玉历通政经》云:"军行,牙竿旗干折者,师不可出,出必败绩。"盖旗者,一军之号令也。安有旗折而为祥者乎?独有武王伐纣,大风折盖。及刘裕击卢循,将战,而所执麾竿折,幡沈于水,众咸惧,裕笑曰:"昔覆舟之役亦如此。胜必矣。"乃大破循军。哥舒曜讨李希烈,帝祖于通化门,是日牙竿折。时以曜父翰昔出师有此而败,甚忧之;而曜竟收汝州,擒周晃。所谓吉者,止此三事,然亦偶耳。

朱 氏 阴 德

朱承逸居雪之城东门,为本州孔目官,乐善好施。尝五鼓趋郡,过骆驼桥,闻桥下哭声甚哀,使仆视之,有男子携妻及小儿在焉。扣所以,云:"负势家钱三百千,计息以数倍。督索无以偿,将并命于此。"朱恻然,遣仆护其归,且自往其家,正见债家悍仆,群坐于门。朱因以好言谕之曰:"汝主以三百千故,将使四人死于水,于汝安乎?幸吾见之耳。汝亟归告若主,彼今既无所偿,逼之何益?当为代还本钱,可亟以元券来。"债家闻之,惭惧听命,即如数取付之。其人感泣,愿终身为奴婢,不听,复以二百千资给之而去。是岁,生孙名服。熙宁中,金榜第二人,仕至中书舍人。次孙肱,亦登第,著名节,即著《南阳活人书》者。服子彧,即著《萍洲可谈》者,遂为吾乡名族焉。天之报善,昭昭也如此。

毕 将 军 马

毕再遇,兖州将家也。开禧用兵,诸将多败事,独再遇累有功。金虏认其旗帜即避之。屡迁至镇江都统制、扬州承宣使、骁卫上将军。后以老病致仕,始居于霅。有战马,号黑大虫,骏駃异常,独主翁能御之。再遇既死,其家以铁绹羁之圈中。适遇岳祠迎神,闻金鼓声,意谓赴敌,于是长嘶奋迅,断绹而出。其家虑伤人,命健卒十余,挽之而归。因好言戒之云:"将军已死,汝莫生事累我家。"马耸耳以听,汪然出涕,暗哑长鸣数声而毙。呜呼!人之受恩而忘其主者,曾异类之不若,能不愧乎?

洪 君 畴

近世敢言之士,虽间有之,然能终始一节,明目张胆言人之所难者,绝无而仅有,曰温陵洪公天锡君畴一人而已。方宝祐间,宦寺肆横,簸弄天纲,外阃朝绅,多出门下,庙堂不敢言,台谏长其恶,或饵其利,或畏其威,一时声焰,真足动摇山岳,回天而驻日也。乙卯元正,以公为御史。公来自孤远,时莫知为何如人。首疏以"正心格君"为说,且曰:"臣职在宪府,不惟不能奉承大臣风旨,亦不敢奉承陛下风旨。"固已耸动听闻矣。次月,囊封言:"古今为天下患者三:宦官也,外戚也,小人也。谨按入内内侍省东头供奉官干办内东门司董宋臣,宦寺之贪黠者也。并缘造寺,豪夺民田,密召倡优,入亵清禁,先是,正月内呼营妓数辈入内祗应。搂揽番商,大开贿赂。不斥宋臣,必为圣德之累。将作监谢堂,外戚之贪黠者也。狠愎之性,善于凌物,攫拿之状,旁若无人。不曰'以备中殿宣索',则曰'当取教旨蠲除'。椒德令芳,天下备颂,不去一堂,必为宫闱之累。集英殿修撰、知庆元府厉文翁,小人之无忌惮者也。神皋流毒,屡玷抨弹,借衣锦威,行攫金术。今又移其剥越者剥鄞矣!然民敢怨而不敢言者,以其依凭邸第耳。不去文翁,必为王邸之累。臣恐社稷之忧,不止累陛下、累宫闱、累王邸而已。乞将宋臣逐出,堂姑予祠,文翁罢黜,臣虽九陨不悔。"疏上两日不报,君畴径出江干待罪。于是中书牟子才存叟、右史李昂英俊明,交章留之,乞行其言。乃令堂自陈乞祠,除职予郡;宋臣自乞解罢,令首尾了日解职;文翁别与州郡差遣。仍命台臣吴燧勉回供职。会立夏日,天雨尘土,奏乞屏绝私邪,休息土木,以弭天灾。又案少监余作宾、后戚谢奕懋。至五月,复疏都知卢允升、门司董宋臣及内司诸吏,怙势作威,夺民田,伐墓木等事。尽言不讳,直捣其奸。疏留中不下,止令尚书省契勘内司争田伐木等事,及罢内司诸吏职事而已。公论为之抑郁。大宗丞赵崇嶓上时相谢方叔惠国书,略云:"窃惟今日阉寺骄恣特甚。宰执不闻正救,台谏不敢谁何。一新入孤立之察官,乃锐意出身攻之,此岂易得哉!侧耳数日,寂无所闻。公议不责备于他人,而责备于光范。不然,仓卒出御笔某人除少卿,亦必无可遏之理也。大丞相不可谓非我责也。丞相得君最深,名位已极。倪言之胜,宗社赖之;言之不胜,则去。去则诸君子必不容不争。是胜亦胜,负亦胜,况未必去邪?"谢君得书有赧色。翌日,果有御笔洪天锡除大理少卿,而公去国矣。太学生池元坚上书数二珰之罪,乞留君畴。且曰:"天锡左迁,岂非罚其不当言宦官之过耶?李衢、朱应元之分察,岂非谕其不复言宦寺之意耶?王埜、程元凤同日超迁,胡大昌、丁大全之并迁台长,岂非赏其不敢言宦官之功耶?陛下喜群臣之默默,愤天锡之晓晓,左迁以逐之,于天锡何损?缄默受赏者,独无愧乎?"既而三学亦皆有书。常丞赵崇洁敏可书略云:"譬如一家之中,强奴悍仆作奸犯罪,为人子者,泣涕而告,父母反逐其子而留其仆。今台臣争之不胜,则诸阉所畏者谁欤?"左史李俊明再有封事,言:"北司洋洋得志,蔑视南衙,将至于不可控制之地矣。"姚宗卿希得暂兼夕郎,遂缴吴燧仪曹之除,谓近者天锡拜疏留中,燧谓天锡曰:"今日之事,留则俱留,去则俱去。"既闻有疏,遂变前言曰:"吾不絜家,不丧女,不惮暑,则可俱去。今当奈何?负天锡,所以负陛下也。"谢集贤一疏自解云:"臣自班行,叨尘相位,一命已上,皆出亲擢。赋性僻介,素不与内侍往还。应干文字,悉由通进司投进。自知洁其身,而袖手旁观之人,往往察臣之所避而趋之。比者天锡又论二珰。恭闻圣训,以为争田伐木皆王橚旧事。臣费尽心力,上则忠告陛下,量作处分;下则弥缝事体,安恤人言。不谓下石之人,撰造言语,鼓弄宦寺,曰:"天锡攻汝,相君之意也,相君许其弟除朝士而嗾之也。"既诬臣以教天锡攻内侍之事,又诬臣以启陛下迁天锡之说,必欲丑诋臣于不可辨白之地。但臣分量已盈,归老山林,正其时矣。从此为宰相者,必将共宦寺结为一片,天下皆在笼络中矣。惟望陛下早正右席之拜,使臣亟释重负,退延残生,实出保全之赐。"御笔慰之曰:"但安素志,奚足深辨。"越数日,除天锡太常少卿,而君畴已在汶上矣。朱应元既为御史,月课乃首劾李俊明,公论大不平。同舍生作书责之,略曰:"温陵洪公出台,以执事继者,正谓其平时负肮脏之誉。法筵之初疏,莫不延颈以听,乃及文溪之左螭,时焕之仓节,岂以其近言二珰颇忤上意,而时焕与洪有瓜葛,亦二珰所恶者邪?信然,则执事之志荒矣。二珰之横,三尺童子,恨不啮之。洪公因众怨,出死力以攻之。貂珰逐台谏,岂人主之本心哉?执事昧于所择,不知所得几何,所失如是之大也。"时方逢臣君锡在馆阁,亦上庙堂书,劝以去就力争,而谢相不能用。公论既不能胜,二孺乃簧潜于上,谓:"内司争田伐木词讼,皆台吏受贿以强察官之判,所以上罔圣德,况台吏之家资极富,若使簿录其家,尽可上裨国计。"于是竟降宣谕指挥,令谏官丁大全追上御史台,点检杨升、金永隆、杨叔茂,牒送临安府根勘,籍没家财,各行黥配,以快其愤焉。初意欲令台胥妄供以污君畴,赖上察其奸而止。大全竟以治吏之功,躐除副端。未几,谢相罢。而二孺犹未大快其意,复厚赂太学率履斋上舍生林自养,裁书投匦,以攻谢相为名,力诋君畴云:"窃见洪天锡之分察,出自陛下亲擢。不能为触鸦豸、为指佞草,专以能攻上身为急务,以剪除上左右以立名,以奉承风旨为大耐官职。棘卿左迁,所以正舍豺问狸之罪。内侍纵曰有过,使得贤宰相以制之,又何患焉?天锡之去,乃蕲方叔之羽翼,岂怒其埽除二孺哉!人但见天锡言事而迁他官,则曰:'此劾内侍之过也。'吴燧以改除致缴,则曰:'此天锡之荐主也。'李昂英以月评被论,亦曰:'此天锡之救兵也。'甚而台省之胥,赃盈恶贯,以置典宪,亦曰:'为内侍泄冤也。'贪缪之相,误国殄民,逐之已晚,亦曰:'为内侍翻本也。'一犬吠形,百犬吠声。向者李昂英直前奏札,尝谓天锡为方叔私人矣。游攻内侍,实出方叔指嗾之,而欲挠乱圣心耳。欲乞将方叔亟正典刑,使天下明知宰相台谏之去,出自独断,于内侍初无预焉。"于是学舍鸣鼓攻之,且上书以声自养之罪。复申前庑,备申公堂,乞行重罚。遂从第一等规屏斥,尽除学籍,毁抹绫纸备榜监学晓谕,而朝旨亦有听读指挥。虽纷纷若此,曾不伤二孺之毫毛。至庚申岁,吴丞相柄国,始以外祠斥焉。景定辛酉,起君畴为广东计使。甲子八月,以大蓬召,不就。十一月,度宗即位,首除为侍御史兼侍读。明年六月,上封事,力陈公田、关会之弊。七月,改除工部侍郎,兼直学士院,兼侍读,公力辞。旋畀职名帅闽焉。公在闽阃日,尝书桃符云:"平生要识琼崖面,到此当坚铁石心。"盖其刚劲之气,未尝一日少沮也。

谢惠国坐亡

谢方叔惠国,自宝祐免相归江西寓第,从容午桥泉石,凡一纪余。咸淳戊辰,朝会庆寿,为子侄亲友所误,萃先帝宸翰为巨帙,曰《宝奎录》,侑以自制丹砂、金器、古琴之类以进。当国者以为有意媒进,嗾言官后省交攻之,削其封爵,夺其恩数,且劾其侄常簿章、婿江州倅李钲、客匠簿吕圻,至欲谪之远外,祸且不测。荆阃吕武忠文德,平时事公谨,书缄往来,必称"恩府",而自书为"门下使臣",至是一力回护,幸而免焉。壬申正月,公燕居无他,忽报双鹤相继而毙,公喟然叹曰:"鹤既仙化,余亦从此逝矣。"于是区处家事,凡他人负欠文券,一切焚之。沐浴朝衣,焚香望阙遥拜,次诣家庙祝白,招亲友从容叙别,具有条理。遂大书偈曰:"罢相归来十七年,烧香礼佛学神仙。今朝双鹤催归去,一念无惭对越天。"瞑目静坐,须臾而逝。遗表来上,特旨尽复元官,恩数赠恤加厚焉。生死之际,亦近世诸公之所无也。

洪端明入冥

洪焘仲鲁,忠文公咨夔次子也。嘉熙丁酉,居忧天目山,素有元章爱石之癖，而山中所产亦秀润，不减太湖、洞庭。村仆骆老者，专任搜抉之役。会族叔璞假畚畚锄斧，将为筑室用，骆掌其事，择刓钝数事付之。璞怒其轻己，率其子檟共殴之，至毙，是岁中元日也。洪公力与维持，泯其事。璞素豪犷，持一邑短长。邑令王衍，婺安人，恶其所为，廉得之，遂收璞父子及血属于狱。洪公亦以曾任调停，例追逮，良窘。时王实斋遂守吴，契家亟往求援。王为宛转赵宪崇挥，改送余杭县狱，具以"主仆名分，因斗而死"，璞止从夏楚，檟仅编置赎铜而已。明年戊戌中元，洪公方奏厕，忽睹骆老在厕云："近山雨后出数石，巉秀可爱，主人幸一观之。"洪仓卒忘其死，往从其行。才跬步间，觉此身已在檐楹间。稍至一土神庙，便有四力士自庙中出，挟之空行，其去甚驶。天昏昏如昧爽，足下风涛澎湃声可恐，意非佳境。反顾骆曰："既若此，何不告我？"骆曰："勿恐，略至便可还也。"稍前，一河甚阔，方念无津梁可度，则身已达彼岸。又见数百人掩面趣右而去。自此冥行如深夜。忽曛黑中，一山横前，有窍如月，数百人皆自此入，心方疑异，而身亦度窍矣。到此，足方履地。既前，复有一河，污浊特甚，僧尼道俗汩没其间。至此，方悟为入冥，心甚悲恐。稍前，颇有人居，萧疏殊甚。又前，有宫室轩敞巍耸，四垂帘幕，庭下列绯绿人狱卒甚众，俨如人间大官府，初无所谓阿旁牛头也。右庑绝昏黑，隐隐见荷校棰楚者甚苦。其外小庭中，一黑蟒大与庭等，仰视一灯，悲鸣无度。洪所立左庑，则微明若欲曙时。微闻其傍喃喃若诵经声。洪平日不喜此，方窘惧中，亦慢随其声诵之。庭中人忽起立怒视，而殿上帘尽卷。有绿衣者出，坐东向，绯衣者坐西向，最后金紫人居中。庭下绿衣吏抱文书而上，高唱云："洪某枉法行财，罪当死。"洪惧甚。不觉身已立庭下，漫答云："为叔解纷，初非枉法。"金紫人怒曰："此人间哗词，安得至此？"洪曰："死不辞。然有三说：璞，叔也。骆，仆也。不忍以仆故置叔于辟，一也。骆无子，妻贫老无以养，使璞资之终其身，二也。且骆妻自谓一经检验，永失人身，意自不欲，非强之和，三也。"金紫人始首肯云："为叔解纷，初非枉法。此说有理，可供状来。"便有纸笔在前，直书其说以呈。金紫人怒方霁曰："可与骆氏立后。"且命绿衣导之以回。转盼间，骆之父母皆在焉。途中，因扣绿衣所见大蟒为何物？厉声答云："此开边喜杀之人也。"稍前，见数十百人持骡马皮而来，又扣之，曰："此受生回也。"又见狱吏持刀杖，驱百余人自西而来。其中有洪氏族长为僧者曰烨阇黎亦在焉。方疑之，烨忽呼曰："三十哥仲鲁第行。安得在此？"为所驱卒击其首粉碎，回视之，仍复完矣。因扣绿衣云："人间何事最善？"绿衣举手加额曰："善哉问！忠孝为先，继绝次之，戒杀又次之。"又问："何罪最重？"曰："开边好杀罪重，豪夺次之。或谓其说尚多。"因问："金紫者何人？"拱手对曰："商公飞卿。字羣仲，乾淳间从官。"复扣平生食禄，遂于袖中出大帙示之，已姓名下，其字如蚁，不能尽阅。后注云："合参知政事。以某年、月、日奸室女某人，某日为某事，降秘阁修撰转运副使。"洪悚然泪下曰："奈何？"绿衣曰："但力行好事。"且言："某亦人间人，任知池州司户，溺死。阴间录其正直，得职于此。"稍前，至大溪，有桥如鱼网，心疑其异，而身已度矣。又前，溪亦大，绿衣推堕之，恍然而瘩，则死已三日矣。妻子环立于侧，特以心微暖，口尚动，未就敛耳。后一岁，璞亦入冥，觉身堕铁网中。见邻院僧行昭立庭下，主者诘责曰："汝为僧，乃专以杀生为事，何邪？"昭曰："杀生乃屠者黄四，某不过与之庖馔耳。"亟问黄四，无异辞，乃讯二十而去。方窘惧间，忽传呼都天判官决狱，视之，则忠文公也。璞号泣求救，公曰："汝杀人，何所逃罪，然未应尔也。"恍然身已出网外而苏。后行昭以营桥立积木上败足，呻吟痛楚者三岁而殂，璞亦未几死。后洪公于庚申岁首，以秘撰两浙漕召。忆向所见，心甚恐。后亦无他，官至文昌端明殿学士。晚虽龃龉，然竟享上寿而终，岂非力行好事所致乎？此事洪公常入梓以示人。余向于先子侍旁，亲闻伯鲁尚书言甚详。后会其犹子宪使起畏立，复询颠末，书之。

野　婆

　　邕宜以西，南丹诸蛮皆居穷崖绝谷间。有兽名野婆，黄发椎髻，跣足裸形，俨然一媪也。上下山谷如飞猱，自腰已下，有皮累垂盖膝若犊鼻，力敌数壮夫，喜盗人子女。然性多疑畏骂，已盗，必复至失子家窥伺之。其家知为所窃，则积邻里大骂不绝口。往往不胜骂者之众，则挟以还之。其群皆雌，无匹偶。每遇男子，必负去求合。尝为健夫设计挤之大壑中，展转哮吼，胫绝不可起。猺人集众刺杀之，至死以手护腰间不置。剖之，得印方寸，莹若苍玉，字类符篆不可识，非镌非镂，盖自然之文，然亦竟莫知其所宝为何用也。周子功，景定间使大理，取道于此，亲见其所谓印者。此事前所未闻，是知穷荒绝徼，天奇地怪，亦何所不有？未可以见闻所未及，遂以为诞也。《后汉·郡国志》引《博物记》曰："日南出野女，群行不见夫。其状晶且白，裸袒无衣襦。"得非此乎？《博物记》当是秦汉间古书，张茂先盖取其名而为志也。

王宣子讨贼

王佐宣子帅长沙日，茶贼陈豊啸聚数千人，出没旁郡，朝廷命宣子讨之。时冯太尉湛谪居在焉，宣子乃权宜用之。谍知贼巢所在，乘日晡放饭少休时，遣亡命卒三十人，持短兵以前，湛自率百人继其后，径入山寨。豊方抱孙独坐，其徒皆无在者。卒睹官军，错愕不知所为，亟鸣金啸集，已无及矣。于是成擒，余党亦多就捕。宣子乃以湛功闻于朝，于是湛以劳复元官，宣子增秩。辛幼安以词贺之，有云："三万卷，龙头客，浑未得文章力。把诗书马上，笑驱锋镝。金印明年如斗大，貂蝉元自兜鍪出。"宣子得之，疑为讽己，意颇衔之。殊不知陈后山亦尝用此语送苏尚书知定州云："枉读平生三万卷，貂蝉当复坐兜鍪。"幼安正用此。然宣子尹京之时，尝有书与执政云："佐本书生，历官处自有本末，未尝得罪于清议。今乃蒙置诸士大夫所不可为之地，而与数君子接踵而进，除目一传，天下士人视佐为何等类？终身之累，孰大于此！"是亦宣子之本心耳。

卷八

张 魏 公 二 事

高宗视师金陵,张魏公为守,杨和王领殿前司。有卒夜出,与兵马都监喧竞。卒诉之,公判云:"都监夜巡,职也;禁兵酉点后不许出营,法也。牒宿卫司照条行。"杨不得已斩之。又尝诣学,士有投牒者,视之,则争博也。即判云:"士子争财于学校,教化不明,太守罪也。当职先罚俸半月,牒学照规行。"教官大窘,引去。

罗 春 伯 政 事

罗点春伯为浙西仓摄平江府。忽有故主讼其逐仆欠钱者,究问虽得实,而仆黠甚,反欲污其主,乃自陈尝与主馈之姬通,既而物色,则无有也。于是遂令仆自供奸状,甚详,因判云:"仆既欠主人之钱,又且污染其婢。事之有无虽未可知,然其自供罪状已明,合从奸罪定断,徒配施行。所有女使,候主人有词日根究。"闻者无不快之。

庸 峭

魏收有"逋峭难为"之语,人多不知其义。熙宁间,苏子容丞相奉使契丹,道北京。时文潞公为留守,燕款从容,因扣"逋峭"之义。苏公曰:"向闻之宋元宪云:'事见《木经》。'盖梁上小柱名,取其有折势之义耳。"乃就用此事作诗为谢云:"自知伯起难逋峭,不及淳于善滑稽。"而齐、魏间以人有仪矩可喜者,则谓之"庸峭"。《集韵》曰:"庸峐,屋不平也。庸,奔模反;峐,同都反。今造屈势有曲折者,谓之'庸峭'云。"二字与前义亦近似。今京师指人之有风指者,亦谓之"波峭"。虽转"庯"为"波",岂亦此义耶?

许 公 言

安定郡王子涛,字仲山,在京师时,其兄子冲喜延道流方士。有许公言者,能以药为黄金。其人皎然玉树,有小炉,高不盈尺。以少药物就掌中调之,纳火中,须臾精金也。谓仲山曰:"如何?"仲山曰:"毕竟只是假。"许愕然,拊其背曰:"善自爱。"越数日,告子冲别,挽留不可。将出门,邀仲山耳语,首言:"君兄且死矣。君手有直纹,未可量,但早年亦艰困,宜顺受之,寿可至六十九。人寿修短,视其操行。上帝所甚恶者贪,所甚靳者寿,人能不犯其所甚恶,未有不得其所靳者。君能不忘吾言,可至七十九。持之益谨,更可至八十九。外此,非吾所知也。"仲山问其行何之,曰:"中原将乱,吾入蜀耳。"未数月,子冲一夕无疾而亡。逾年,金入寇,仲山负其母以南,昼伏宵行,数阽于危,仅行脱。平生守许之戒不渝。晚而袭爵,年八十七乃终。克家端明,乃其曾孙也。

士 子 诉 试

王希吕仲衡知绍兴郡,举进士。有为二试卷,异其名,皆中选。黜者不厌,哗然诉之。王呼其首问曰:"尔生几何年? 凡几试矣?"众谓怜其潦倒,则皆以"老于场屋"对。王曰:"曾中选否?"曰:"正为累试皆不利也。"王忽作色曰:"尔曹累试不一得,彼一试而两得,尚敢诉耶!"叱而出之。

赵德庄诲后进

赵忠定汝愚初登第,谒赵彦端德庄。德庄故余干令,因家焉。故与忠定父兄游,语之曰:"谨毋以一魁置胸中。"又曰:"士大夫多为富贵诱坏。"又曰:"今日于上前得一二语奖谕,明日于宰相处得一二语褒拂，往往丧其所守者多矣。"忠定拱手曰："谨受教。"前辈于后进如此。

朱　墨　史

绍圣中，蔡卞重修《神宗实录》，用朱黄删改。每一卷成，辄纳之禁中。盖将尽泯其迹，而使新录独行。所谓朱墨本者，世不可得而复见矣。及梁师成用事，自谓苏氏遗体，颇招延元祐诸家子孙若范温、秦湛之徒。师成在禁中见其书，为诸人道之。诸人幸其书之出，因曰："此亦不可不录也。"师成如其言。及败没入，有得其书，携以渡江，遂传于世。

苏　大　璋

三山苏大璋颙之，治《易》有声。戊午乡举，梦为第十一人，数为人言之，以为必如梦告。既试，将揭榜，同经人诉于郡，谓其自许之确如此，必将与试官有成约，万一果然，乞究治之。及申号至第十一名，果《易》也。帅携此状入院，遍示考官，谓："设如此言，诸公将何以自解？不若以待补首卷易之。"众皆以为然。既拆号，则自待补为正解者，大璋也；由正解而易为待补者，乃投牒之人也。次年，苏遂冠南宫。此与王俊民事相类。

徐　汉　玉

永嘉徐宣字汉玉，治周成子狱，无所枉，自知必得罪，束担俟命。忽梦神人驱之使去，答曰："吾分宜去，不待驱逐，但未知当往何所？"神曰："汝得严州。"觉，与家人言："梦真妄耳。吾得罪必南迁，安得在畿乎？"已而谪道州，又徙象州。行至来宾县，得《图经》视之，唐严州也。叹曰："吾其不返乎？"果终焉。

韩 慥 奇 卜

绍兴末,有韩慥者,卖卜于临安之三桥,多奇中。庚辰春,曾侍郎仲躬、吕太史伯恭至其肆,则先一人在焉。问其姓,宗子也。次第谈命:首言赵可至郡守,却多贵子,不达者亦卿郎。次及曾,则曰:"命甚佳。有家世,有文学,有政事,亦有官职。只欠一事,终身无科第。"次至吕,问:"何干至此?"吕曰:"赴试。"曰:"去年不合发解,今安得省试?"曰:"赴词科。"曰:"却是词科人,但不在今年词科,别有人矣。后三年,两试皆得之,且不失甲科。"复扣其何所至? 沉吟久之曰:"名满天下,可惜无福。"已而其言皆验。赵名善待,仕至岳州守。其子汝述为尚书,适、逵、遇皆卿监郎。曾仲躬名逮,吉父文清公之子,能世其家。举进士不第,至从官以没。吕太史,隆兴癸未谅阴榜南宫第七人,又中宏词科,为儒宗。不幸得末疾,甫四十六岁而终。术之神验如此。

以 赋 罢 相

阜陵在位,上庠月书前列试卷,时经御览。辛丑大旱,七月私试《闵雨有志乎民赋》,魁刘大誉,第六韵云:"雨旸固自于天,感召岂有所主? 倪燮调得人,则斯可有节;而聚敛无度,则亦能不雨。此或未明闵之何补? 不见商霖未作,相傅说于高宗;汉旱欲苏,烹弘羊于孝武。"未几,赵温叔罢相。

小 儿 疮 痘

小儿疮痘,固是危事,然要不可扰之。尝见赵宾旸曰:"或多以酒面等发之,非也;或以消毒饮升麻汤等解之,亦非也。大要在固脏气之外,任其自然耳。惟本事方、捻金散最佳。"又陈剑南刚翁云:"痘疮切不可多服升麻汤,只须以四君子汤加黄芪一味为稳耳。"二说皆有理。然或有变证,则不得不资于药。癸酉岁,儿女皆发痘疮。同僚括苍陈坡,老儒也。因言:"向分教三山日,其孙方三岁。发热七日,疮出而倒靥色黑,唇口冰冷,危证也。遍试诸药皆不效,因乞灵于城隍神,以卜生死。道经一士门,士怪其侵晨仓皇,因遮扣之,遂告以故。士曰:'恰有药可起此疾,奇甚。'因为经营少许,俾服之。移时,即红润如常。后求其方,甚秘惜之。及代归,方以见贶。其法用狗蝇七枚 狗身上能飞者。擂细,和醅酒少许调服。蝇夏月极多,易得;冬月,则藏于狗耳中。不可不知也。"既而次女疮后,余毒上攻,遂成内障,目不辨人,极可忧。遍试诸药,半月不验。后得老医一方,用蛇蜕一具,净洗,焙令燥。又天花粉 即瓜蒌根。等分细末之,以羊子肝破开,入药在内,麻皮缚定,用米泔水熟煮,切食之,凡旬余而愈。其后程甥亦用此取效,真奇剂也。

曹西士上竿诗

赵南仲以诛李全之功见忌于赵清臣,史揆每左右之,遂留于朝。其后恢复事起,遂分委以边围。赴镇之日,朝绅置酒以饯。适有呈缘竿伎者,曹西士赋诗云:"又被锣声送上竿,这番难似旧时难。劝君着脚须教稳,多少傍人冷眼看。"未几,师果不竞。

昌　化　章　氏

昌化章氏,昆弟二人,皆未有子。其兄先抱育族人一子,未几,其妻得子。其弟言:"兄既有子,盍以所抱子与我?"兄告其妻,妻犹在蓐曰:"不然。未有子而抱之,甫得子而弃之,人其谓我何?且所生那可保也。"弟请不已,嫂曰:"不得已,宁以吾新生与之。"弟初不敢当,嫂卒与之。已而,二子皆成立。长曰翃,字景韩,季曰诩,字景虞。翃之子樵、橶,诩之孙铸、鉴,皆相继登第,遂为名族。孝友睦姻之报如此。妇人有识,尤可尚也。

吴季谦改秩

吴季谦愈，初为鄂州邑尉，常获劫盗。讯之，则昔年有某郡倅者，江行遇盗，杀之。其妻有色，盗胁之曰："汝能从我乎？"妻曰："汝能从我，则我亦从汝，否则杀我。"盗问故，曰："吾事夫若干年，今至此已矣，无可言者。仅有一儿才数月，吾欲浮之江中，幸而有育之者，庶其有遗种，吾然后从汝无悔。"盗许之，乃以黑漆团合盛此儿，藉以文褓，且置银二片其旁，使随流去。如是十余年。一日，盗至鄂，舣舟。挟其家至某寺设供。至一僧房，庋间黑合在焉，妻一见识之，惊绝几倒。因曰："吾疾作，姑小憩于此，毋挠我。"乘间密问僧："何从得此合？"僧言："某年月日得于水滨，有婴儿及白金在焉。吾收育之，为求乳食。今在此，年长矣。"呼视之，酷肖其父。乃为僧言始末，且言："在某所，能为我闻之有司密捕之，可以为功受赏，吾冤亦释矣。"僧为报尉，一掩获之，遂取其子以归。季谦用是改秩。

作 邑 启 事

龚圣任言，林德崇父，尝为剧县有声。其与监司启有云："鸣琴堂上，将贻不治事之讥；投巫水中，必得擅杀人之罪。"时以为名言。刘潜夫宰建阳，亦有一联云："每嗟民力，至叔世而张弓；欲竭吏能，恐圣门之鸣鼓。"语意尤胜，信乎治邑之难也。

斋不茹荤必变食

《庄子·人间世》云："仲尼曰：'斋，吾语若。'颜回曰：'回之家贫，唯不饮酒不茹荤者数月矣。若此，则可以为斋乎？'曰：'祭祀之斋，非心斋也。'"成玄英注曰："荤，辛菜也。"按《说文》："荤，臭菜也。"锴曰："通谓芸、苔、椿、韭、蒜、葱、阿魏之属，气不洁也。"《荀子·哀公篇》："孔子曰：'夫端衣玄裳，绕而乘辂者，志不在于食荤。'"注云："荤菜,葱、韭之属。"《论语》:"斋必变食。"《周礼·膳夫》:"王斋,日三举。"郑注云:"斋必变食也。"疏曰:"斋必变食,故加牲体至三太牢。牛、羊、豕具为一牢。"胡明仲论梁武曰:"祭祀之斋,居必迁坐,不必变服;斋必变食,食为盛馔。一其心志,洁其气体,以与神明交,未尝不饮酒、不茹荤也。"晦庵释"斋必变食"亦取《庄子》,而黄氏亦兼取之。朱又谓"荤是五辛",又曰:"今致斋有酒,非也。"然《礼》中乃有"饮不至醉"之说,何邪?

二 李 省 诗

蜀中类试,相传主司多私意与士人相约为暗号,中朝亦或有之,而蜀以为常。李壁季章、皇季永,同登庚戌科,己酉赴类省试。二公皆以文名一时,而律赋非所长。乡人侯某者以能赋称,因资之以润色。既书卷,不以诗示侯。侯疑其必有谓。将出门,侯故少留,李遂先出,而侯踵其后。至纳卷所,扣吏以二李卷子欲借一观,以小金牌与之。吏取以示,则诗之景联皆曰:"日射红鸾扇,风清白兽樽。"侯即于己卷改用之。既而皆中选。二李谢主司,主司问:"此二句,惟以授于昆仲,何为又以与人?"李恍然不知所以。他日,微有所闻,终身与侯不协。

宗 子 请 给

王介甫为相,裁减宗室恩数,宗子相率诉马前。公谕之曰:"祖宗亲尽,亦须祧迁,何况贤辈。"荆公行一切不恤之政,独于此事,未为不然。熙宁诏裁宗室授官法及恩例,东坡亦以为然,曰:"此实陛下至明至断,所以深计远虑,割爱为民。"其后无戚疏少长,皆仰食县官。西南两宗无赖者,至纵其婢使与闾巷通,生子则认为己子而利其请给,此自古所无之弊例也。

郑安晚前谶

郑丞相清之,在太学十五年,殊困滞无聊。乙亥岁,甫升舍选,而以无名阙,未及奏名,遂仍赴丁丑省试。临期,又避知举袁和叔亲试别头,愈觉不意。及试《青紫明主恩》诗押"明"字,短晷逼暮,思索良艰。漫检韵中,有"颒"字可用,遂用为末句云:"他年蒙渥泽,方玉带围颒。"归,为同舍道之,皆大笑曰:"绿衫尚未能得着,乃思量系玉带乎?"已而中选,攀附骤贵,官至极品,竟此赐,遂成吉谶。以此知世之叨窃富贵,皆非偶然也。

赵金判花字样

赵时杖为平江金幕,其训名不雅。凡书判决杖,吏辈皆用纸贴之,此亦可笑。其押字,作一大口字,而申其下一画。陈子爽恺作守,初到见之,书其侧云:"金判押字大空空,请改之,庶几务实。仍请别押一样来。"闻者无不大笑。正可与李晋仁喏样为对也。

一 府 三 守

放翁《笔记》言:"庆历初,夏竦判永兴军,陈执中、范雍,并为知军。"一府三守,不知职守如何分?既非长贰,文移书牒之类必有程式。官属胥吏,何所禀承?国史不载,莫可考也。然谏官御史不以为非,三公亦不辞。岂在当时,亦便于事邪?今按:竦先以都部署兼经略招讨使,判永兴军。既而执中为同都部署经略使知军,而诏竦判如故。未几,竦屯鄜州,执中屯泾州。盖两人议边事不合,故分任之。未几,又以范雍知军。竦、执中既分出按边,而领府事犹故。于是一府三守,公吏奔趋往来,想不胜其扰,自昔未尝有也。然则史未尝不载,而于事安得为便乎?

六 么 羽 调

《演繁露》云:"唐有新翻羽调《绿腰》。白乐天诗集自注云'即六么也'。今世亦有六么,而其曲有高平、仙吕调,又不与羽调相协,不知是唐遗声否?"按今六么中,吕调亦有之,非特高平、仙吕也。《唐·礼乐志》:俗乐二十八调,中吕、高平、仙吕在七羽之数。盖中吕、夹钟,羽也;高平、林钟,羽也;仙吕、夷则,羽也。安得谓之"不与羽调相协"? 盖未之考尔。

香 炬 锦 茵

秦会之当国,四方馈遗日至。方德帅广东,为蜡炬,以众香实其中,遣驿卒持诣相府,厚遗主藏吏,期必达。吏使俟命。一日宴客,吏曰:"烛尽。适广东方经略送烛一掩,未敢启。"乃取而用之。俄而异香满坐,察之,则自烛中出也。亟命藏其余枚,数之,适得四十九。呼驿问故,则曰:"经略专造此烛供献,仅五十条。既成,恐不嘉,试爇其一。不敢以他烛充数。"秦大喜,以为奉己之专也,待方益厚。郑仲为蜀宣抚,格天阁毕工,郑书适至,遗锦地衣一铺。秦命铺阁上,广袤无尺寸差。秦默然不乐。郑竟失志,至于得罪。二公为计同,一以见疑,一以见厚,固有幸不幸,要不若居正之无悔吝也。

登 闻 鼓

《笔谈》言洛京留台有旧案,言国初取索卤簿法仗,报言:"本京卤簿,因清泰间末帝将带逃走,不知所在。"人传以为笑。今登闻鼓院,初供职吏,具须知单状,称:"本院元管鼓一面,在东京宣德门外,被太学生陈东等击碎,不曾搬取前来。"正与此相类,皆可资捧腹也。

义 绝 合 离

莆田有杨氏,讼其子与妇不孝。官为逮问,则妇之翁为人殴死,杨亦预焉。坐狱未竟,而值覃霈,得不坐。然妇仍在杨氏家。有司以大辟既已该宥,不复问其余。小民无知,亦安之不以为怪也。其后,父又讼其子及妇。军判官姚瑶以为"虽有仇隙,既仍为妇,则当尽妇礼",欲并科罪。陈伯玉振孙时以倅摄郡,独谓:"父子天合,夫妇人合。人合者,恩义有亏则已矣。在法,休离皆许还合,而独于义绝不许者,盖谓此类。况两下相杀,又义绝之尤大者乎!初问,杨罪既脱,合勒其妇休离,有司既失之矣。若杨妇尽礼于舅姑,则为反亲事仇,稍有不至,则舅姑反得以不孝罪之矣。当离不离,则是违法。在律,违律为婚。既不成婚。即有相犯,并同凡人。今其妇合比附此条,不合收坐。"时皆服其得法之意焉。按《笔谈》所载,寿州有人杀妻之父母兄弟数口,州司以不道,缘坐其妻子。刑曹驳之曰:"殴妻之父母,即为义绝;况身谋杀,不应复坐。"此与前事正相类。凡泥法而不明于理,不可以言法也。

熊 子 复

熊克字子复,博学有文。王季海守富沙日,漕使开宴,命子复撰乐语,季海读之称善。询司谒者曰:"谁为之?"答曰:"新任某州熊教授也。"自此甚见前席。别后,子复一向官湖湘间,不相闻者几二十年。及改秩作邑满,造朝谒光范。季海时为元枢,询子复曰:"近亦有著述乎?"子复以两编献。一日,后殿奏事毕,阜陵从容曰:"卿见近日有作四六者乎?"时学士院阙官,上不访之赵丞相而访之季海,于是以陆务观等数人对。上云:"朕自知之。今欲得在下僚未知名者尔。"季海遂及子复姓名。上云:"此人有近作可进来。"季海退,以所献缴入。翌日,上谓季海曰:"熊克之文,朕尝观之,可喜。"盖欲置之三馆兼翰苑也。季海奏云:"如此恐太骤,不如且除院辖,徐召试。使克文声著于士大夫间,则人无间言。"阜陵然之,遂除提辖文思院。他日,赵丞相进拟,上曰:"朕自有人。"赵问:"何人?"上曰:"熊克。"又曰:"陛下何以知之?"曰:"朕尝见其文字。"又问:"陛下何从得其文字? 此必有近习为道地者。"上曰:"不然。"季海虽知由己所荐,以上既不言,亦不敢泄。而赵终疑之。未几召试。故时,学士院发策,率先示大略,试者得为之备。赵乃以喻周子充云:"此非佳士也。"克屡造,请求问目,子充不答。及对策殊略,克大以为恨。故在玉堂,每当子充制诏,辄无美辞。后竟出知台州。

郑 时 中 得 官

郑时中字复亨,三衢人。在上庠日,多游朝绅间。好大言,尝语同舍曰:"前举漕荐,乃术者曹谷先许,今复来矣。"有好事者闻之曰:"此必谷又许之。"乃与偕走其肆,则郑实未尝先往。曹沉吟久之,频自摇首,推演再三,乃曰:"吾十年前,曾许此命来春必高选,今所见乃不然。虽然,来春定得官,但非登科耳。今秋得举,却不必问。"郑乃曰:"吾家无延赏,来年不郊,非科举何由得官?"谷曰:"某见得如此耳。"既而程泰之大昌与郑同荐,程第而郑不利。时余松茂老为秦会之客,第三人及第。秦与谋代,余因荐郑。秦亦悦其辩,设醴有加。郑无以颂之。尝闻其季父行可名仲熊者,言旧在太学,目击靖康金人欲立张邦昌,秦为中司,特议立赵氏。金酋召赴军前,秦遂遣妻王氏南归。已登舟,王闻变,亟步以往。秦时犹未入北军,因同入肆卖虀面。人已盈坐,主人横一卓沟上使坐,王忧惧不能举箸,秦兼尽之,略无惧色。已,乃同至军前被执。郑因于坐间举此事,谓亲得之行可。秦意正欲暴白此事,而人无知者,闻其言大喜。时行可犹仕州县,即召用之,二年,同为执政。是岁复亨亦得官,其神验如此。

诗 词 祖 述

隆兴间,魏胜战死淮阴,孝宗追惜之。一日,谕近臣曰:"人才须用而后见,使魏胜不因边衅,何以见其才？如李广在文帝时,是以不用,使生高帝时,必将大有功矣。"其后放翁赠刘改之曰:"李广不生楚汉间,封侯万户宜其难。"盖用阜陵语也。改之大喜,以为善名我。异时,刘潜夫作《沁园曲》云:"使李将军遇高皇帝,万户侯何足道哉!"又祖放翁语也。

嘲觅荐举

直斋陈先生云:"向为绍兴教官日,有同官初至者,偶问其京削欠几何？答云:'欠一二纸。'数月,闻有举之者。会间,贺其成事,则又曰:'尚欠一二纸。'又越月,复闻有举者,扣之,则所答如前。"余颇怪之。他日,与王深甫言之,深甫笑曰:"是何足怪？子不见临安丐者之乞房钱乎？暮夜,号呼于衢路曰:'吾今夕所欠十几文耳。'有怜之者,如数与之,曰:'汝可以归卧矣。'感谢而退。去之数十步,则其号呼如初焉。子不彼之怪,而此之怪,何哉!"因相与大笑而罢。

卷九

形 影 身 心 诗

　　靖节作形影相赠、《神释》之诗。谓贵贱贤愚,莫不营营惜生。故极陈形影之苦,而以神辨自然,以释其惑。《形赠影》曰:"愿君取吾言,得酒莫苟辞。"《影答形》曰:"立善有遗爱,胡可不自竭。"形累养而欲饮,影役名而求善,皆惜生之惑也。神乃释之曰:"大钧无私力,万理自森著。人为三才中,岂不以我故?"此神自谓也。又曰:"日醉或能忘,将非趣龄具。"所以辨养之累。又曰:"立善常所忻,谁当与汝誉?"所以解名之役,然亦仅在趣龄与无誉而已。设使为善见知,饮酒得寿,则亦将从之耶? 于是又极其释曰:"纵浪大化中,不喜亦不惧。应尽便须尽,无事勿多虑。"此乃不以死生祸福动其心,泰然委顺,乃得神之自然,释氏所谓"断常见"者也。坡翁从而反之曰:"予知神非形,何复异人天。岂惟三才中,所在靡不然。"又云:"委顺忧伤生,忧死生亦迁。纵浪大化中,正为化所缠。应尽便须尽,宁复俟此言。"白乐天因之作《心问身》诗云:"心问身云何泰然? 严冬暖被日高眠。放君快活知恩否,不早朝来十一年。"《身答心》曰:"心是身王身是宫,君今居在我宫中。是君家舍君须爱,何事论恩自说功。"心复答身曰:"因我疏慵休罢早,遣君安乐岁时多。世间老苦人何限,不放君闲奈我何。"此则以心为吾身之君,而身乃心之役也。坡翁又从而赋六言曰:"渊明形神自我,乐天身心于物。而今月下三人,他日当成几佛?"然二公之说虽不同,而皆祖之《列子》力命之论。力谓命曰:"若之功,奚若我哉?"命曰:"汝奚功于物,而欲比朕?"力曰:"寿夭穷达,贵贱贫富,我力之所能也。"命遂历陈彭祖之寿,颜渊之夭,仲尼之困,殷纣之君,季札无爵于君,田恒专有齐国,夷、齐之饿,季氏之富,"若是,汝力之所能,奈何寿彼而夭此,穷圣而达逆,贱贤而贵愚,贫善而富恶耶?"

力曰："若如是言，我固无功于物，而物若此耶？此则若之所制耶？"命曰："既谓之命，奈何有制之者？朕直而推之，曲而任之。自寿自夭，自穷自达，自贵自贱，自富自贫，朕岂能识之哉？"此盖言寿夭穷达、贫富贵贱，虽曰莫非天命，而亦非造物者所能制之，直付之自然耳。此则渊明《神释》所谓"大钧无私力"之论也。其后杨龟山有《读东坡和陶影答形》诗云："君如烟上火，火尽君乃别。我如镜中像，镜坏我不灭。"盖言影因形而有无，是生灭相。故佛云："一切有为法，如梦幻泡影。"正言其非实有也，何谓不灭？此则又堕虚无之论矣。

父 执 之 礼

前辈事父执之礼甚严。汉马伏波有疾，梁松来候之，独拜床下，援不答。松去，诸子问曰："梁伯孙，帝婿贵重，公卿莫不惮之，大人独不为礼？"援曰："我乃松之父友也，虽贵，何得失其序乎！"王丹召为太子少傅，大司徒侯霸欲与交友，遣子昱候于道，迎拜车下，丹下答之。昱曰："家君欲与君结交，何为见拜？"丹曰："君房有是言，丹未之许也。"然则答拜乃疏之耳。至国朝东都时，此礼犹在。韩魏公留钥北京日，李稷以国子博士为漕，颇慢公。公不与较，待之甚礼。俄，潞公代魏公为留守，未至，扬言云："李稷之父绚，我门下士也。闻稷敢慢魏公，必以父死失教至此。吾视稷，犹子也。果不悛，将庭训之。"公至北京，李稷谒见，坐客次。久之，着道服出，语之曰："而父，吾客也，只八拜。"稷不获已，如数拜之。此事或传李稷为许将。熙宁初，吕晦叔诸子谒欧阳公于颍上，疑当拜与否。既见叙，拜。文忠不复辞，受之如受子侄之礼。二子既出，深叹前辈不可及。崇宁间，陆佃农师在政府日，有大卿岑象先嵩起于农师为父执。一日来访，延之堂奥，具冠裳拜之。既而岑作手简来谢云："前日登门展庆，蒙公敦笃事契，俾纳贵礼。于公有执谦之光，使老者增僭易之过。然大将军有揖客，古人以为美谈。今文昌纲辖有受拜客，顾不美于前人乎。"前辈遇通家子弟，初见请纳拜者，既受之，则设席望其家遥拜其父祖，乃始就坐。盖当时风俗尚厚，虽执政之于庶官亦讲此礼，不以为异也。自南渡以后，则世道日薄矣。然余幼时，犹见亲旧通家初见日，必先拜其家影堂，后请谒。此礼今亦不复见也。

李　　全

李全，淄州人，第三，以贩牛马来青州，有北永州牛客张介引至涟水。时金国多盗，道梗难行，财本寖耗，遂投充涟水尉司弓卒。因结群不逞为义兄弟，任侠狂暴，剽掠民财，党与日盛，莫敢谁何，号为"李三统辖"。后复还淄业屠。尝就河洗刷牛马，于游土中蹴得铁枪杆，长七八尺。于是就上打成枪头，重可四十五斤。日习击刺，技日以精，为众推服，因呼为"李铁枪"。遂挟其徒横行淄、青间，出没抄掠。淄、青界内有杨家堡，居民皆杨氏，以穿甲制靴为业。堡主曰杨安儿，有力强勇，一堡所服。亦尝为盗于山东，聚众至数万。有妹曰小姐姐，或云其女，其后称曰姑姑。年可二十，膂力过人，能马上运双刀，所向披靡。全军所过，诸堡皆载牛酒以迎，独杨堡不以为意。全知其事，故攻劫之。安儿亦出民兵对垒，谓全曰："你是好汉，可与我妹挑打一番。若赢时，我妹与你为妻。"全遂与酣战终日，无胜负。全忿且惭。适其处有丛篆，全令二壮士执钩刀，夜伏篆中。翌日再战，全佯北，杨逐之。伏者出，以刀钩止，大呼，全回马挟之以去。安儿乃领众备牛酒，迎归成姻，遂还青州，自是名闻南北。时金人方困于敌，张介又从而招之，授以兵马，衣以红袍，号"红袄军"。嘉定十一年间，金人愈穷蹙，全因南附。乃与石珪、沈铎辈结党以来，知楚州应之纯遂纳之，累战功至副总管。明年，金主珣下诏招之，全复书有云："宁作江淮之鬼，不为金国之臣。"遂以轻兵往潍州，迁其父母兄嫂之骨葬于淮南，以誓不复北向。时山东已为辄所破，金不能有。全遂下益都，张林出降，遂并献、济、莒、沧、滨、淄、密等凡二府九州四十县，降头目千人，战马千五百匹，中勇军十五万人。闻于朝，遂以全为左武卫大将军、广州观察使、京东忠义军都统制、马步军副总官，特赐银、绢、缗钱等。先是，贾涉知盐城县，以事忤淮漕，方信孺劾之，未报。涉廉知信孺阴遣梁昭祖航海致馈，以结李全，遂遣人捕得之，亟申于朝，方由是罢。

涉召入为大理司直。未几,知楚州。时忠义军头目李先拳勇有胆气,
且并领石珪、沈铎之军,李全深忌之。至是,极力挤先,涉遂以李先反
侧闻于朝。于是召先赴密院审查,甫至都门,殿帅冯树宴之三茅观后
小寨,命勇士扑杀之,于是全愈无忌惮矣。先既诛,涟水人情不安,头
目裴渊等遂请石珪为帅于盱眙。制司大恐,遂令李全率万人以往。
全惮珪,不敢动。制司无策,遂分其军为六。乃呼裴渊赴山阳禀议,
责以专擅招珪,令密图之,以功赎罪。会鞑兵至涟水,珪亦自疑,遂杀
渊以归鞑。先是,权尚书胡榘尝言全狼子野心不可倚仗。及全获捷
于曹家庄,擒金人伪驸马,乃作《濠梁凯歌》以谀之云。春残天气何佳哉,捷
书夜自濠梁来。将军生擒伪驸马,虏兵十万冰山摧。何物轻獧挑胡羯? 万里烟尘暗边徼。边
臣玩寇不却攘,三月淮壖惊踯血。庙谟密遣山东兵,李将军者推忠精。铁枪匹马首破阵,暗鸣
叱咤风云生。摧杀众妖天与力,虏丑成擒不容贷。失声走透虏鼓捶,犹截腾骧三百匹。防围健
使催赐金,曹家庄畔杀胡林。游魂欲反定悬胆,将军岂知关塞深。君不见、往日蕲王邀兀术,围
合狐跳追不得。夫人明日拜函封,乞罪将军纵狂逸。岂知李侯心胆麤,捕缚猢子才须臾。金牛
走敌猛将有,沔州斩贼儒生无。宗社威灵人制胜,养锐图全无轻进。会须入汴缚郾王,箫鼓归
来取金印。既而涉以病归,遂以郑损继之。损与涉素不相成,幕中诸客
惧损修怨,乃嗾李全申请,乞差真德秀、陈韡、梁丙知楚州。于是朝廷
遂改损为四川制置,乃以知阁门事许国用徐本中例换授朝议大夫,再
转为太府少卿知楚州。国自是歉然,惧侪辈轻己。开阃之初,命管军
以下皆执朝参之礼。时全已为保宁军节度使,前阃皆与抗礼。至是,
幕府宋恭、苟梦玉等惧变,遂调停,约全拜于庭下,国答拜于堂上。议
已定,及庭参,国乃傲然坐而受之。全大惭愤,竟还青州。至冬,国大
阅两淮军马,全妻李姑姑者,欲下教场犒军,实求衅耳。幕府复调停
力止。及淮西军回,人仅得交子五贯,乃尽以弓刀售之李军,而淮西
军亦怨矣。未几,全将刘庆福自青来,谋以丁祭之夕作乱,以谋泄而
止。既而制府出榜,以高显为词,指摘北军;庆福亦大书一榜,揭于其
右,语殊不逊。次日,庆福开宴于万柳亭,游幕诸客及青州倅姚翀在
焉。酒行方酣,忽报全至海州,促庆福北还。时国方纳谒,北军径自
南门入,直趋制府。强勇军方解甲,望见北军,皆弃去,遂排大门而
入。帐前亲兵欲御之,国乃大呼曰:"此辈不过欲多得钱绢耳。"方行
喝犒,闻北军大喊登城,张旗帜,火已四起,飞矢如雨。国额中一箭,

径趋避于楚台。北军劫掠府库,焚毁殆尽。国在楚台久之,使令姚翀求和。翀遂缒城而出,以直系书"青州姚通判",以长竿揭之马前,往见李姑姑。李逊谢不能统辖诸军,以致生变。姚遂请收军,李云:"只请制置到此商量,便可定也。"姚亟回报,则国已遁矣。次日,北军得国于三茅道堂,以小竹舆舆至李军。国不能发一语,复送还楚台,以兵环守,国遂死焉。文武官遇害者凡数十人。未几,全乃入吊,行慰奠礼,且上章自劾,朝廷不敢问也。遂进全为少保,而以大理卿徐希稷知楚州。军变之先一日,苟梦玉已知其谋,亟告于国,国不以为然。至是,全得其告变之书,欲杀之,而梦玉已归滁。乃命数十骑邀于路而杀之。制府捐三千缗捕贼,而全亦捐五千缗,无状大率如此。希稷至楚,一意逢迎。全益以骄。既而还青州,或传为金人所擒,或以为已死。刘琸乘时自诡以驱除余党。史丞相入其言,遂召希稷,而以琸为代。琸即以盱眙军马自随,中途所乘马无故而踣,琸怒,遂斩二濠寨官。人疑其非吉征也。琸初至,军声颇振。不数日,措置乖方。南、北军已相疑,适忠义军总管夏全自盱眙领五千人来。先是,全欲杀夏,琸为解免之。至是,琸留以自卫,且资其军以制全。然夏军素骄,时有过劫掠居民,琸乃捕为首数人斩之,犹未戢。乃札忠义都统权司张忠政权副都统,忠政辞不就。杨姑姑知之,遂呼忠政谋所以拒制司之策。忠政曰:"朝廷无负北军。夫人若欲忠政反,惟有死耳。"遂归家,令妻子自经,次焚告敕宝货于庭,然后自尽。制司闻变,遂戒严。命夏全封闭李全、刘全、张林等府库,且出榜令北军限三日出城。是日,诸营搬移自东北门出。夏军坐门首搜检,凡金银妇女多攘取之。余皆疑惧不敢出,制司又从而驱逐之。有黑旗一对仅百人,乃北军之精锐者,坚不肯出。潜易衣装,与夏军混杂。南军欲注矢挥刃,则呼曰:"我夏太尉军也。"南军遂不疑之。至晡,大西门上火忽起;至夜,遂四面纵火,杀害军民。琸遂命守子城,护府库。凡两日夜,军皆无火饭,饥困不复用命。夏全知事急,遂挺身入北军。李姑姑遂与夏剧饮,酒酣,泣曰:"少保今不知存亡,妾愿以身事太尉,府库人马,皆太尉物也。本一家人,何为自相戕?若今日剿除李氏,太尉能自保富贵乎?"夏全惑其说,乃阴与李军合,反戈以攻南军。琸屡遣人招夏议事，竟不至，乃以十万贯犒军求和。夏全乃令开一路，以马军二百卫送琸出大西门。星夜南奔，至宝应，已四鼓矣。从行官属惟余元庾、沈宣子，余悉死焉。夏军回至淮阴，乃为时青、令晖夹击，尽得所掳财物七巨艘。既至盱眙，范成、张惠闭门拒之，且就军中杀其母妻，于是夏全乃轻身北窜。刘琸遂移司于扬之堡寨。朝廷遂改楚为淮安州，命将作少监姚翀知州事。时李全犹未还，王义深、国安用为权司。刘庆福与张甫谋就楚之淮河缚大浮桥。或告李姑姑以二人欲以州献金人，姑姑即遣人请姚翀议事。翀不获已而往，则大厅已设四果卓，余二客则庆福及甫也。庆福先至，姑姑云："哥哥不快，可去问则个。"谓李福也。时福卧于密室，凡迂曲数四乃至。庆福至榻前云："哥哥没甚事？"福云："烦恼得恁地。"刘觇福榻有剑出稍，心动亟出，福急挥剑中其脑。既而甫至，于外呼云："总管没甚事否？"福隐身门左，俟其入，即挥剑，又仆之。福遂携二首以出，乃大张乐剧饮。姚遂揭榜，以刘、张欲谋作过，密奉朝旨已行诛戮，乃闻于朝。李福增秩，姑姑赐金，进封楚国夫人。未几，福复以预借粮券求衅，遂召北军入城，官民死者甚众，姚翀赖国安用匿之而免。于是朝廷诸阃各主剿除分屯之说，久之不决。既而盱眙守彭忱乃遣张惠、范成入淮安，说国安令杀李福及李姑姑。未几，李福就戮，而姑姑则易服往海州矣。其后分屯之说已定，而江阃所遣赵澜夫剿杀之兵适至。北军怒为张、范所卖，欲杀之，二人遂遁去。国安用追至盱眙，彭忱宴之，方大合乐，忽报军变，始知张、范已献盱眙于北矣。彭忱遂为所擒。既而李全至楚，揭榜自称山东、淮南行省，于是尽据淮安、海州、涟水等处。先是，全遣张国明入朝禀议，嫚书至，朝廷未有以处之。会时青亦遣人至，国明遂遣人报全，全遂杀青。国明极言李全无它意，朝廷遂遣赵拱奉两镇节钺印绶以往。而江阃乃遣申生结全帐下谋杀之，事觉，全囚申生，以其事上于朝。盖全时已有叛志矣。会盐城陈遇谋于东海截夺全青州运粮之船，全由是愈怒，遂兴问罪之师。首攻海陵，守臣宋济迎降，遂进围扬州。朝廷始降诏削夺全官爵，住结钱粮，会诸路兵诛讨，然战多不利，内外为之震动。是时全合诸项军马，并驱乡民二十余万，一夕筑长围数十里，围合扬之三城，为必取之计。会元夕，欲示闲暇，于城中张灯大宴,全亦张灯于平山堂中。夜,全乘醉引马步极力薄城,赵范命其弟葵领兵出城迎战,至三鼓,胜负未决。葵先命李虎、丁胜同持兵塞其瓮门。至是,全欲还而门已塞,进退失据,且战且退,遂陷于新塘。由是各散去。次日于沮洳乱尸中,得一红袍而无一手指者,乃全也。先是全投北,尝自断一指,以示不复南归。时绍定四年正月。后三日,北军悉遁。制府露布闻于朝,遂乘胜复泰之盐城。后三月,淮南诸州北军皆空城而去矣。其雏松寿者,乃徐希稷之子。贾涉开阃维扬日,尝使与诸子同学。其后全无子,屡托涉祝之。涉以希稷向与之念,遂命与之,后更名坛云。刘子澄尝著《淮东补史》,纪载其详。然余所闻于当时诸公,或削书所未有者,因撱其概于此,以补刘氏之阙文云。

王 公 衮 复 仇

王宣子尚书母,葬山阴狮子坞,为盗所发。时宣子为吏部员外郎,其弟公衮待次乌江尉,居乡物色得之,乃本村无赖嵇泗德者所为。遂闻于官,具服其罪,止从徒断,黥隶他州,公衮不胜悲愤。时犹拘留钤辖司,公衮遂诱守卒饮之以酒,皆大醉,因手断贼首,朝复提之,自归有司。宣子亟以状白堂,纳官以赎弟罪。事下给舍议,时杨椿元老为给事,张孝祥安国兼舍人,书议状曰:“复仇,义也。夫仇可复,则天下之人,将交仇而不止,于是圣人为法以制之。当诛也,吾为尔诛之;当刑也,吾为尔刑之。以尔之仇,丽吾之法。于是凡为人子而仇于父母者不敢复,而惟法之听,何也? 法行,则复仇之义在焉故也。今夫佐、公衮之母既葬,而暴其骨,是僇尸也。父母之仇,孰大于是? 佐、公衮得贼而辄杀之,义也;而莫之敢也,以为有法焉。律曰:‘发冢开棺者绞。’二子之母,遗骸散逸于故藏之外,则贼之死无疑矣。贼诚死,则二子之仇亦报。此佐、公衮所以不敢杀之于其始获,而必归之吏也。狱成而吏出之,使贼阳阳出入闾巷与齐民齿。夫父母之仇,不共戴天者也。二子之始不敢杀也,盖不敢以私义故乱法。今狱已成矣,法不当死,二子杀之,罪也;法当死,而吏废法,则地下之辱,沈痛郁结,终莫之伸。为之子者,尚安得自比于人也哉! 佐有官守,则公衮之杀是贼,协于义而宜于法者也。《春秋》之义,复仇。公衮起儒生,尪羸如不胜衣。当杀贼时,奴隶皆惊走,贼以死捍,公衮得不死,适耳。且此贼掘冢至十数,尝败而不死。今又败焉,而又不死,则其为恶,必侈于前。公衮之杀之也,岂特直王氏之冤而已哉!椿等谓:公衮复仇之义可嘉,公衮杀掘冢法应死之人为无罪,纳官赎弟佐之请当不许,故纵失刑有司之罚宜如律。"诏:"给舍议是。"其后,公衮于乾道间为敕令所删定官。一日,登对。孝宗顾问左右曰:"是非手斩发冢盗者乎?"意颇喜之。未几,除左司。公衮为人癯甚。王龟龄尝赠诗有云"貌若尪羸中甚武"者,盖纪实也。

富 春 子

宝庆间,有孙氏子名守荣,善风角鸟占,其术多验,号"富春子"。薄游雪上,闻谯楼鼓角声,惊曰:"旦夕且有变,而土人当有典郡者。"适见富公王元春,因贺之曰:"旦夕乡郡之除,必君也。"王以为诞。越两月,而潘丙作乱,王果以告变之功典郡。自是人始神之。后登史卫王之门,颇为信用。一日,闻鹊噪,史令占之,云:"来日晡时,当有宝物至,然非丞相所可用者。今已抵关,必有所碍,而未入耳。"翌日,果李全以玉柱斧为贡,为阍者迟留,质之于府而后纳。史尝得李全书,置之袖间未启也,因扣云:"吾袖中书,所言何事?"对曰:"假破囊二十万耳。"剥封,果然。史以此深忌之。后以他故,黥至远郡死焉。后未见有得其术者。

王宣子失告命

辇毂之下,政先弹压,然一智不足以胜众奸。王佐宣子虽以文魁天下,而吏才极高,寿皇深喜之。尹临安日,禁戢群盗甚严,都城肃然。既而以治办受赏增秩,告命甫下,置卧内,旦起忽失之。宣子知为所侮,略不见之辞色。他日奏事毕,从容以白上曰:"鼠辈恶臣穷其奸,故为是以沮臣尔。"上曰:"何以处之?"对曰:"臣若张皇物色,正堕其计中，惟有置之不问。异时从吏部求一公据足矣，今未敢请也。"上称善。

配 盐 幽 菽

昔传江西一士求见杨诚斋，颇以该洽自负。越数日，诚斋简之云："闻公自江西来配盐幽菽，欲求少许。"士人茫然莫晓，亟往谢曰："某读书不多，实不知为何物？"诚斋徐检《礼部韵略》"菽"字示之，注云："配盐幽菽也。"然其义亦未可深晓。《楚辞》曰："大苦咸酸辛甘行。"说者曰："大苦，菽也。言取菽汁调以咸酢椒姜饴密，则辛甘之味皆发而行。"然古无豆菽。史《急就篇》乃有"芜荑盐菽"。《史记·货殖传》有"蘖曲盐菽千答"。《三辅决录》曰："前对大夫范仲公，盐菽蒜果共一箪。"盖秦、汉以来始有之。

疽 阴 阳 证

族伯临川推官，平生以体孱气弱，多服乌附、丹砂。晚年疽发背，其大如扇，医者悉归罪于丹石之毒。凡菉粉、羊血解毒之品，莫不遍试，殊不少损。或以后市街老祝医为荐者，祝本疡医，然指下极精。诊脉已，即云："非敢求异于诸公，然此乃极阴证。在我法中，正当多服伏火朱砂及三建汤，否则非吾所知也。"诸子皆有难色，然其势已殆，姑尝试一二小料。而祝复俾作大剂，顿服三日后，始用膏药敷贴，而丹砂、乌附略不辍口，余半月而疮遂平。凡服三建汤二百五十服，此亦可谓奇工矣。洪景卢所载：时康祖病心痔，用圣惠方治腰痛，鹿茸、附子药服之而差。又福州郭医用茸、附医漏痔疾，皆此类也。盖痈疽皆有阴阳证，要当决于指下。而今世外科往往不善于脉，每以私意揣摩，故多失之。此不可不精察也。

陈 周 士

祸福报应之说，多傅会传讹，未可尽信。今有乡曲目击晓然一事,著之于此,以为世戒。陈周士造,直斋侍郎振孙之长子,登第为嘉禾倅,摄郡。一日,宴客于月波楼。有周监酒者勇爵,代庖于此,乃赵与篪德渊之隶。是日,适以小舟载客薄游,初不知郡将之在楼也。周士适顾见,周急舣棹趋避。周士令询之,知为周也,怒形于色曰:"某不才,望轻,遂为一卒相侮如此。"乃捃摭其数事,作书达之于赵,备言赃滥过恶。时赵守吴,即日遣逮,决脊编置,仍押至嘉禾示众。时方炎暑,周士乃裸而暴之烈日中,疮血臭腐,数日而死。临危叹曰:"陈通判屈打杀我,当诉之阴府矣。"时宝祐丙辰季夏也。是岁十二月,周士疽发背而殂。吁,可畏哉!

秀 王 嗣 袭

秀安僖王,寿皇本生父也。用濮安懿王故事,以子孙嗣袭。安僖薨,子伯圭嗣,是为崇王,谥宪靖。长孙曰师夔,早卒。师揆嗣,是为澧王。师垂、师禼皆先卒,师禹嗣,是为和王。师皋又卒。师嵓宝庆元年自知庆元府入嗣,未朝谢而薨,是为永王。师弥以宝庆三年嗣,至宝祐六年,历三十一年而后薨,是为润王。次师贡,先薨。曾孙希字行,亦皆先亡。至景定二年,元孙与泽以浙西仓归班袭嗣,至咸淳七年薨,是为临海郡王。其次与訔先卒。是岁冬,与泽以知全州换授吉州刺史,主奉香火。其间以傍宗入继者,盖十居五六焉。

卷十

古今左右之辨

南人尚左，北人尚右。或问孰为是？因考其说于此，与有识者订之。《檀弓》郑氏注云："丧尚右，右，阴也；吉尚左，左，阳也。"《老子》亦云："吉事尚左，凶事尚右。"河上公注："左，生位也；右，阴道也。"《礼·正义》："案特牲、少牢，吉祭皆载右畔。"《士虞礼》："凶事载左畔，吉祭载右畔。从地道尊右，凶事载左畔，取其反吉也。"《老子》又曰："偏将军处左，上将军处右。"河上公注："卑而居阳，以其不专杀；尊而居左，以其主杀也。"吴世杰《汉书刊误》云："凶事尚右，孔子有姊之丧之事也。"《礼》："乘君之乘车，不敢旷左。"注谓："车上贵左，乘车则贵左，兵车则贵右。乘车，君在左，御者在中。兵车，君在中，御者在左。"《少仪》论乘兵车云："军尚左。"疏云："军将尊，尚左。"按《老子》"上将军处右，偏将军处左"，非指车同言也。《左传》："韩厥代御，居中。"杜注："自非元帅，御皆在中，将在左。"乃知兵车惟君及元帅然后尚右，其余将军亦尚左而已。按古人主当阼，以右为尊而逊客，而己居左，则左非尊位也。后世以左为主位，而贵不敢当，则以左为尊也。如魏无忌迎侯生，而虚车左，何也？地道阴道尚右，故后世之祀，以右为上。今宗庙亦然。人家门符，左神荼，右郁垒。考张平子赋亦云："守以郁垒，神荼副焉。"《左传》载："天子所右，寡君亦右之。天子所左，寡君亦左之。"则以右为助之重且大者。汉"右贤左戚"，他如"左官"、"左迁"，又皆以左为轻。或谓左手足不如右强，故论轻重者，必重右而轻左。汉制尚右，详见班史。

史 记 多 误

　　班孟坚《汉书》,大抵沿袭《史记》,至于季布、萧何、袁盎、张骞、卫、霍、李广等赞,率因《史记》旧文稍增损之,《张骞赞》,即《史记·大宛传》后。或有全用其语者,前作后述,其体当然。至如《司马相如传赞》,乃固所自为。而《史记》乃全载其语,而作"太史公曰",何邪? 又迁在武帝时,雄生汉末,亦安得谓"扬雄以为靡丽之赋,劝百而讽一"哉! 诸家注释,皆不及之。又《公孙弘传》,载平帝元始中,诏赐弘子孙爵。徐广注谓"后人写此以续卷后",然则相如之赞,亦后人剿入,而误以为太史公无疑。至若《管仲传》云"后百余年有晏子",《孙武传》云"后百余岁有孙膑",《屈原传》云"后百余年有贾生",皆以其近似,类推之耳。至于《优孟传》云"其后二百余年,秦有优旃",而《淳于髡传》亦云"其后百余年,楚有优孟",何邪? 殊不思优孟在楚庄王时,淳于髡在齐威王时。楚庄乃春秋之世,齐威乃战国之时,谓"前百余年,楚有优孟"可也,今乃错谬若此。且先传髡而后叙孟,其次序晓然。谓之非误,可乎?

文 意 相 类

　　李德裕《文章论》云:"文章当如千兵万马,风恬雨霁,寂无人声。"黄梦升《题兄子庠之辞》云:"子之文章,电激雷震,雨雹忽止,阒然泯灭。"欧公喜诵之,遂以此语作《祭苏子美文》云:"子之心胸,蟠屈龙蛇,风云变化,雨雹交加,忽然挥斥,霹雳轰车。人有遭之,心惊胆破,震汗如麻。须臾霁止,而四顾山川草木,开发萌芽。子于文章,雄豪放肆,有如此者,吁可怪耶!"东坡《跋姜君弼课策》亦云:"云兴天际,歘然车盖,凝眝未瞬,弥漫霍霅。惊雷出火,乔木糜碎,般地蛰空,万夫皆废。雷练四坠,日中见沫,移晷而收,野无完块。"张文潜《雨望赋》云:"飘风击云,奔旷万里,一蔽率然如百万之卒赴敌骤战兮,车旗崩腾而矢石乱至也。已而余飘既定,盛怒已泄;云逐逐而散归,纵横委乎天末。又如战胜之兵，整旗就队，徐驱而回归兮，杳然惟见夫川平而野阔。"皆同此一机括也。

杨太后

慈明杨太后养母张夫人善声伎，随夫出蜀，至仪真长芦寺前僦居。主僧善相，适出见之，知其女当贵。因招其父母饭，语之故；且勉之往行都，当有所遇。以"无资"告，僧以二千楮假之，遂如杭。或导之入慈福宫，为乐部头。后方十岁，以为则剧孩儿。宪圣尤爱之，举动无不当后意。有嫉之者，适太皇入浴，侪辈俾服后衣冠为戏，因潜之后。后笑曰："汝辈休惊，他将来会到我地位上在。"其后茂陵每至后所，必目之，后知其意。一日内宴，因以为赐，且曰："看我面，好好看他。"傅伯寿草《立后制》有云："洪惟太母，念我文孙。美其冠于后庭，俾之见于内殿。"盖纪实也。既贵，耻其家微，阴有所遗，而绝不与通。密遣内珰求同宗，遂得右庠生严陵杨次山以为侄。既而宣召入见，次山言与泪俱，且指他事为验，或谓皆后所授也。后初姓某，至是始归姓杨氏焉。次山随即补官，循至节钺郡王云。<small>长芦僧事与章献玉泉事绝相类。</small>

脱靴返棹二图赞

牟存叟端明守当涂日，郡圃有脱靴亭，以谪仙采石得名，存叟绘以为图。又以山谷崇宁初守当涂，方九日而罢，盖坐尝作《荆州承天院塔记》，转运判官陈举承执政赵挺之风旨，摘其间数语以为幸灾谤国，除名谪宜州，遂作《返棹》一图以为对。各系以赞，未几流传中都。时相丁大全、内侍董宋臣闻而恶之，遂捃摭其在都日馈遗过客钱酒等物，并指为赃。下所居郡，监逮甚严。自此朝绅结舌，驯至开、庆之祸焉。二赞削稿久矣，余偶得之。《脱靴》云："锦袍兮乌帻，神清兮气逸。凌轹兮万象，麾斥兮八极。我思古人，伊李太白。孰为使之朝禁林而暮采石也，其天宝之孽幸欤？疏摘词章，浸润宫掖。吾观脱靴之图，未尝不嫉小人之情状，而伤君子之疏直。惟公之高躅兮，霍神龙之不可以羁绁。觇富贵如敝屣兮，其得失又何所欣戚也。"《返棹》云："幅巾兮野服，貌腴兮神肃。孤骞兮风雅，唾视兮爵禄。我思古人，伊黄山谷。曷为使之六年僰道而九日姑孰也，其符、绍之朋党欤？组织寺记，指摘实录。吾观返棹之图，未尝不感君子之流落，而痛小人之报复。惟公之高风兮，渺惊鸿之不可以信宿。觇吾道犹虚舟兮，其去来又何所荣辱也。"予尝谓山谷初以言语掇祸，公又以山谷得罪，是殆有数。然清名照映于二百年间，士之生世，亦何惮而不为君子哉！

轻 容 方 空

纱之至轻者，有所谓"轻容"，出唐《类苑》云："轻容，无花薄纱也。"王建《宫词》云："嫌罗不著爱轻容。"元微之有寄白乐天白轻容，乐天制而为衣。而诗中"容"字乃为流俗妄改为"庸"，又作"榕"，盖不知其所出。《元丰九域志》"越州岁贡轻容纱五匹"是也。又有所谓"方空"者。《汉·元帝纪》："罢齐三服官。"注云："春献冠帻，縰为首服，纨素为冬服，轻绡为夏服，凡三。"师古曰："縰与纚同音山尔反，即今之方目纱也。"又《后汉》："建初二年，诏齐相省冰纨、方空縠、吹纶絮。"纨，素也。冰，言色鲜洁如冰。《释名》曰："縠绥方空者，纱薄如空也。"或曰："空，孔也。即今之方目纱也，纶如絮而细。吹者，言吹嘘可成此纱也。"荆公诗云"春衫犹未著方空"者是也。二纱名，世少知，故表出之。

范 公 石 湖

文穆范公成大，晚岁卜筑于吴江盘门外十里。盖因阖闾所筑越来溪故城之基，随地势高下而为亭榭。所植多名花，而梅尤多。别筑农圃堂对楞伽山，临石湖，盖太湖之一派，范蠡所从入五湖者也。所谓姑苏前后台，相距亦止半里耳。寿皇尝御书"石湖"二大字以赐之。公作《上梁文》，所谓"吴波万顷，偶维风雨之舟；越戍千年，因筑湖山之观"者是也。又有北山堂、千岩观、天镜阁、寿乐堂,他亭宇尤多。一时名人胜士,篇章赋咏,莫不极铺张之美。乾道壬辰三月上巳,周益公以春官去国,过吴,范公招饮园中。夜分,题名壁间云:"吴台、越垒,距门才十里,而陆沉于荒烟野草者千七百年。紫薇舍人,始创别墅,登临得要,甲于东南。岂鸱夷子成功于此,扁舟去之,天阙绝景,须苗裔之贤者,然后享其乐邪?"为击节,而前后所题尽废焉。

多　蚊

　　吴兴多蚊,每暑夕浴罢,解衣盘礴,则营营群聚,嘈噆不容少安,心每苦之。坡翁尝曰:"湖州多蚊蚋,豹脚尤毒。"且见之诗云:"飞蚊猛捷如花鹰。"又云:"风定轩窗飞豹脚。"盖湖之豹脚蚊著名久矣。旧传崇王入侍寿皇,圣语云:"闻湖州多蚊,果否?"后侍宴,因以小金盒贮豹脚者数十枚进呈。盖不特著名,亦且尘乙览矣。盖蚊乃水虫所化,泽国故应尔。闻京师独马行街无蚊蚋,人以为井市灯火之盛故也。吴兴独江子汇无蚊蚋,旧传马自然尝泊舟于此所致。故钱信《平望蚊》诗云:"安得神仙术,试为施康济。使此平望村,如吾江子汇。"然余有小楼在临安军将桥,面临官河,污秽特甚。自暑徂秋,每夕露眠,寂无一蚊。过此仅数百步,则不然矣。此亦物理之不可晓者。渡淮蚊蚋尤盛,高邮露筋庙是也。孙公《谈圃》云:"泰州西洋多蚊,使者按行,以艾烟薰之,方少退。有一厅吏醉仆,为蚊所嘈而死。"世传范文正诗云:"饱似樱桃重,饥如柳絮轻。但知从此去,不要问前程。"即其地也。闻大河以北,河冰一解,如云如烟。若信、安、沧、景之间,夏月牛马皆涂之以泥,否则必为所毙。按《尔雅》:"鹢,蟁母,一名蚊母,相传此鸟能吐蚊。"陈藏器云:"其声如人呕吐,每吐辄出蚊一二升。"李肇《唐史补》称:"江东有蚊母鸟,亦谓之吐蚊鸟。夏夜则鸣吐蚊于丛苇间,湖州尤甚。"又曰:"端新州有鸟,类青鹢而嘴大。常于池塘捕鱼,每一鸣,则蚊群出其口,亦谓之吐蚊鸟,又谓之鹢。然以其羽为扇,却可辟蚊。岭南又有蚊子木,实如枇杷,熟则自裂,蚊尽出而实空。塞北又有蚊母草者,其说亦然。"《淮南子》曰:"水蛊为蟌,孑孓为蟊，兔啮为蟹。物之所为，出于不意。弗知者惊，知者不怪。"今孑孓，污水中无足虫也，好自伸屈于水上，见人辄沉。久则蜕而为蚊，盖水虫之所变明矣。东方朔隐语云："长喙细身，昼亡夜存，嗜肉恶烟，为指掌所扪。"若生草中者，吻尤利，而足有文彩，号为豹脚。又其字或从"昏"，志其出时也，又为"闽"，以虫之在门中也。《说文》曰："秦谓之蟁，楚谓之蚊。"《夏小正》云："丹鸟，萤也。羞白鸟，谓萤以蚊为粮云。"然则育蚊者非一端，固不可专归罪于水也。因萃数说，戏为吾乡解嘲。孑，俱折反。孓，勿二反。

俞侍郎执法

吾乡前辈俞且轩侍郎，善墨戏竹石，盖源流射泽而自成一家，逮今为人宝重。然人知其能画，而不知其为人，因书其概于此。侍郎名澄，字子清，用伯祖阁学俟字居易恩入仕，中刑法科。短小精悍，清谈简约，乐易无涯岸，而居官守正不阿。其为福建检法，陈应澄丞相帅三山，治盗过严，一日，驱数十囚欲投诸海。澄白其长曰："朝廷有宪部而郡国无宪台，可乎？"力争之，因命阅实。遂为区别戮者、黥者各若干。陈始怒而后喜其有守，悉从之，且荐以京削。为刑部郎日，有乡豪素以侠称，为时所畏。杀人诿罪其奴。狱上，驳之，请自鞫豪，因得其直。光宗壮之，即日除大理少卿，然竟为豪挤去。又常德有舟稍程亮，杀巡检宋正国一家十二口，累岁始获，乃在宁庙登极赦前，吏受其赂，欲出之。澄奏援太祖朝戮范义超故事，以为杀人于异代，既更开国大霈，犹所不赦，况亮乎？于是遂正典刑。他可纪者尚多。后权刑部侍郎，以待制致仕，家居十年乃终，年七十八。"且轩"，其自号也。俞氏自退翁起家，七十而纳禄者，至澄凡五人。且皆享高年，有园池、琴书、歌舞之乐，乡曲荣之。后余得竹石二纸于故家，叶如黍米，石亦奇润，自成一家。上题印曰："居易戏作。"盖阁学俟所为也。因知子清戏墨有所自来，此亦人所未知者，因并表而出之。

尹　惟　晓　词

梅津尹涣惟晓未第时,尝薄游苕溪籍中,适有所盼。后十年,自吴来霅,舣舟碧澜,问讯旧游,则久为一宗子所据,已育子,而犹挂名籍中。于是假之郡将,久而始来。颜色瘁赦,不足膏沐,相对若不胜情。梅津为赋《唐多令》云:"蘋末转清商,溪声供夕凉。缓传杯,催唤红妆。焕绾乌云新浴罢,裙拂地,水沉香。　　歌短旧情长,重来惊鬓霜。怅绿阴,青子成双。说着前欢伴不采,扬莲子,打鸳鸯。"数百载而下,真可与杜牧之"寻芳较晚"之为偶也。

都　　厕

《刘安别传》云:"安既上天,坐起不恭。仙伯主者,奏安不敬,应斥。八公为安谢过,乃赦之,谪守都厕三年。"半山诗云:"身与仙人守都厕,可能鸡犬得长生?"然则"都厕"者,得非今世俗所谓"都坑"乎?然"厕"字亦有数义。《说文》云:"圂、厕也,圊也。"《庄子·庚桑楚篇》:"适其偃。"注云:"偃,屏厕也。屏厕则以偃溲。"《仪礼·既夕礼》:"甸人筑冷坎,隶人涅厕、塞厕。"《万石君传》:"建为郎中,每五日归谒亲,切问侍者,取亲中裙厕牏,身自浣洗。"孟康注曰:"厕,行清。牏,行中受粪函也。"他如:晋侯食麦,胀如厕,陷而卒。赵襄子如厕,心动,执豫让。高祖如厕,心动,见柏人。金日磾如厕,心动,擒莽何罗。范睢佯死置厕中。李斯如厕见鼠。贾姬如厕逢彘。陶侃如厕见朱有。刘寔、王敦并误入石崇厕。郭璞被发厕上。刘和季厕上置香炉。沈庆之梦卤簿入厕中。崔浩焚经投厕中。钱义厕神。李赤厕鬼。文类甚多,皆为溷厕之厕无疑。而《汲黯传》:"大将军青侍中,上踞厕见之。"音训则谓床边为厕。《张敞传》:"孝文皇帝居霸陵,比临厕。"服虔注曰:"厕,侧临水。"韦昭则曰:"高岸狭水为厕。"《张释之传》:"从行至霸陵,上居外临厕。"师古注亦曰:"岸之边侧也。"因并考著于此云。

敬 岩 注 唐 书

王元敬大卿佖，强直自遂，不轻许可。尝注《唐书》，自以为人莫能及。括苍老士某者，深于史学，亦尝增注《唐书》，因携以求正焉。王读至建成、元吉之事，遽笑云："建成，储君也，当以'弑'书，岂得谓'杀'？此书殊未然。"遂掷还之。某士者大不平，徐起答之曰："杀兄之字，盖本《孟子》'象日以杀舜为事'，今卿弑兄之字，出于何书？"王仓卒无以为答。是知文字未可以轻訾议也。

黄 子 由 夫 人

黄子由尚书夫人胡氏，与可元功尚书之女也。俊敏强记，经史诸书略能成诵。善笔札，时作诗文亦可观。于琴弈写竹等艺尤精，自号惠斋居士，时人比之李易安云。时赵师罴从善知临安府，立放生池碑于湖上，高文虎炳如内翰为之作记，误书"鸟兽鱼鳖，咸若商历以兴"，既以锓石分送朝行，夫人一诵，即知其误。会炳如以藏头策题得罪多士，而从善又以学舍张盖殴人等，尝断其仆。诸士既闻其事，遂作小词讥诮之："作为夏王道不是商王，这鸟兽鱼鳖是你者？"乃胡氏首指其误也。他日，胡氏俎，其婢窃物以逃，捕得之，送临安府。从善衔之，遂鞫其婢，指言主母平日与弈者郑日新通，郑、越人，世号越童。所失物乃主母与之耳。因逮郑系狱黥之。未几，子由以帷薄不修去国。事之有无固不可知，而从善之用心亦薄矣。后十余年，从善死，其子希苍亦死。其妇钱氏茕处，独任一干主家事。有老仆知其私，颇持之。钱氏与干者欲灭其口，遂以他事系官，竟毙于狱，且擅焚之。未几，仆家声其冤于宪台。时林介持宪节方振风采，遂逮钱氏于庭，经营巨援，仅尔获免，而干者遂从黥籍。信人之存心，不可以不近厚，而报复之理，昭昭不容揜也如此。

洪景卢自矜

洪景卢居翰苑日，尝入直，值制诏沓至，自早至晡，凡视二十余草。事竟，小步庭间，见老叟负暄花阴。谁何之？云："京师人也，累世为院吏，今八十余，幼时及识元祐间诸学士，今予孙复为吏，故养老于此。"因言："闻今日文书甚多，学士必大劳神也。"洪喜其言，曰："今日草二十余制，皆已毕事矣。"老者复颂云："学士才思敏捷，真不多见。"洪矜之云："苏学士想亦不过如此速耳。"老者复首肯咨嗟曰："苏学士敏捷亦不过如此，但不曾检阅书册耳。"洪为赧然，自知失言。尝对客自言如此，且云："人不可自矜。是时使有地缝，亦当入矣。"

吴郡王冷泉画赞

庄简吴秦王益，以元舅之尊，德寿特亲爱之，入宫，每用家人礼。宪圣常持盈满之戒，每告之曰："凡有宴召，非得吾旨，不可擅入。"一日，王竹冠练衣，芒鞋筇杖，独携一童，纵行三竺，灵隐山中，濯足冷泉磐石之上。游人望之，俨如神仙，遂为逻者闻奏。次日，德寿以小诗召之曰："趁此一轩风月好，橘香酒熟待君来。"令小珰持赐，王遂亟往。光尧迎见，笑谓曰："夜来冷泉之游，乐乎？"王恍然顿首谢。光尧曰："朕宫中亦有此景，卿欲见之否？"盖垒石觅泉，像飞来香林之胜，架堂其上曰冷泉。中揭一画，乃图庄简野服濯足于石上，且御制一赞云："富贵不骄，戚畹称贤。扫除膏粱，放旷林泉。沧浪濯足，风度萧然。国之元舅，人中神仙。"于是尽醉而罢，因以赐之，亦可谓戚畹之至荣矣。画今藏其曾孙洁家，余尝见之。

绢　　纸

坡翁尝醉中为河阳郑倅书，明日视之，纸乃绢也，遂自题于后云：

"古者本谓绢纸，近世失之云。"盖古人多以绢为纸，乌丝栏乃织成为卷而书之。所谓茧纸者，亦以茧为纸也。按《蔡伦传》云："用缣帛者，谓之纸。缣贵简重，不便于人，乃用木肤麻皮等。"隋《修文殿御览》载晋人藏书数，有"白绢草书"、"白绢行书"、"白锻绢楷书"之目。又魏太和间，博士张楫上《古今字帖》，其《巾部·辨纸字》云："今世其字从'巾'。盖古之素帛，依旧长短，随事截绢，枚数重垒，即名蟠纸，故字从'糸'，此形声也。蔡伦以布捣锉作纸，故字从'巾'，是其声虽同，而'糸'、'巾'则殊也。"卢仝《茶歌》有"白绢斜封三道印"之句，岂以绢书之邪？

谈 重 薄 命

吴兴人谈重元鼎，少领乡荐不第，晚就南廊，更数试，复不入等。章文庄兄弟皆与之同舍。嘉定戊辰，文庄兄弟在朝，谈入京将更试，请曰："二兄何以授我？"乃相与作备对数十付。已而文庄入为考官，得谈卷，甚喜。所批稍高，编排当在上二等。已而曰："名器不可以故人私之，但使脱助教足矣。"于是稍移向下。既而算计四等，合放若干，而谈之名适在末等之首，竟垂翅而归。一文学之微，造物亦靳之耶？

椰 酒 菊 酒

今人以椰子浆为椰子酒，而不知椰子花可以酿酒。唐殷尧封《寄岭南张明府》诗云："椰花好为酒，谁伴醉如泥？"九日菊酒，以渊明采菊，白衣送酒得名。而不知《西京杂记》所载菊花酒法，以菊花舒时，并采茎叶，杂秫米酿之，至来年九月九日始熟。此皆目前之事，而未有言者，何也？

混 成 集

《混成集》，修内司所刊本，巨帙百余。古今歌词之谱，靡不备具。

只大曲一类凡数百解,他可知矣,然有谱无词者居半。《霓裳》一曲共三十六段。尝闻紫霞翁云,幼日随其祖郡王曲宴禁中,太后令内人歌之,凡用三十人,每番十人,奏音极高妙。翁一日自品象管作数声,真有驻云落木之意,要非人间曲也。又言:"无太皇最知音,极喜歌。木笪人者,以歌《杏花天》,木笪遂补教坊都管。"间忆旧事,因书之以遗好事者。盖二曲皆今人所罕知云。

明真王真人

王妙坚者,本兴国军九宫山道妪也。居常以符水咒枣等术行乞村落,碌碌无他异。既而至杭,多游西湖两山中。一日,至西陵桥茶肆少憩,适其邻有陈生隶职御酒库,其妻适见之,因扣以妇人头胒^{音赋}。不可疏者,还可襄解否? 妪曰:"此特细事。"命市真麻油半斤,烧竹沥投之,且为持咒,俾之沐发。盖是时恭圣杨后方诛韩,心有所疑,而发胒不解,意有物祟,以此遍求襄治之术。会陈妻以油进,用之良验,意颇神之,遂召妙坚入宫,赐予甚厚,日被亲幸。且为创道宇,赐名明真,俾主之,累封真人。同时有黄冠易如刚者,嗜酒夸诞,薄知其事,欲以奇动。于是以黄绢方丈帛书大符以进。后大喜,赐予亦渥,后住太乙东宫。

牙

《诗》曰:"王之爪牙。"故军将皆建旗于前,曰"大牙",凡部曲受约束,禀进退,悉趋其下。近世重武,通谓刺史治所曰"牙"。缘是从卒为牙中兵,武吏为牙前将。俚语误转为"衙"。《珩璜论》云:"突厥畏李靖,徙牙于碛中。"牙者,旗也。《东京赋》:"竿上以牙饰之,所以自表识也。太守出有门旗,其遗法也。"后人遂以"牙"为"衙",早晚衙,亦太守出则建旗之义。或以衙为廨舍,儿子为"衙内"。《唐韵》注:"衙,府也。"亦讹。武德元年,宇文化及下牙,方敢启状。《释文》:"牙,旗名也,军中所建。"高保勗病,召衙内指挥使梁延副。"衙内",

盖官称耳。唐谓前殿为"正衙",岂亦以卫仗建旗而名邪?

字　　舞

州郡遇圣节锡宴,率命猥妓数十群舞于庭,作"天下太平"字,殊为不经。而唐《乐府杂录》云:"舞有字,以舞人亚身于地,布成字也。"王建《宫词》云:"罗衫叶叶绣重重,金凤银鹅各一丛。每遇舞头分两向,太平万岁字当中。"则此事由来久矣。

卷十一

黄德润先见

黄洽德润事阜陵为台谏，执政未尝有大建明，或讥其循默。淳熙末，上将内禅。一日朝退，留二府赐坐，从容谕及倦勤之意。诸公交赞，公独无语。上顾曰："卿以为何如？"对曰："皇太子圣德，诚克负荷。顾李氏不足母天下，宜留圣虑。"上愕然色变。公徐奏："陛下问臣，臣不敢自默。然臣既出此语，自今不得复觐清光，陛下异日思臣之言，欲复见臣，亦不可得矣。"退即求去甚力，以大资政知潭州。后寿皇在重华宫，每抚几叹曰："悔不用黄洽之言。"或至泪下。

谱牒难考

欧公著族谱，号为精密。其言询生通，自通三世生琮，为吉州刺史，当唐末，黄巢陷州县，率州民捍贼，乡里赖以保全。琮以下谱亡。自琮八世生万，为安福令。公为安福九世孙。以是考之，询在唐初，至黄巢时，几三百年，仅得五世。琮在唐末，至宋仁宗才百四十五年，乃为十六世，恐无是理。后世谱牒散亡，其难考如此。欧阳氏无他族，其源流甚明，尚尔，矧他姓邪？

滕 茂 实

滕茂实字秀颖，吴人。国史作杭州人。初名裸，登政和第，徽宗改赐今名。靖康初，以太学正兼明堂司令，与路允迪、宋彦通奉使金国，割三镇。太原寻奉密诏，据城不下。金人怒之，因于云中。渊圣北迁，茂实冠裳迎谒，拜伏号泣，请侍旧主俱行。不从，且诱之曰："国破主迁，所以留公者，盖将大用。”遂留之雁门。先是，自分必死，遂嘱友人董诜以奉使黄幡裹尸而葬，且大书九篆字云：“宋使者东阳滕茂实墓。”复作诗，自叙云：“茂实奉使无状，不复返父母之邦。所当从其主，以全臣节。或怒而与之死，幸以所杖幡裹其尸，及以所篆九字刊之石，埋之台山寺下，不必封树。盖昔年病中，尝梦游清凉境界，觉而病愈，恐亦前缘。今预作哀辞，几于不达，方之渊明则不可，若苏属国牧羊海上，而五言之作，始敢援此例云。”诗曰：“虀盐老书生，缪列王都官。索米了无补，从事敢辞难。殊怜复盟好，仗节来榆关。城守久不下，川途望漫漫。俭辈果不惜，一往何当还。牧羊困苏武，假道拘张骞。流离念窘束，坐阅四序迁。同来悉已归，我独留塞垣。形影自相吊，国破家亦残。呼天竟不闻，痛甚伤肺肝。相逢老兄弟，悼叹安得欢？波澜卷大厦，一木难求安。就不违我心，渠不汗我颜。昔燕破齐王，群臣望风奔。王蠋独守节，齐人有甘言。经首自绝脰，感慨今昔闻。未尝食齐禄，徒以老为民。况我禄数世，一死何足论！远或没江海，近或死朝昏。敛我不须衣，裹尸以黄幡。题作宋臣墓，篆字当深刊。我室年尚幼，儿女皆童顽。四海无置锥，飘流倍悲酸。谁当给衣食，使不厄饥寒。岁时一酹我，犹足慰我魂。我魂亦悠悠，异乡寄沉冤。他时风雨夜，草木号空山。”后竟以忧愤成疾殂。北人哀其忠，为之起墓雁门山，岁时致祭焉。所记张浮休之弟确，尝为乌延帅幕，独不庭谒。童贯及徽宗本以五月五日生，以俗忌移之十月十日，皆可以补史阙。后董诜自拔归南，上所为诗，赠直龙图阁。国史虽有本传，甚略，且无其诗并叙，与此亦少异。余访之北方记录，得其实焉。

何 宏 中

何宏中字廷远，先世居雁门。父子奇，守武州宣宁尉，殁王事。宏中，宣和元年武举，廷对第二名，调滑州韦城尉。汴京被围，独韦城不下。后为河东、河北两路统制。接应副使武汉英守银冶路，立山寨七十四所。武汉英战死，宏中坚守，以粮尽被擒。金人怜其忠，授以官。廷远投牒于地曰：“我尝以此物诱人出死力，若辈乃欲以此吓我邪?"囚西京狱。久之,免为黄冠,自号"通理先生"。起紫微殿,迁徽宗、东华君御容以事之。所著有《成真》、《通理》二集。正隆四年病殁,临终有诗云:"马革盛尸每恨迟,西山饿死亦何辞? 姓名不到中兴历,自有皇天后土知。"其志亦可哀矣! 国史乃失其传焉。

姚 孝 锡

姚孝锡字仲纯,丰县人,登宣和六年第,调代州兵曹。金人寇雁门,州将恇怯议降,孝锡竟投床大鼾,不与其议。既得脱去,遂往五台薄移疾不仕,因家焉,时年方三十九。治生积粟至数万石,遇饥岁,尽出以赈贫乏,乡人德之。所居正据五台之胜,亭榭数十,花木百亩。中岁,尽以家事付诸子,日与宾朋放浪山水诗酒间,自号"醉轩"。至八十三乃终,有集号《鸡肋》。有《谒题滕茂实祠》云:"本期苏、郑共扬镳,不意芝兰失后凋。遗老只今犹涕泪,后生无复识风标。西陉雁度霜前塞,滹水樵争日暮桥。追想平生英伟魄,凌云一笑岂能招。"七言如"节物后先南北异,人情冷暖古今同","久客交情谙冷暖,衰年病骨识阴晴","玄晏暮年常抱病,子山终日苦思归","深林有兽乌先噪,废圃无人泉自流";"食贫岂复甘秦炙,客病空怀奏楚音";五言如"岸涨鱼吹沫,山空石转雷","谷虚生地籁,境寂散天香",皆佳句也。

蜀 娼 词

蜀娼类能文,盖薛涛之遗风也。放翁客自蜀挟一妓归,蓄之别室,率数日一往。偶以病少疏,妓颇疑之。客作词自解,妓即韵答之云:"说盟说誓,说情说意,动便春愁满纸。多应念得脱空经,是那个先生教底? 不茶不饭,不言不语,一味供他憔悴。相思已是不曾闲,又那得工夫咒你?"或谤翁尝挟蜀尼以归,即此妓也。又传一蜀妓述送行词云:"欲寄意,浑无所有,折尽市桥官柳。看君著上征衫,又相将放船楚江口。后会不知何日又,是男儿,休要镇长相守。苟富贵无相忘,若相忘有如此酒。"亦可喜也。

柜　木

杜诗《乞柜木》诗无音，或读作"岂"，而韵书亦无此字。集中又有"柜林碍日吟风叶"，郑氏注曰："五来反。"若然，当作"呆"字。余尝见陈体仁端明云："见前辈读若'欤'韵。"颇以为疑，后见《剑南诗》有："著书增木品，搜句觅柜栽。"又荆公诗云："濯锦江边木有柜，小园封植仁华滋。"益信"欤"音为然。柜，惟蜀有之，不才木也；或谓即榕云。

辩　章

《毛诗·采菽》："平平左右。"《毛氏传》曰："平平，辩治也。"《正义》云："《尧典》'平章百姓'，《书传》作'辩章'，则平、辩义通。"《读诗记》引《荀子》云："分不乱于上，能不穷于下，治辩之极也。《诗》云：'平平左右。'"今考书传，不见辩章事。《史记》作"便章"。徐广云："下云'便程'，则训'平'为'便'也。"骃按："《尚书》并作平字。"《索隐》云："古文《尚书》作'平'字。此文盖读平为浦庚切。平即训'辩'，遂为'辩章'。邹诞生本亦同。"汉以伏生书为今文，安国书为古文。《尧典》今古文皆有之，而作"辩章"者，今文也。特未知《诗疏》所授书传为谁作耳？昌黎《袁氏先庙碑》亦云："赞辩章。"

曹　泳

绍兴乙亥十月二十二日，秦桧亡。翼日，曹泳勒停，安置新州。先是，二十一日车驾幸桧第视疾，时已不能言，怀中出一札，乞以熺代辅政，上视之无语。既出，呼干办府问何人为此，则答以曹泳，遂有是命。泳初审名军中，并缘功赏列得班行。尝监黄岩酒税，秩满到部，注某阙钞上省。桧押敕，顾见泳姓名，问："何处人？"省吏对："此吏部拟注，不知也。"命于侍右书铺物色召见之，熟视曰："公，桧恩家也。"泳恍然不知所答。则又曰："忘之邪？"泳曰："昏忘，实不省于何处遭遇太师?"桧入室,有顷,取小册示泳使观之。首尾不记他事,但有字一行曰:"某年月日,某人钱五千,曹泳秀才绢二匹。"盖微时,索游富人家得五千,求益不可,泳时为馆客,探囊中得二缣曰:"此吾束修之余也,今举以遗子。"既别,不相闻。虽知桧贵震天下,不谓其即秦秀才也。泳曰:"不意太师乃能记忆微贱如此。"桧曰:"公真长者。"命其子孙出拜之。俾以上书易文资,骤用之至户部侍郎,知临安府。与谢伋尝有隙,台州之狱,泳有力焉。桧暮年颇有异志,泳实预其密谋。熺本桧妻党王氏子,蠢呆。尝燕亲宾,优者进妓,熺于座中大笑绝倒,桧殊不怪。桧素畏内,妾尝孕,逐之,生子为仙游林氏子,曰一飞,以桧故,仕至侍郎兼给事中。其兄一鸣,弟一鹗,皆位朝列。泳尝劝桧还一飞以补熺处,未果而桧死云。此事闻之谢伋之孙直。《中兴遗史》所载则曹筠也,与此颇有异同,故详载之。

朱汉章本末

绍兴三十二年六月十一日内禅,前一日宰相朱倬罢。倬字汉章,三山人,登宣和第。或谓张浚明橐荐之,非也;其实因刘贵妃以进。妃,北人,流寓闽中,有殊色。中贵人掌神御者图上其貌,久之不省,始归西外之宗家。它日,上见图悦之,命召入,遂有宠。其父懋,后至节度使。倬居乡里识之,夤缘缔交。后为学官,请外,得舒州。将陛辞,刺知上燕闲所观史传,于奏疏中道之,大称旨,留为郎。不数年,为中司,遂至宰相。最恶王十朋,其在台,尝风陈丞相康伯去之。陈以告汪圣锡,汪曰:"彼为中司,胡不自击之?"陈曰:"畏公议也。"汪曰:"彼则畏公议,相公独不畏公议乎?"既而十朋不自安,请外,将予郡,倬又曰:"颠人如何作郡?"乃得外大宗丞。公论大喧,然上眷殊厚。辛巳,视师回至平江,洪遵景严为守。时倬与康伯并相,遵以求入为祷,倬唯唯,康伯曰:"进退近臣,当由上意,非某所敢知也。"及将内禅,康伯奏:"书诏方冗,翰苑独员洪遵在近。"欲召之,倬恶其非出己,即曰:"不可。其弟迈新为右史,今复召遵,此苏轼与辙所以变乱元祐也。"上卒召遵副端。张震真父为同列言:"上方行尧、舜之事,此人岂可辅初政？不去之，必为天下患。"遂力攻之。上初不听。时竟传罩需在学生员皆免解，倬子端厚尝肄业，既荫补矣，颇欲并缘在学人例，窜名其间。真父廉得其事，疏中言之。上始怒，遂罢相。景严适当制，有云："为君子邦家之基，曾未闻于成效。有元良天下之本，乃欲冀于畴庸。"时真父疏不付出，内外迄莫知所坐，虽倬亦自疑惧，惴惴累年。汪公帅闽，至郡，方欲谒之，一夕暴下卒。国史本传乃谓高宗有内禅意，倬请徐之，及孝宗即位，谏臣以为言，以忧惧卒。或以为服药而疽，皆不然也。

陆务观得罪

陆务观以史师垣荐，赐第。孝宗一日内宴，史与曾觌皆预焉。酒酣，一内人以帕子从曾乞词。时德寿宫有内人与掌果子者交涉，方付有司治之。觌因谢不敢曰："独不闻德寿宫有公事乎？"遂已。它日，史偶为务观道之，务观以告张焘子宫。张时在政府，异日奏："陛下新嗣服，岂宜与臣下燕狎如此？"上愧问曰："卿得之谁？"曰："臣得之陆游，游得之史浩。"上由是恶游，未几去国。

苏师旦麻

苏师旦将建节，学士颜棫、莫子纯皆莫肯当制。易祓彦章为枢密院检详文字，师旦为都承旨，祓与之昵，欣然愿任责。遂以国子司业兼两制，竟为师旦草麻，极其谀佞。至用前人旧对所为有文事、有武备、无智名、无勇功者，盖以孔子比之，子房不足道也。既宣布，物论哗然，亟擢祓左司谏。诸生为之语曰："阳城毁裴延龄之麻，由谏官而下迁于司业；易祓草苏师旦之制，由司业而上擢于谏官。"既而韩诛，苏得罪，祓遂远贬。

雷 变 免 相

乾道丁亥十一月二日冬至，郊祀有风雷之变，宰相叶颙、魏杞，皆策免。先是，会庆节，金国使在庭时受誓戒矣。议者欲权免上寿，就馆锡宴，庙堂姑息，不能主其议，宴集英如常。天变岂偶然哉！洪迈当制，有曰："理阴阳而遂万物，所嗟论道之非；因灾异而策三公，实负在天之愧。"盖有所风也。

高 宗 立 储

孝宗与恩平郡王璩，同养于宫中。孝宗英睿凤成，秦桧惮之，宪圣后亦主璩。高宗圣意虽有所向，犹未决。尝各赐宫女十人。史丞相浩时为普安府教授，即为王言，上以试王，当谨奉之，王亦以为然。阅数日，果皆召入。恩平十人皆犯之矣；普安者，完璧也。已而皆竟赐焉。上意遂定。

慈 懿 李 后

慈懿李皇后，安阳人，父道本，戚方诸将，故群盗也。后天姿悍妒，既正椒房，稍自恣。始，成肃谢后事高宗及宪懿圣甚谨，至后颇偃蹇。或乘肩舆直至内殿，成肃以为言。后恚曰："我是官家结发夫妻。"盖谓成肃自嫔御册立也。语闻，成肃及寿皇皆大怒，有意废之。史太师已老，尝诏入见北宫，密与之谋，浩以为不可，遂已。宫省事秘，莫得详也。其后益无忌惮。贵妃黄氏有宠，后妒，每欲杀之。绍熙二年，光宗初郊，宿青城斋宫，后乘便，遂置之死地。或以闻，上骇且忿怒，于是遂得心疾。及上不豫，两宫有间言，天下寒心，皆归过于后。后以庆元庚申上仙，权殡赤山。甫毕，雷震山崩，亟复修治之。

道 学

伊、洛之学行于世，至乾道、淳熙间盛矣。其能发明先贤旨意，溯流徂源，论著讲解卓然自为一家者，惟广汉张氏敬夫、东莱吕氏伯恭、新安朱氏元晦而已。朱公尤渊洽精诣。盖以至高之才，至博之学，而一切收敛，归诸义理。其上极于性命天下之妙，而下至于训诂名数之末，未尝举一而废一。盖孔、孟之道，至伊、洛而始得其传。而伊、洛之学，至诸公而始无余蕴。必若是，然后可以言道学也已。此外有横浦张氏子韶、象山陆氏子静，亦皆以其学传授。而张尝参宗杲禅，陆又尝参杲之徒德光，故其学往往流于异端而不自知。程子所谓今之异端，因其高明者也。至于永嘉诸公，则以词章议论驰骋，固已不可同日语。世又有一种浅陋之士，自视无堪以为进取之地，辄亦自附于道学之名。褒衣博带，危坐阔步。或抄节语录以资高谈，或闭眉合眼号为默识。而扣击其所学，则于古今无所闻知；考验其所行，则于义利无所分别。此圣门之大罪人，吾道之大不幸，而遂使小人得以藉口为伪学之目，而君子受玉石俱焚之祸者也。韩侂胄用事，遂逐赵忠定。凡不附己者，指为道学，尽逐之。已而自知道学二字，本非不美，于是更目之为伪学。臣僚之荐举，进士之结保，皆有"如是伪学者，甘伏朝典"之辞。一时嗜利无耻之徒，虽尝附于道学之名者，往往旋易衣冠，强习歌鼓，欲以自别。甚者，邓友龙辈，附会迎合，首启兵衅。而向之得罪于庆元初者，亦皆从而和之，可叹也已。

邓友龙开边

邓友龙，长沙人，尝从张南轩游，自诡道学。既登朝，时论方攻伪学，因讳而晦其事。时外祖章文庄公为学官，喜滑稽。尝以祀事同斋宿，谈谑之际，友龙不能堪，以语及之云云。章戏之曰："若然，则又是道学矣。"友龙面发赤，大衔之。未几入台，章公由学士院补外。公本谢丞相客也。会友龙为右史，而宇文绍节自右史代之，于是召文庄为宗政少卿，友龙不能平，以嗾绍节。绍节甫供职，未及受告，首论其事，语侵谢，盖亦见厌于韩矣。章命既寝，谢遂去国，而友龙亦出为淮西漕，日久，谋复入。时金人方困于北兵，且其国岁荐饥。于是沿边不逞之徒号为"跳河子"者，时时觇猎事状，陈说利害。友龙得之以为奇货，于是献之于韩。韩用事久，思钧奇立功以自盖，得之大喜。附而和者虽不一，其端实友龙发之也。孔子所以畏鄙夫患得患失者，有以夫！

文庄论安丙矫诏

安丙之诛吴曦也，矫诏自称"宣抚副使"，遂径入衔上奏。时章文庄直学士院，因谓："矫制假命，一时权宜济事可也。事定奏功，便当退用初衔，而遽称所假，是岂复有朝廷乎？今为朝廷计，宜先赦其矫诏之罪，然后赏其斩曦之功，则恩威并用，折冲万里之外矣。"而时相方自以为功，谓此诏非矫，实朝廷密旨，且诣御楼受俘，于是疏不果上。已而受俘之议虽格，而竟以所矫官职授之。其后丙亦自毙，否则又一曦也。

王沈趋张说

张说之为承旨也，朝士多趋之。王质景文、沈瀛子寿，始俱在学校有声，既而俱立朝，物誉亦归之。相与言："吾侪当以诣说为戒。"众皆闻其说而壮之。已而，质潜往说所，甫入客位，而瀛已先在焉，相视愕然。明日喧传，清议鄙之，久皆不安而去焉。

协 韵 牵 强

诗辞固多协韵，晦庵用吴才老《补音》多通，然亦有太甚者。古人但随声取协，方言又多不同。至沈约以来，方有四声之拘耳，然亦正不必牵强也。《离骚》一经，惟"多艰多替"之句，最为不协。孙莘老、苏子容本云："古亦应协。"未必然也。晦庵以"艰"音"巾"，"替"音"天"，虽用才老之说，然恐无此理。以余观之，若移"长太息以掩涕"一句在"哀生民之多艰"下，则"涕"与"替"正协，不劳牵强也。

沈君与

吴兴东林沈偕君与，即东老之子也，家饶于财。少游京师入上庠，好狎游。时蔡奴声价甲于都下，沈欲访之，乃呼一卖珠人于其门首茶肆中，议价再三不售，撒其珠于屋上，卖珠者窘甚。君与笑曰："第随我来，依汝所索还钱。"蔡于帘中窥见，令取视之，珠也。大惊，惟恐其不来。后数日乃诣之，其家喜相报曰："前日撒珠郎至矣。"接之甚至，自是常往来。一日，携上樊楼，楼乃京师酒肆之甲，饮徒常千余人。沈遍语在坐，皆令极量尽欢，至夜，尽为还所直而去，于是豪侈之声满三辅。既而擢第，尽买国子监书以归。时贾收耘老隐居苕城南横塘上，沈尝以诗遗之蟹曰："黄秔稻熟坠西风，肥入江南十月雄。横跪蹒跚钳齿白，圆脐吸胁斗膏红。蘁须园老香研柚，羹藉庖丁细擘葱。分寄横塘溪上客，持螯莫放酒杯空。"耘老得之，不乐曰："吾未之识，后进轻我。"且闻其不羁，因和韵诋之云："彭越孙多伏下风，蟏蛸奴视敢称雄。江湖纵养膏腴紫，鼎镬终烹爪眼红。嘲称吴儿牙似镀，劈斯湖女手如葱。独怜盘内秋脐实，不比溪边夏壳空。"君与怒曰："吾闻贾多与郡将往还预政，言人短长，曾为人所讼。吾以长上推之，乃鄙我若此。"复用韵报之云："虫腹无端苦动风，团雌还却胜尖雄。水寒且弄双钳利，汤老难逃一背红。液入几家烦海卤，醢成何处污园葱。好收心躁潜蛇穴，毋使雷惊族类空。"贾晚娶真氏，人谓贾秀才娶真县君以为笑，沈所指"团雌"为此。贾寻悔之，而戏语已传播矣。

吴倜

吴倜字公度，吴兴人，试补太学为第一。崇宁五年，群礼部七千之士而魁之，其名声风采，人莫不求识面而愿交。邃经学，妙语言，为

时闻人。其父伯阳,尝梦若游奕使者立东阶,问:"秀才在否?"曰:"不
在。"遂出门,见旌幡容物,弥望不绝,曰:"秀才归。"但道天赦曾来,已
而捷音至。先以名次高下商价,自榜尾行间前列以至首选,自百千渐
至千缗,乃出其榜。初自删定敕令所出为宁海推官。时蔡京罢相居
城中,意其生计从容,委买雪川土物无虚月。偁意不平,念吾以文学
起身,而不以儒者见遇,报以实直。京觉之而怒。重和二年,召为九
域图志所编修官。时京以太师鲁公赐第京师,朝朔望。一日,上问
京:"卿曩居杭,识推官吴偁乎? 今以大臣荐,欲除官。"对曰:"识之,
其人傲狠无上。"上惊曰:"何以知之?"曰:"吴知陛下御讳而不肯改,
乃以一圈围之。"盖言"偁"字也。上默然不怿。未几,言者承风旨论
罢,自是不复出。及京败,知郓州孙罃言邑人有草祭之谣,上其事。
甚者论其即仓为宅,拆"仓"字为"人君"二字,谓京有不臣之心。虽若
附会,然亦平日好以字画中伤善类之报也。

御 宴 烟 火

　　穆陵初年,尝于上元日清燕殿排当,恭请恭圣太后。既而烧烟火
于庭,有所谓"地老鼠"者,径至大母圣座下。大母为之惊惶,拂衣径
起,意颇疑怒,为之罢宴。穆陵恐甚,不自安,遂将排办巨珰陈询尽监
系听命。黎明,穆陵至陈朝谢罪,且言内臣排办不谨,取自行遣。恭
圣笑曰:"终不成他特地来惊我,想是误耳,可以赦罪。"于是子母如
初焉。

朱 芮 杀 龙

　　吴兴彰南朱教授,_{失其名。}尝江行,舟人急报小龙见,请祷之。朱
出视之,小蛇也,以箸夹入沸汤中。蛇跃出,自投于江,却行波面,盼
朱再四乃没。有顷,片云霹雳,烟雾蔽舟。既而视之,舟上一窍如钱,
朱已毙于舟中矣。又王村芮祭酒烨,初任仁和尉。长河堰有龙王庙,
每祭则有小蛇出,或止香炉,或饮于杯,往来者谨事之。堰岁数坏,人

以为龙所为。芮疲于修筑之役，一日，焚香设奠，蛇果出炉上。芮端
笏数之曰："有功于民者乃得祀。龙，庙食于此，未尝有功，而岁数坏
堰，劳民之力，为罪多矣。无功有罪，于国法当杀。"即举笏击之，应手
碎。是夕，宿于近地，疾风甚雨，大木尽拔，土人大恐，而芮处之自若。
后卒为名臣，其幸不幸也如此。

卷十二

姜尧章自叙^{单丙文附}

番易有布衣姜夔尧章，出处备见张辑宗瑞所著《白石小传》矣。近得其一书，自述颇详，可与前传相表里云："某早孤不振，幸不坠先人之绪业，少日奔走，凡世之所谓名公巨儒，皆尝受其知矣。内翰梁公于某为乡曲，爱其诗似唐人，谓长短句妙天下。枢使郑公爱其文，使坐上为之，因击节称赏。参政范公以为翰墨人品，皆似晋、宋之雅士。待制杨公以为于文无所不工，甚似陆天随，于是为忘年友。复州萧公，世所谓千岩先生者也，以为四十年作诗，始得此友。待制朱公既爱其文，又爱其深于礼乐。丞相京公不特称其礼乐之书，又爱其骈俪之文。丞相谢公爱其乐书，使次子来谒焉。稼轩辛公，深服其长短句如二卿。孙公从之、胡氏应期、江陵杨公、南州张公、金陵吴公，及吴德夫、项平甫、徐子渊、曾幼度、商翚仲、王晦叔、易彦章之徒，皆当世俊士，不可悉数。或爱其人，或爱其诗，或爱其文，或爱其字，或折节交之。若东州之士则楼公大防、叶公正则，则尤所赏激者。嗟乎！四海之内，知己者不为少矣，而未有能振之于窭困无聊之地者。旧所依倚，惟有张兄平甫，其人甚贤。十年相处，情甚骨肉。而某亦竭诚尽力，忧乐同念。平甫念其困踬场屋，至欲输资以拜爵，某辞谢不愿，又欲割锡山之膏腴以养其山林无用之身。惜乎平甫下世，今惘惘然若有所失。人生百年有几？宾主如某与平甫者复有几？抚事感慨，不能为怀。平甫既殁，稚子甚幼，入其门则必为之凄然，终日独坐，逡巡而归。思欲舍去，则念平甫垂绝之言，何忍言去！留而不去，则既无主人矣！其能久乎？"云云。同时黄白石景说之言曰："造物者不欲以富贵浼尧章，使之声名焜耀于无穷，此意甚厚。"又杨伯子长孺之言曰："先君在朝列时，薄海英才，云次鳞集，亦不少矣！而布衣中得一人焉，曰姜尧章。"呜呼！尧章一布衣耳，乃得盛名于天壤间若此，则轩冕钟鼎，真可敝屣矣！是时又有单炜丙文者，沅陵人，博学能文，得二王笔法，字画遒劲，合古法度，于考订法书尤精。武举得官，仕至路分，著声江湖间，名士大夫多与之交，自号定斋居士，于尧章投分最稔，亦硕士也。尧章诗词已板行，独杂文未之见。余尝于亲旧间得其手稿数篇，尚思所以广其传焉。

白石禊帖偏旁考

尧章考古极精，有《绛帖评》十卷行于世，审订深妙，人服其赡。又尝于故家见其所书《禊帖偏旁考》亦奇，因识于此，与好古者共之："永"字无画，发笔处微折转。　"和"字口下横笔稍出。　"年"字悬笔上凑顶。"在"字左反剔。　"岁"字有点，在"山"之下，"戈"画之右。　"事"字脚斜拂不挑。　"流"字内"厽"字处就回笔，不是点。　"殊"字挑脚带横。　"是"字下"疋"音疏。凡三转不断。　"趣"字波略反卷向上。　"欣"字欠右一笔作章草发笔之状，不是捺。　"抱"字已开口。　"死生亦大矣""亦"字是四点。　"兴感""感"字，"戈"边亦直作一笔，不是点。　"未尝不""不"字下反挑处有一阙。右法如此甚多，略举其大概。持此法亦足以观天下之《兰亭》矣。

禊序不入选帖

逸少《禊序》，高妙千古，而不入《选》。或谓"丝竹管弦，天朗气清"，有以累之。不知"丝竹管弦"，不特见《前汉·张禹传》，而《东都赋》亦有"丝竹管弦，烨煜抗五声"之语。然此二字相承，用之久矣。张衡赋："仲冬之月，时和气清。"又晋褚爽《禊赋》亦曰："伊暮春之令月，将解禊于通川；风摇林而自清，气扶岭而自鲜。"况清明为三月节气，朗即明，又何嫌乎？若以笔墨之妙言之，固当居诸帖之首，乃不得列官法帖中，又何哉？岂以其表表得名，自应别出，不可与诸任齿耶？

亦前辈选诗不入李、杜之意耳，识者试评之。

淳绍岁币

绍兴岁币，银二十万两、绢二十万匹。红绢十二万匹，匹重十两。浙绢八万匹，匹重九两。枢密院差使臣四员管押银纲，户部差使臣十二员管押绢纲。同左帑库子、秤子，于先一年腊月下旬，至盱眙军岁币库下卸。续差将官一员，部押军兵三百人，防护过淮。交割官正使，例差淮南漕属；副使，本军倅或邻州倅充。例用岁前三日，先赍银百铤、绢五百匹，过淮呈样金人。交币正使，例是南京漕属；副使，诸州同知。于所赍银、绢内，拣白绢六匹、银六锭，三分之，令走马使人，以一分往燕京，一分往汴京漕司呈样，一分留泗州岁币库，以备参照。例用开岁三日长交，通不过两月结局。初交绢十退其九，以金人秤尺无法，又胥吏需索作难之故。数月后所需如欲，方始通融，然亦十退其四、五。自初交至结局，通支金人交币官吏廪费银一千三百余两、金三十五两、木绵三十六匹、白布六十二匹、酒三百四十石，共折银六百二十两，本色酒二千六百瓶，茶果杂物等并在外，俱系淮东漕司出备。又贴耗银二千四百余两，每岁例增添银二百余两，并淮东漕司管认。凡吾正、副使并官吏饭食之类，并淮东漕司应办。下至安泊棚屋厨厕等，皆自盱眙运竹木往彼盖造，彼皆不与焉。盱眙日差倚郭知县部夫过淮搬运银绢，兼应办事务。其拣退者，遇夜复运过淮，归盱眙库交收，其劳人往复如此。且我官吏至淮北岸约二百余步，始至交币所，皆徒步而往，雨泞，则摄衣蹑屐踉跄而行，艰苦不可具道也。淳熙十三年，淮南漕司干官权安节为岁币使，其金人正使一毫不取，拣退银绢甚多，逼令携归，安节固拒，金人至遣甲兵逼逐。安节不胜其愤曰："宁死于此。不得交，誓不回，虽野宿不火食亦无害。"声色俱厉。彼度不能夺，竟如数收受，给公文而归。寿皇知之，喜曰："安节在彼界能如此，甚可重。若非遇事，何自知之？"遂除监六部门。时通判扬州汪大定，亦同此役，颇著劳绩，亦蒙奖拔焉。若正旦生朝遣使，每次礼物金器一千两、银器一万两、彩段一千匹。绵茸背，紧丝拈金线，青丝绫，楮蒲绫，线子罗。又有脑子、香茶等物，及私觌香茶、药物、果子、币帛、杂物等，复不与焉。若外遣泛使，则其礼物等又皆倍之。又有起发副使土物之费。正使五百贯，银绢各一百两匹。副使四百贯，银绢各一百两匹。又有公使各药等钱，上节银各五十两、绢十匹，中节银绢各十两匹，下节各五两匹。又有朝辞回程宣赐等费。正副使各金二十五两，并腰带笏马。回程茶药各二两，银合及泛赐等物在外。若盱眙等军，在路四处应办南北贺正生辰，常使往回程各八次，赐御筵，每处费钱一万八千五百余贯，而沿途应办复不预。若北使之来，赐予尤不赀焉。宣和甲辰岁币银二十万两，绢三十万匹，绿矾二十万栲，栲例五百运送交纳。又代输燕京税物丝绵杂物一百万贯，内丝绵并要燕京土产。绍兴壬戌初讲和，岁币银丝绢各二十五万匹两。今每岁各减五万匹两。至兀朮病笃之际，告戒其四行府帅云："江南累岁供需岁币，竭其财赋，安得不重敛于民？非理扰乱，人心离怨，叛亡必矣。在彼者尚知有此；为我者，当何如哉？"时聘使往来，旁午于道。凡过盱眙，例游第一山，酌玻璃泉，题诗石壁，以记岁月。遂成故事，镌刻题名几满。绍兴癸丑，国信使郑汝谐一诗云："忍耻包羞事北庭，奚奴得意管逢迎。燕山有石无人勒，却向都梁记姓名。"可谓知言矣。噫！开边之用固无穷，而和戎之费亦不易。余因详书之。

书 籍 之 厄

世间凡物未有聚而不散者，而书为甚。隋牛弘靖请开献书之路，极论废兴，述"五厄"之说，则书之厄也久矣。今姑撷其概言之：梁元帝江陵蓄古今图书十四万卷。隋嘉则殿书三十七万卷。唐惟贞观、开元最盛，两都各聚书四部至七万卷。宋宣和殿、太清楼、龙图阁、御府所储尤盛于前代，今可考者，《崇文总目》四十六类三万六百六十九卷，史馆一万五千余卷，余不能具数。南渡以来，复加集录馆阁书目五十二类四万四千四百八十六卷、续目一万四千九百余卷，是皆藏于官府耳。若士大夫之家所藏，在前世如张华载书三十车，杜兼聚书万卷，韦述蓄书二万卷，邺侯插架三万卷，金楼子聚书八万卷，唐吴竞西斋一万三千四百余卷。宋承平时，如南都戚氏、历阳沈氏、庐山李氏、九江陈氏、番易吴氏、王文康、李文正、宋宣献、晁以道、刘壮舆，皆号藏书之富。邯郸李淑五十七类二万三千一百八十余卷，田镐三万卷，昭德晁氏二万四千五百卷，南都王仲至四万三千余卷，而类书浩博，若《太平御览》之类，复不与焉。次如曾南丰及李氏山房，亦皆一、二万卷，然后靡不厄于兵火者。至若吾乡故家如石林叶氏、贺氏，皆号藏书之多，至十万卷。其后齐斋倪氏、月河莫氏、竹斋沈氏、程氏、贺氏，皆号藏书之富，各不下数万余卷，亦皆散失无遗。近年惟直斋陈氏书最多，盖尝仕于莆，传录夹漈郑氏、方氏、林氏、吴氏旧书至五万一千一百八十余卷，且仿《读书志》作《解题》，极其精详，近亦散失。至如秀嵓、东窗、凤山三李，高氏、牟氏皆蜀人，号为史家，所藏僻书尤多，今亦已无余矣。吾家三世积累，先君子尤酷嗜，至鬻负郭之田以供笔札之用。冥搜极讨，不惮劳费，凡有书四万二千余卷，及三代以来金石之刻一千五百余种，庋置书种、志雅二堂，日事校雠，居然牙签之富。余小子遭时多故，不善保藏，善和之书，一旦扫地。因考今昔，有感斯文，为之流涕。因书以识吾过，且以示子孙云。

雷　　书

　　神而不可名、变化而不可测者，莫如雷霆。《淮南子》曰："阴阳相薄，感而为雷，激而为电。"故先儒为之说曰："阴气凝聚，阳在内而不得出，则奋击而为雷霆。声，阳也；光，亦阳也。光发而声随之，阳气奋击欲出之势也。"或问："世所得雷斧何物也？"曰："此犹星陨而为石也。本乎天者，气而非形，偶陨于地，则成形矣。"或问："人有不善，为雷震死者，何也？"曰："人作恶有恶气，霹雳乃天地之怒气，是怒气亦恶气也，怒气与恶气相感故尔。"或问："雷之破山、坏屋、折树、杀畜，何也？"曰："此气郁而怒，方尔奋击，偶或值之，则遭震矣。"康节尝问伊川曰："子以雷起于何处？"伊川曰："起于起处。"然则先儒之所言者，非不精详，而余犹有不可晓者焉。大中祥符间，岳州玉真观为火所焚，惟留一柱，有"谢仙火"三字，倒书而刻之。庆历中，有以此字问何仙姑者，云："谢仙者，雷部中鬼也，掌行火于世间。"后有于道藏经中得谢仙事，验以为神。又吴中慧聚寺大殿二柱，尝因雷震，有大书"绩溪火"三字，余若符篆不可晓。及近岁德清县新市镇觉海寺佛殿柱,亦为雷震,有字径五寸余,若汉隶者云:"收利火谢均思通。"又云:"酉异李汋火。"此乃得之目击者。又宜兴善权广教寺殿柱,亦有雷书"骆审火及谢均火"者。华亭县天王寺亦有雷书"高洞扬雅一十六人火令章"凡一十一字,皆倒书。内"令章"二字特奇劲,类唐人书法。然则雷之神,真有谢姓者邪?近丁亥六月五日,雷震众安桥南酒肆,卓间有雷书"迻尭永"三字。此类甚多,殊不可测。此所以神而不可知乎?孔子不语怪、力、乱、神,非不语也,盖有未易语者耳。

贾 相 寿 词

贾师宪当国日,卧治湖山,作堂曰半闲,又治圃曰养乐,然名为就养,其实怙权固位,欲罢不能也。每岁八月八日生辰,四方善颂者以数千计。悉俾翘馆誊考,以第甲乙,一时传颂,为之纸贵,然皆谄词呓语耳。偶得首选者数阕,戏书于此。陈合惟善《宝鼎现》词云:"神鳌谁断,几千年再、乾坤初造。算当日、枰棋如许,争一着吾其衽左。谈笑顷,又十年生聚,处处《邠风》葵枣。江如镜,楚氛余几,猛听甘泉捷报。　天衣细意从头补,烂山龙、华虫黼藻。宫漏永、千门鱼钥,截断红尘飞不到。街九轨,看千貂避路,庭院五侯深锁。好一部、太平六典,一一周公手做。　赤舃绣裳,消得道斑烂衣好。尽庞眉鹤发,天上千秋难老。甲子平头才一过,未说汾阳考。看金盘、露滴瑶池,龙尾放班回早。"廖莹中群玉《木兰花慢》云:"请诸君着眼,来看我,福华编。记江上秋风,鲸鲵涨雪,雁徼迷烟。一时几多人物,只我公,只手护山川。争睹阶符瑞象,又扶红日中天。　因怀,下走奉囊鞬,磨盾夜无眠。知重开宇宙,活人万万,合寿千千。凫鹥太平世也,要东还赴上是何年。消得清时钟鼓,不妨平地神仙。"陆景思《甘州》云:"满清平世界,庆秋成,看看斗三钱。论从来活国,论功第一,无过丰年。办得闲民一饱,余事笑谈间。若问平戎策,微妙难传。

玉帝要留公住,把西湖一曲,分入林园。有茶炉丹灶,更有钓鱼船。觉秋风、未曾吹着,但砌兰、长倚北堂萱。千千岁,上天将相,平地神仙。"奚涘倬然《齐天乐》云:"金飚吹净人间暑,连朝弄凉新雨。万宝功成,无人解得,秋入天机深处。闲中自数,几心酌乾坤,手斟霜露。
护了山河,共看元影在银兔。　　　而今神仙正好,向青空觅个,冲澹
襟宇。帝念群生,如何便肯,从我乘风归去。夷游洞府,把月杍云机,
教他儿女。水逸山明,此情天付与。"从橐《陂塘柳》云:"指庭前、翠云
金雨,霏霏香满仙宇。一清透彻浑无底,秋水也无流处。君试数,此
样襟怀,顿得乾坤住。闲情半许,听万物氤氲,从来形色,每向静中
觑。　　　琪花路。相接西池寿母,年年弦月时序。荷衣菊佩寻常事,
分付两山容与。天证取,此老平生,可向青天语。瑶卮缓举,要见我
何心,西湖万顷,来去自鸥鹭。"郭应西居安《声声慢》云:"捷书连昼,
甘洒通宵,新来喜沁尧眉。许大担当,人间佛力须弥。年年八月八
日,长记他三月三时,平生事,想只和天语,不遣人知。　　　一片闲心
鹤外,被乾坤系定,虹玉腰围。阊阖云边,西风万籁吹齐。归舟更归
何处是,天教家在苏堤。千千岁,比周公,多个彩衣。"且侑以俪语云:
"彩衣宰辅,古无一品之曾参;衮服湖山,今有半闲之姬旦。"所谓三月
三者,盖颂其庚申蘋草坪之捷,而归舟乃舫斋名也。贾大喜,自仁和
宰除官告院。既而语客曰:"此词固佳,然失之太俳,安得有著彩衣周
公乎?"

事　圣　茹　素

　　余家济南历城,曾大父少师遭靖康狄难,一家十六人皆奔窜四出。
大父独逃空谷,昼伏宵行。一旦,遇追骑在后,自度不可脱,遂急窜古
祠,亟伏佑圣坐下,傍无蔽障,亦不过待尽而已。须臾,北军大索,虽眢
井、林莽、栋梁间,极其冥搜,而一坐之下,初不知有人焉。及抵杭,则一
家不期而集,不失一人,岂非神所佑乎! 逮今吾家世事佑圣甚虔。凡圣
降日,斋戒必谨。盖以答神庥诏子孙,非世俗祈福田利益比也。

筊　异

　　汪伯彦初拜相于维扬,正谢上殿,而筊坠中断,上以他筊赐之,非

吉征也。未几,有南渡之扰。金渊叔参预日,一日,奏事下殿,与台臣刘应弼邂逅。忽所持笏铿然有声,视之,有纹如线,上下如一,若坠于地者,殊不可测。甫退朝,则刘弹章已出。盖降陛相遇之际,正白简初上之时也,可谓异矣。时淳祐甲辰岁也。

三 教 图 赞

理宗朝,有待诏马远画《三教图》。黄面老子则跏趺中坐,犹龙翁俨立于傍,吾夫子乃作礼于前。此盖内珰故令作此,以侮圣人也。一日传旨,俾古心江子远作赞,亦故以此戏之。公即赞之曰:"释氏跌坐,老聃傍睨;惟吾夫子,绝倒在地。"遂大称旨。其辞亦可谓微而婉矣。

捕 猿 戒

邓艾征涪陵,见猿母抱子,艾射中之。子为拔箭,取木叶塞创。艾叹息,投弩水中。范蜀公载吉州有捕猿者,杀其母之皮,并其子卖之龙泉萧氏。示以母皮,抱之跳踯号呼而毙。萧氏子为作《孝猿传》。先君向守鄞江,属邑武平素产金丝猿,大者难驯,小者则其母抱持不少置。法当先以药矢毙其母,母既中矢,度不能自免,则以乳汁遍洒林叶间,以饮其子,然后堕地就死。乃取其母皮痛鞭之,其子亟悲鸣而下,束手就获。盖每夕必寝其皮而后安,否则不可育也。噫!此所谓兽状而人心者乎!取之者不仁甚矣。故先子在官日,每严捕弋之禁云。

火 浣 布

东方朔《神异经》所载,南荒之外有火山,昼夜火然。其中有鼠重有百斤,毛长二尺余,细如丝,可作布。鼠常居火中,时出外,以水逐而沃之方死。取其毛缉织为布,或垢,浣以火,烧之则净。又《十洲记》云："炎州有火林山，山上有火鼠，毛可织为火浣布，有垢，烧即除。"其说不一。魏文帝尝著论，谓世言异物，皆未必真有。至明帝时，有以火浣布至者，于是遂刻此论。是知天壤间何所不有？耳目未接，固未可断以为必无也。昔温陵有海商漏舶，搜其囊中，得火鼠布一匹，遂拘置郡帑。凡太守好事者，必割少许归以为玩。外大父常守郡，亦得尺许。余尝亲见之，色微黄白，颇类木棉，丝缕蒙茸，若蝶纷蜂黄然。每浣以油腻，投之炽火中，移刻，布与火同色。然后取出，则洁白如雪，了无所损，后为人强取以去。或云，石炭有丝，可织为布，亦不畏火，未知果否。

历 差 失 闰

　　咸淳庚午十一月三十日冬至，后为闰十一月，既已颁历，而浙西安抚司准差遣臧元震，以书白堂，且作《章岁积日图》，力言置闰之误。其说谓历法以章法为重，章岁为重。盖历数起于冬至，卦气起于中孚，而十九年为之一章。一章必置七闰，必第七闰在冬至之前，必章岁至朔同日，此其纲领也。《前汉·律历志》云："朔旦冬至，是谓章月。"《后汉·志》云："至朔同日，谓之章月。积分成闰，闰七而尽，其岁十九，名之曰章。"《唐·志》云："天数终于九，地数终于十，合二终以纪闰余。"此章法之不可废也如此。今颁降庚午岁历，乃以前十一月三十日为冬至，又以冬至后为闰十一月，殊所未晓。窃谓庚午之闰，与每岁闰月不同；庚午之冬至，与每岁之冬至又不同。盖自淳祐壬子数至咸淳庚午，凡十九年，是为章岁，其十一月是为章月。以十九年七闰推之，则闰月当在冬至之前，不当在冬至之后。以至朔同日论之，则冬至当在十一月初一日，不当在三十日。今若以冬至在前十一月三十日，则是章岁至朔不同日矣。若以闰月在冬至后，则是十九年之内，止有六闰，又欠一闰矣。且寻常一章，共计六千八百四十日，于内加七闰月，除小尽，积日六千九百四十日，或六千九百三十九日，止有一日来去。今自淳祐十一年辛亥章岁十一月初一日章月冬至后起算，十九年至咸淳六年庚午章岁十一月初一日，合是冬至，方管六千八百四十日。今算造官以闰月在十一月三十日冬至之后，则此一章，止有六闰，更加六闰除小尽外，实积止有六千九百十二日，比之前后章数岁之数，实欠二十八日；历法之差，莫甚于此。况天正冬至，乃历之始，必自冬至后积三年余分，而后可以置第一闰。今庚午年章岁丙寅日申初三刻冬至，去第二日丁卯，仅有四个时辰。且未有正日，安得便有余分？且未有余分，安得便有闰月？则是后一章发头处，便算不行，其缪可知也。今欲改正庚午历，即有一说，简而易行。盖历法有平朔，有经朔，有定朔也。朔一大一小，此平朔也；两大两小，此经朔也；三大三小，此定朔也；此古人常行之法。今若能行定朔之说而改正之，则当以前十一月大为闰十月小，以闰十一月小为十一月大，则丙寅日冬至即可为十一月初一日，却以闰十一月初一之丁卯为十一月初二日，庶几递趱下一日，直至闰十一月二十九日丁未，却为大尽。如此，则冬至既在十一月初一，则至朔同日矣，闰月既在冬至节前，则十九年七闰矣。此昔人所谓"晦节无定，由时消息；上合履端之始，不得归余于终"，正此谓也。盖自古之历，行之既久，未有不差；既差，未有不改者。汉历五变，而《太初历》最密，《元和历》最差。唐历九变，而《大衍历》最密，《观象历》最缪。本朝开基以后，历凡九改，而莫不善于《纪元历》。中兴以后，历凡七改，而莫善于《统元历》。且后汉元和初历差，亦是十九年不得七闰。虽历已颁，亦改正之，今何惜于改正哉？于是朝廷下之有司，差官偕元震至蓬省与太史局官辨正，而太史之辞穷。朝廷从其说而改正之，因更《会天历》为《承天历》。元震转一官判太史局，邓宗文、谭玉等已下，各降官有差焉。余虽不善章蔀元纪之数，然以杜征南《长历》以考《春秋》之月日，虽甚精密，而其置闰之法则异乎此，窃有疑焉。谓如隐公二年闰十二月，五年、七年亦皆闰十二月，然犹是三岁一闰，五岁再闰。如庄公二十年置闰，其后则二十四年以至二十八年，皆以四岁一闰，无乃失之疏乎？僖公十二年闰，至十七年方闰；二十五年闰，至三十年方闰，率以五岁一闰，何其愈疏乎？如定公八年置闰，其后则十年，以至十二年、十四年，皆以二岁一闰，无乃失之数乎？闵之二年辛酉既闰矣，僖之元年壬戌又闰，僖之七年、八年，哀之十四年、十五年，皆以连岁置闰，何其愈数乎？至于襄之二十七年，一岁之间，顿置两闰，盖曰十一月辰在申，司历过也。于是既觉其缪，故前闰建酉，后闰建戌，以应天正。然前乎此者，二十一年既有闰，二十四年、二十六年又有闰。历年凡六，置闰者三，何缘至此失闰已再，而顿置两闰乎？近则十余月，远或二十余年，其疏数殆不可晓。岂别有其术乎？抑不明置闰之法以致此乎？并著于此，以扣识者。

卷十三

汉改秦历始置闰

余尝考《春秋》置闰之异于前矣，后阅程氏《考古编》，谓汉初不独袭秦正朔，亦因秦历以十月为岁首，不置闰，当闰之岁，率归余于终为后九月。《汉·纪》、《表》及《史记》，自高帝至文帝，其书后九月皆同，是未尝推时定闰也。至太初九年，改用夏正，以建寅为岁首，然犹历十四载，至征和二年，始于四月后书闰月，岂史失书耶？抑自此始置闰也。余因其说深疑之，精思其故，颇得其说焉。盖闰月之不书者，亦偶以其时无可书之事耳。正如《春秋经》桓公四年、七年，其所纪事至夏而止，以是年秋、冬无可纪之事也。定公之十四年，至秋而止，亦以是年冬无可纪之事也。鲁史纪事之法，大率如此，其余闰月亦然。观文公六年，《经》书闰月不告月，《春秋》书闰，方见于此。复以杜预《长历》考之，自隐至哀凡更三十余闰，至此方书，岂曰前乎此者皆史失书，抑岂曰自此始有闰也。今《汉》纪事，正效《春秋》，如太初元年、三年，天汉元年、三年皆止于秋，太始元年则止于夏，皆以其后无事可纪，故不书耳。然则闰月不书，亦若是乎？盖三岁一闰，五岁再闰，古历法也。若谓自此始置闰，则合自此后三岁、五岁，累累书之。然自征和二年至后元元年，当置闰而不书，自后元二年至昭帝始元元年，乃因事而后书。其后当闰岁，又皆不书，是知不书者，偶无事耳。然则非史失书，亦非自此置闰也。虽然，此非余臆说也，复证以《史记·历书》，自太初更历以至征和，如太初二年、天汉元年、四年，太始二年皆有闰，则知余言似可信云。

纲 目 误 书

《纲目》一书，朱夫子拟经之作也。然其间不能无误，而学者又从而为之说。盖著书之难，自昔而然。今漫摭数事与同志评之，非敢指摘前辈以为能也。北齐高纬，以六月游南苑，从官暍死者六十人，见《本纪》。《通鉴》书曰："赐死。"赐，乃"暍"之讹耳。《纲目》乃直书曰："杀其从官六十人。"而不言其故，其误甚矣。尹起莘乃为之说曰："此朱子书法所寓。"且引《孟子》杀人以挺与刃与政之说，固善矣，然其实则《通鉴》误之于前，《纲目》承之于后耳。纬荒游无时，不避寒暑，于从官死者尚六十人，则其余可知矣。据事直书，其罪自见，何必没其实哉！又郭威弑二君，《纲目》于隐帝书"杀"，于湘阴王书"弑"。尹又为之说云："此二君有罪无罪之别也，此书法所寓也。"然均之弑君，隐帝立已数年，湘阴未成乎君，不应书法倒置如此，亦恐误书耳。又隋开皇十七年，诏诸司论属官罪，听律外决杖。《纲目》条下云：萧摩诃子世略在江南作乱，摩诃当从坐。大理少卿赵绰固谏，上命绰退，绰曰："臣奏狱未决，不敢退。"帝乃释之。按《通鉴》，摩诃当从坐，上曰："世略年未二十，亦何能为？以其名将之子为人所逼耳。"因赦摩诃。绰固谏不可。上不能夺，欲绰去而赦之，因命绰退。绰曰："臣奏狱未决，不敢退。"上曰："大理其为朕特舍摩诃也。"因命左右释之。此乃绰欲令摩诃从坐，而帝特赦之耳。《纲目》误矣。又《通鉴》贞观元年，杜淹荐邸怀道云："亲见其谏炀帝幸江都。"上曰："卿何自不谏？"曰："臣不居重任，知谏不从。"上曰："知不可谏，何为立其朝？卿仕世充尊显，何亦不谏？"曰："臣非不谏，但不从耳。"上曰："世充若拒谏，卿何得免祸？"淹不能对。按此实责其知炀帝之不可谏，而犹立其朝耳。今《纲目》乃于上言世充拒谏，易其语曰："然则何以立于其朝？"失其实矣。又《纲目》开元九年冬十一月，罢诸王都督刺史以后凡四条。按《通鉴》，是年之末十二月幸骊山云云；是岁诸王为都督刺史者悉召还云云。此非十一月事，亦非十二月事也，当依《通鉴》作"是岁"为是。又《纲目》书德宗贞元二年十一月皇后崩，不书氏。按《通鉴》，是年十一月甲午立淑妃王氏为后,至丁酉崩,特四日耳。此承《通鉴》所书,而逸其上文耳。尹又谓唐史妃久疾,帝念之,遂立为后,册讫而崩。必有所寓意者,亦过也。

秦会之收诸将兵柄

秦会之既主和,惧诸将不从命,于是诏三大将入觐。一日,至都堂,问以克复之期,曰:"上驱驰霜露十余年,似厌兵矣,今决在何时可了,迟速进退之计当若何?"张、韩对曰:"前者提兵直趋某地,请粮若干,率裁量不尽得。而退兵出某所,某人坐视不肯并力,或申请辄不报,常若不能专力。"云云。桧曰:"有是乎?诸公今不过欲带行一职事,足以谁何?士大夫者,朝廷不靳也。"岳最后至,意大略同,而语加峻曰:"如今文臣不爱钱,武臣不惜命,欲了即了耳。"桧颔之,于是三枢密拜矣。三人累表辞谢,桧与上约,答诏视常时率迟留一二日,凡诸礼例恩赐,各自倍多。桧别下诏,三大屯皆改隶御前矣。始诸将苦斗,积职已为廉车正任,然皆起卒伍,父事大将,常不得举首,或涠其家室。岳师律尤严,将校有犯,大则诛杀,小亦鞭挞痛毒,用能役使深入如意。命既下,诸校新免所隶,可自结和,人人便宽善共命报应。已略定,三人扰扰,未暇问也。稍从容,见桧,始以置衔漏挂兵权为请。桧笑曰:"诸君知宣抚制置使乎?此边官尔。诸公今为枢庭官,顾不役属耶?"三人者怅怅而退,始悟失兵柄焉。

张 才 彦

历阳张邵才彦,乃总得居士祁晋彦之兄也。建炎三年,自承奉郎上书赐对,假大宗伯奉使挞览军前,拘留幽燕者凡十五年。及和议成,绍兴十三年,始与洪皓、朱弁俱还。后为敷文阁待制,奉祠累年。乙亥更化,得知池阳,卒。初,总得为小官时,尝为常子正同、胡明仲寅论荐。其后子正死,明仲斥久矣。绍兴二十四年,总得之子安国由乡荐得对集英,考官置第七,秦埙为冠。埙试浙漕、南宫,皆第一。先胪传一夕，进御安国卷，纸既厚，笔墨复精妙，上览之喜甚，擢为首选，实以抑秦。秦不能堪，唶曰："胡寅虽远斥，力犹能使故人子为状元邪！"已而廷唱，上又称其诗，安国诣谢。秦问："学何书？"曰："颜书。"又曰："上爱状元诗，常观谁诗？"曰："杜诗。"秦色庄，笑曰："好底尽为君占却。"先是太母归自北方，将发，得与天族别。渊圣偃卧车前，泣曰："幸语丞相归我，处我一郡足矣。"才彦时亦闻之，痛愤。至是，服中遗相书，谓彼虽欲留渊圣以坚和好，然所贪者金帛，实不难于还，宜亟遣使。因大忤之，悔已莫及。更为好词，上疏颂其靖康乞立赵氏，冀赎失言之罪。上方褒秦和戎之功，才彦遂自秘撰躐进敷文待制，秦愈疑之。才彦居四明，杜门绝交不出，惧祸佯狂。初，出使未还，妻李卒于家已累年。至是安言吾妻死非命，且指总得为辞。盖是时，实由已病言，或出于狂易；抑知安国得罪，冀以自免。语转上闻，于是逮总得赴大理狱，鞫杀嫂事，囚系甚苦。其年十月，秦死。逼岁，安国叫阍，中批命刑部尚书韩仲通特入棘寺，始得释去。方被逮时，道无锡，梦大士告以无恐，盖预知秦亡。然因是总得亦病狂惑。安国更八郡，有德爱。以当暑送虞雍公饮芜湖舟中，中暑卒。年才三十余。士论惜之。

韩 通 立 传

旧传焦千之学于欧阳公，一日，造刘贡父，刘问："《五代史》成邪？"焦对"将脱藁"，刘问："为韩瞠眼立传乎？"焦默然。刘笑曰："如此，亦是第二等文字耳。"《唐余录》者，直集贤院王皞子融所撰，宝元二年上之。时惟有薛居正《五代史》，欧阳书未出也。此书有纪、志、传，又博采诸家之说，效裴松之《三国志注》，附见下方。表韩通于《忠义传》，且冠之以国初褒赠之典，新、旧《史》皆所不及焉。皞乃王沂公曾之弟，后以元昊反，乞以字为名。其后吕伯恭编《文鉴》，制、诏一类，亦以褒赠通制为首，盖祖子融之意也。

老苏族谱记

沧洲先生程公许字季与,眉山人,仕至文昌,寓居雪上,与先子从容谈蜀中旧事,历历可听。其言老泉《族谱·亭记》,言乡俗之薄,起于某人,而不著其姓名者,盖苏与其妻党程氏大不咸,所谓某人者,其妻之兄弟也。老泉有《自尤》诗,述其女事外家,不得志以死,其辞甚哀,则其怨隙不平也久矣。其后东坡兄弟以念母之故,相与释憾。程正辅于坡为表弟,坡之南迁,时宰闻其先世之隙,遂以正辅为本路宪将,使之甘心焉。而正辅反笃中外之义,相与周旋之者甚至。坡诗往复倡和,中亦可概见矣。正辅上世为县录事,县有杀人者,狱已具,程独疑之,因缓其事,多方物色之,果得真杀人者,而系者遂得释。他日,任满家居,梦神告之曰:"汝有活冤狱之功,当令汝子孙名宦相继,为衣冠盛族。"至其子遂擢第,其后益大,如梦言,然多行不义,德馨弗闻。有名唐者,宣、政间附王、蔡,最贵显。又有名敦厚字子山者,亦知名。邵康节之孙溥公济守眉日,子山与之不咸,廉得其罪状,用匹绢大书。椟盛之,遣介持抵成都帅府治之前逆旅舍,委之而去。逆旅人得之以告帅,萧振德起得之,以为奇货,逮公济赴成都狱,严鞫之。狱吏知其冤,遂教公济一切承之,不然,死无以自明。公济悟,如其教、不复辩。狱上,朝论以为匿名书,法不当受,而制司非得旨,不应擅逮守臣,遂皆罢之。公济虽得弗问,而愤愤不能堪,诉之于天,许黄箓十坛,至其子始偿如数。子山之居极壮丽,一夕大火,不遗寸椽。子山本附秦桧,至右史;后忤意,谪安远县令以死焉。

中 谢 中 贺

今臣僚上表,所称"惟诚惶诚恐",及"诚欢诚喜"、"顿首稽首"者,谓之中谢中贺。自唐以来,其体如此。盖"臣某"以下,亦略叙数语,便入此句,然后敷陈其详。如柳子厚《平淮西贺表》"臣负罪积衅,违尚书笺表,十有四年"云云,"怀印曳绂,有社有人",语意未竟也,其下即云"诚惶诚恐",盖以此一句,结上数语云尔。今人不察,或于首联之后,凑用两短句,言震惕之义,而复接以中谢之语,则遂成重复矣。前辈表章如东坡、荆公,多不失此体。近时周益公为相,《谢复封表》云:"华阳黑水,裂地而封。旧物青毡,从天而下。磨砻之勤未泯,执珪之宠弥加。臣诚惶诚恐。"或以为疑,尝以问公,公答之正如此。

復覆伏三字音义

復、覆、伏三字音义相出入,易于混乱,今各疏于左:"復"有三音,房六切者,"復归"之"復"也,字书训以"往来",是也。《易卦》之"復",《毛诗》"復古復竟",《论语》"言可復也","克己復礼",皆是也。《易注》云:"还。"《语注》"犹'覆'",与《诗》"为恢復之復",其义一也。扶富切者,"又"之义也,字书训以"又",是也。《书》"復归于亳",《诗》"復会诸侯",《语》"復梦周公","则不復也",及"復见復闻"之类,皆是也。芳六切,与"覆"同音者,"反復"之"復"也。《易·乾象赞》"反復道也",《释文》:"芳六反,本亦作'覆',是也。""覆"亦有三音,芳六反者,"反覆"之"覆"也,字书训以"反",是也。《中庸》"倾者覆之",注:"败也。"与《易》"反復道也"之"復",音同义异。敷救切者,"覆帱"之"覆"也,字书训以"盖",是也。扶又切者,"伏"兵也。《左传》"君为三覆以待之",是也。"伏"亦有三音,房六切者,"伏羲"之"伏"也,字书训以"伺"也、"匿"也、"隐"也,是也。"三伏"之"伏",及伏羲,伏生,赤伏符,皆是也。扶富切者,鸟抱卵也。《庄子》"越鸡不能伏鹄卵",及《后汉》"大丈夫当雄飞,安能雌伏"皆是也。《前汉·五行志》"元帝初元中,丞相府史家雌鸡伏子",颜云:"房富反。"用字者,不可以不辨焉。

岳武穆逸事

杜充之驻建康也,岳飞军立硬寨于宜兴,命亲将守之。飞兵出不利,夫人密谕亲将选精锐、具糇粮,潜为策应之备。未几,飞兵还,即入教场呼问之曰："汝欲何为?"曰："闻太尉军小不利,故择敢战之士以备策应,此男女孝顺耳。"飞曰："吾命汝坚守根本,天不能移,地不能动。汝今不待吾令,擅自动摇,是无师律也。"立命责短状,将大惧,祈哀吐实,谓此非某所为,盖夫人亦曾有命耳。飞愈怒,竟斩之。又绍兴和议初成,金以河南归我。判宗正事士㒟,衔命道荆、襄、宛、洛,祗谒巩襄原。道过南邓,岳飞止之曰："金虏无信,君宜少驻。"㒟以上命有程,辞去。不数舍,烟尘四起,军声嚣然,于是失色南奔。忽遇大军,望之,岳帜也,遂驰就之。飞笑曰："固谓君勿行,正恐此耳。然已遣董御带、牛观察在前与之交锋矣。兵胜败无常。君王人,且近属,吾当以自己兵卫送君。"行数里,两将捷书至,盖㒟未行前一日出师也。其后飞得罪下狱,㒟极辩其无辜,且以百口保之。非惟感恩,盖亲见其用兵神速故耳。朝臣并论㒟身为宗室,不应交结将帅,因指为飞党,遂罢宗司与祠云。又张魏公之出督也,陛辞之日,与高宗约曰："臣当先驱清道,望陛下六龙凤驾,约至汴京,作上元。"飞闻之曰："相公得非睡语乎?"于是魏公憾之终身。

若 干 如 干

"若干"二字,出古礼乡射。《大射》数射算云："若干纯、若干奇。"若,如也;干,求也。言事本不定,尝如此求之。又《曲礼》:"问天子之年,闻之始服衣若干尺矣。"《前汉·食货志》颜注云："设数之言也。干如个,谓当如个数也,亦曰如干。"《文选》任彦升《竟陵王状》:"食邑如干户。"注云："如干户即若干户也。"然又为复姓,后周有若干凤,及右将军若干惠。若,音人者反。《释文》云："以国为姓。"然则若干又国名也。

祠 山 应 语

余世祀祠山张王,动止必祷,应如蓍龟。姑志奇验数事于此,以彰神休。先子需澄江次,为有力者攘去,再以毗陵等三垒干祀地,逾月不报。先妣时留雪，祷于南关之祠，有"水边消息的非遥"之语，及收杭信，则闻霍山所祈，亦得此签，越日临汀之命下矣。戊辰年，铸子甫五岁，病骨蒸，势殆甚，凡药皆弗效。祷签得《蛊》之"上九"云："蛊有三头，纷纷扰扰，如虫在皿，执一则了。"退谋之医，试投逐虫之剂，凡去蚘蛔二，其色如丹，即日良愈。甲寅春往桐川炷香，得签云："不堪疾病及东床。"云云。是岁外舅捐馆。壬午五月二十八日，杭城金波桥冯氏火作。次日，势益张，虽相去几十里，而人情惶惶不自安。时杨大芳、潘梦得皆同居，相慰劳曰："巫言神语皆吉，勿庸轻动。"余不能决，因卜去就于神，得五十六云："遭人弹劾失官资，火欲相焚盗欲窥。"于是挈家湖滨。是夕四鼓，遂成焦土。

傅伯寿以启擢用

傅伯寿为浙西宪。韩侂胄用事，伯寿首以启赞之曰："澄清方效于范滂，跋扈遽逢于梁冀。人无耻矣，咸依右相之山；我则异欤，独仰韩公之斗。首明趋向，愿出镕陶。"由是擢用至金书枢密院事。韩败，追三官，夺执政恩。

林　　外

林外字岂尘，泉南人。词翰潇爽，诙谲不羁，饮酒无算。在上庠，暇日独游西湖幽寂处，得小旗亭，饮焉。外美风姿，角巾羽氅，飘飘然神仙中人也。豫市虎皮钱篓数枚藏腰间，每出其一，命酒家保倾倒，使视其数，酬酒直即藏去。酒且尽，复出一篓，倾倒如初。逮暮，所饮几斗余，不醉，而篓中钱若循环无穷者，肆人皆惊异之。将去，索笔题壁间曰："药炉丹灶旧生涯，白云深处是吾家。江城恋酒不归去，老却碧桃无限花。"明日，都下盛传"某家酒肆有神仙至"云。又尝为《垂虹亭》词，所谓"飞梁遏水者"，倒题桥下，人亦传为吕翁作。惟高庙识之曰："是必闽人也。不然，何得以'锁'字协'埽'字韵。"已而，知其果外也。此词已有纪载，兹不复书。南剑黯淡滩，湍险善覆舟，行人多畏避之。外尝戏题滩傍驿壁曰:"千古传名黯淡滩,十船过此九船翻。惟有泉南林上舍,我自岸上走,你怎奈何我?"虽一时戏语,颇亦有味。

甄 云 卿

永嘉甄云卿字龙友,少有俊声,词华奇丽。而资性浮躁,于乡人无不狎侮,木待问蕴之为尤甚。木生朝,为词贺之,末云:"闻道海坛沙涨也,明年。"盖谚云:"海坛沙涨,温州出相。"明年者,俗言"且待"也。又尝损益前人酒令曰:"金银铜铁铺,丝绵绸绢纲,鬼魅魍魉魁。"盖木以癸未魁天下也。甄辩给雄一时,谑笑皆有余味。一日登对,上戏问云:"卿安得与龙为友?"甄仓忙占奏,殊不能佳。及退殿陛,自恨失言曰:"何不云尧舜在上,臣安得不与夔龙为友?"闻者惜之。竞渡日,着彩衣立龙首,自歌所作《思远楼前》之词,旁若无人。然于性理解悟,凡禅衲机锋,皆莫能答。将亡之日,命其子焖汤,且召蕴之,将嘱以后事。甄居城外,昏暮门阖不得入,其子白之,甄曰:"然则勿焖以待旦。"既旦,木闻之亟来,甄喜曰:"吾将行,得君主吾丧,则济矣。"木许诺。乃入浴更衣,与木诀,坐而逝。既复开目曰:"吾儒无此也。"复卧,乃绝。

西 林 道 人

端平间,周文璞、赵师秀数诗人,春日薄游湖山,极饮西林桥酒垆,皆大醉熟睡。忽有鬈髻道人过而睨之,哂曰:"诗仙醉邪?"顾酒家:"善看客,我当将偿酒钱。"索水小盂,以瓢中药少投之,入口略嗽,噀之地上,则皆精银也。时游人方盛,皆环视骇叹,忽失道人所在。薄暮,诸公始醒,酒家具道所以,皆怅然自失。其家持银往市,得钱正可酬所直,了无赢余。明日,喧传都下,酒家图其事于壁,自以为"遇仙酒肆"。好事者竞趋之,遂为湖山旗亭之甲,而诸公亦若有悟云。

崔　福

崔福，故群盗也，尝为官军所捕。会夜大雪，方与婴儿同榻，儿寒夜啼，不得睡觉。捕者至，因以故衣拥儿口，儿得衣，身暖啼止，遂得逸去。因隶籍军伍，累从陈子华捕贼，积功至刺史、大将军。后从陈往江西，留南昌。既而子华易阃金陵，兼节制淮西，而崔仍留洪。时倅摄郡，一日，倅与郡僚宴滕王阁。崔怒其不见招，憾之。适至府治前，民有立牌诉冤者，崔乃携其人，直至饮所，责以郡官不理民事。嗾诸卒尽碎饮器，官吏皆奔逸窜去，莫敢婴其锋。子华知之，遂檄还建康。会淮西有警，命王鉴出师，鉴请福为援。福不乐为鉴用，托以葬女擅归。鉴怒，遂白其前后过恶，且必正其慢令之罪。会子华亦厌忌之，于是遂从军法，然后声其罪于朝。福勇悍善战有声，其死也，军中惜之。然其跋扈之迹已不可掩，杀身之祸，实有以自取之也。

张　乂　林叔弓

张乂，延平人。少负才入太学，有声，为节性斋长，既又为时中斋长。其人眇小而好作为，动以苛礼律诸生，同舍多不平之。莆田林叔弓，亦轻浮之士也，于是以其名字作诗、赋各一首嘲之。其警联云："身材短小，欠曹交六尺之长；腹内空虚，乏刘乂一点之墨。"诗警句云："中分爻两段，风使十横斜。文上元无分，人前强出些。"曲尽形容之妙，闻者绝倒。又私试《舜辟四门赋》云："想帝女下嫔，大展亲家之礼；谅商均不肖，几成太子之游。"《天子之堂九尺》云："假令晏子来朝，莫窥其面；纵使曹交入见，仅露其头。"《颜渊具体而微》赋云："博我以文，约我以礼，望之俨然；道与之貌，天与之形，眇乎小尔。"亦皆叔弓之所为也。

优 语

宣和中，童贯用兵燕、蓟，败而窜。一日内宴，教坊进伎为三四婢，首饰皆不同。其一当额为髻，曰蔡太师家人也；其二髻偏坠，曰郑太宰家人也；又一人满头为髻如小儿，曰童大王家人也。问其故，蔡氏者曰："太师观清光，此名'朝天髻'。"郑氏者曰："吾太宰奉祠就第，此'懒梳髻'。"至童氏者曰："大王方用兵，此'三十六髻'也。"近者己亥岁，史□之为京尹，其弟以参政督兵于淮。一日内宴，伶人衣金紫，而幞头忽脱，乃红巾也。或惊问曰："贼裹红巾，何为官亦如此？"傍一人答云："如今做官底，都是如此。"于是褫其衣冠，则有万回佛自怀中坠地。其旁者云："他虽做贼，且看他哥哥面。"又女官吴知古用事，人皆侧目。内宴日，参军四筵张乐，胥辈请金文书，参军怒曰："我方听觱栗，可少缓。"请至三四，其答如前。胥击其首曰："甚事不被觱栗坏了。"盖是俗呼黄冠为"觱栗"也。王叔知吴门日，名其酒曰"彻底清"。锡宴日，伶人持一樽夸于众曰："此酒名彻底清。"既而开樽，则浊醪也。旁诮之云："汝既为彻底清，却如何如此？"答云："本是彻底清，被钱打得浑了。"此类甚多。而蜀优尤能涉猎古今，援引经史，以佐口吻资笑谈。当史丞相弥远用事，选人改官，多出其门。制阃大宴，有优为衣冠者数辈，皆称为孔门弟子。相与言，吾侪皆选人，遂各言其姓曰"吾为常从事"，"吾为于从政"，"吾为吾将仕"，"吾为路文学"。别有二人出曰："吾宰予也。夫子曰：'于予与改。'可谓侥幸。"其一曰："吾颜回也。夫子曰：'回也不改。'吾为四科之首而不改，汝何为独改？"曰："吾钻故改，汝何不钻？"回曰："吾非不钻，而钻弥坚耳？"曰："汝之不改宜也，何不钻弥远乎？"其离析文义，可谓侮圣言，而巧发微中，有足称言者焉。有袁三者，名尤著。有从官姓袁者，制蜀，颇乏廉声。群优四人，分主酒、色、财、气，各夸张其好尚之乐，而余者互讥诮之。至袁优，则曰："吾所好者，财也。"因极言财之美利，众亦讥诮之不已。徐以手自指曰："任你讥笑，其如袁丈好此何？"

讥不肖子

有士赴考,其父充役,为贴书勉其子,登第则可免。子方浪游都城,窘无资用,即答曰:"大人欲某勉力就试,则宜多给其费,否则至场中定藏行也。"弈者以不露机为"藏行"云。又有士父使从学,月与油烛一千,其子请益,不可。子以书白云:"所谓焚膏继晷者,非为身计,正为门户计。且异日恩封,庶几及父母耳。有如吝小费,则大人承事,娘子孺人,辽乎邈哉!"闻者绝倒。

卷十四

馆 阁 观 画

乙亥岁秋，秘书监丞黄恮汝济，以蓬省旬点，邀余偕行，于是具衣冠望拜右文殿，然后游道山堂。堂故米老书扁，后以理宗御书易之。著作之庭，胡邦衡所书，曰"蓬峦"，曰"群玉堂"。堂屏，坡翁所作竹石，相传淳熙间，南安守某人，乃取之长乐僧寺壁间，去其故土，而背施髹漆，匣以持献曾海野；曾殂后，复献韩相平原；韩诛，簿录送官。左为"汗青轩"，轩后多古桂，两旁环石柱二。小亭曰"蓬莱"，曰"濯缨"，曰"方壶"，曰"含章"，曰"茹芝"，曰"芸香"。射亭曰"绎志"，曰"采良门"。"采良"二字，莫知所出。登浑仪台，观铜浑仪，绍兴间内侍邵谔所为，精致特甚，色泽如银如玉。此器凡二：一留司天台，一留此以备测验。最后步石渠，登秘阁，两旁皆列龛藏先朝会要及御书画，别有朱漆巨匣五十余，皆古今法书名画也。是日仅阅秋、收、冬、余四匣。画皆以鸾鹊绫、象轴为饰，有御题者，则加以金花绫。每卷表里，皆有尚书省印，防闲虽甚严，而往往以伪易真，殊不可晓。其佳者有董源画《孔子哭鱼邱子图》，唐模顾恺之《洗经图》，此二图绝高古。李成《重峦寒溜》，孙大古《志公》，展子虔作《伏生》，无名人《三天女》，亦古妙。燕文贵纸画山水小卷极精。土雷小景，符道隐山水，关全山水，胡瓌马，陈晦柏，文与可古木便面，亦奇。余悉常品，亦有甚谬者。通阅一百六十余卷，绝品不满十焉。暇日想像书之，以为平生清赏之冠也。

针 砭

古者针砭之妙，真有起死之功。盖脉络之会，汤液所不及者，中其俞穴,其效如神。方书传记,所载不一。若唐长孙后怀高宗,将产,数日不能分娩。诏医博士李洞玄候脉,奏云:"缘子以手执母心,所以不产。"太宗问:"当何如?"洞玄曰:"留子母不全,母全子必死。"后曰:"留子,帝业永昌。"遂隔腹针之,透心至手,后崩,太子即诞。后至天阴,手中有瘢。庞安常视孕妇难产者,亦曰:"儿虽已出胞,而手执母肠胃,不复脱衣。"即扪儿手所在,针其虎口,儿既痛,即缩手而生。及观儿虎口,果有针痕。近世屠光远亦以此法治番阳酒官之妻。三人如出一律,其妙如此。盖凡医者,意也。一时从权,有出于六百四十九穴之外者。《脞说》载李行简外甥女,适葛氏而寡,次嫁朱训,忽得疾如中风状。山人曹居白视之,曰:"此邪疾也。"乃出针刺其足外踝上二寸许,至一茶久,妇人醒,曰:"疾平矣。"始言每疾作时,梦故夫引行山林中。今早梦如前,而故夫为棘刺刺足胫间不可脱,惶惧宛转,乘间乃得归。曹笑曰:"适所刺者,八邪穴也。"此事尤涉神怪。余按《千金翼》有刺百邪所病十三穴,一曰鬼宫,二曰鬼信,三曰鬼垒,四曰鬼心,五曰鬼路,六曰鬼枕,七曰鬼床,八曰鬼市,九曰鬼病,十曰鬼堂,十一曰鬼藏,十二曰鬼臣,十三曰鬼封。然则居白所施正此耳。今世针法不传,庸医野老,道听涂说,勇于尝试,非惟无益也。比闻赵信公在维扬制阃日,有老张总管者,北人也,精于用针,其徒某得其粗焉。一日,信公侍姬苦脾血疾垂殆,时张老留旁郡,亟呼其徒治之,某曰:"此疾已殆,仅有一穴或可疗。"于是刺足外踝二寸余,而针为血气所吸留,竟不可出。某仓惶请罪曰:"穴虽中,而针不出,此非吾师不可,请急召之。"于是命流星马宵征,凡一昼夜而老张至,笑曰:"穴良是,但未得吾出针法耳。"遂别于手腕之交刺之,针甫入,而外踝之针跃而出焉。即日疾愈,亦可谓奇矣。然古者,针以石为之。昔金元起欲注《素问》,访王孺以砭石,答曰:"古人以石为针,必不用铁。"《说文》有此"砭"字,许慎云:"以石刺病也。"《东山经》云:"高氏之山多针石。"郭璞云:"可以为砭针。"《春秋》:"美疢不如恶石。"服子慎注云:"石,砭石也。"季世无复佳石,故以针代之耳。又尝闻舅氏章叔恭云:昔倅襄州日,尝获试针铜人,全像以精铜为之,腑脏无一不具。其外俞穴,则错金书穴名于旁,凡背面二器相合,则浑然全身,盖旧都用此以试医者。其法：外涂黄蜡，中实以水，俾医工以分折寸，按穴试针，中穴，则针入而水出；稍差，则针不可入矣。亦奇巧之器也。后赵南仲归之内府，叔恭尝写二图，刻梓以传焉。因并附见于此焉。

巴 陵 本 末

穆陵既正九五之位，皇兄济王竑出封宛陵，辞不就。史丞相同叔以其有逼近之嫌，遂徙寓于霅城之西。宝庆元年乙酉正月八日，含山狂士潘甫与弟壬、丙，率太湖亡命数十人，各以红半袖为号，乘夜逾城而入，至邸索王，声言义举推戴。王闻变，易敝衣，匿水窦中，久而得之。拥至州治，旋往东岳行祠，取龙椅置设厅，以黄袍加之。王号泣不从，胁之以兵，不获已，与之约曰："汝能勿伤太后、官家否？"众诺。遂发军资库出金帛楮券犒军，命守臣谢周卿率见任及寄居官立班，且揭李全榜于州门，声言史丞相私意援立等罪。且称见率精兵二十万，水陆并进。时皆耸动，以为山东狡谋。比晓，则执兵者大半皆太湖渔人，巡尉司蛮卒辈多识之，始疑其伪。王乃与郡将谋，帅州兵剿之，其数元不满百也，潘壬竟逸去。后明亮获之楚州河岸。寓公王元春遂以轻舟告变于朝，急调殿司将彭忔赴之。兵至，贼已就诛矣。主兵官苟统领者，坚欲入城，意在乘时劫掠。舟抵南关张王祠下，忽若有方巾白袍人挤之入水，于是亟闻之，朝廷亦以事平，俾班师焉。使非有此，一城必大扰矣。越一日，史相遣其客余天锡来，且颁宣医视疾之旨。时王本无疾，实使之自为之计，遂缢于州治之便室，异归故第治丧。本州有老徐驻泊云：尝往视疾，至则已死矣。见其已用锦被覆于地，口鼻皆流血，沾渍衣裳。审尔，则非缢死矣。始欲治葬于西山寺，其后遂藁葬西溪焉。初，朝廷得报，谓出山东谋，史揆惧甚。既而事败，李全亦自通于朝，以为初不与闻，疑虑始释。遂下诏贬王为巴陵县公，夫人吴氏赐度牒为女冠，移居绍兴，改湖州为安吉州。王元春以告变功，遂知乡郡。时秀王第十三子师弥，逃难菁山园庙，亦奖其能守园陵，躐等升嗣袭。甚者以潘阆尝从秦王为记室，有同谋之嫌，亦黜其先贤之祀焉。先是，天台宋济中楫为守日，更立诸坊扁，其左题曰："守臣宋济立。"未几变作，或以为先讖云。其后魏了翁华父、真德秀希元、洪咨夔舜俞、潘枋庭坚,皆相继疏其冤。大理评事庐陵胡梦昱季昭,应诏上书,引晋申生为厉,汉戾太子,及秦王廷美之事,凡万余言,讦直无忌,遂窜象州。翁定、杜丰、胡炎,皆有诗送之。翁云:“应诏书闻便远行,庐陵不独说邦衡。寸心只恐孤天地,百口何期累弟兄。世态浮云多变换,公朝初日合清明。危言在国为元气,君子从来岂愿名。”杜云:“庐陵一小郡,百岁两胡公。论事虽小异,处心应略同。有书莫焚藁,无恨岂伤弓。病愧不远别,写诗霜月中。”胡云:“一封朝奏大明宫,吹起庐陵古直风。言路从来天样阔,蛮烟谁使径旁通。朝中竞送长沙傅,岭表争迎小澹翁。学馆诸生空饱饭,临分忧国意何穷。”竟殁于贬所。端平更化,诏许归葬,官其一子。洪舜俞当制云:“朕访落伊始,首下诏求谠言,盖与谏鼓、谤木同意。以直言求人,而以直言罪之,岂朕心哉?尔风裁峻洁,志概激壮,繇廷尉平上书公车,言人之所难言。方嘉贯日之忠,已堕偃月之计。问涂胥口,访事泷头,曾无几微见于面,何气节之烈也。仁祖能起介于远谪之余,孝祖能拔铨于投荒之后。抚今怀远,魂不可招;潦雾堕鸢,追悔何及。仍官厥子,以旌折槛之直,且识投杼之过,尔虽死不朽矣。”以周成子与谋,鞫之棘寺,不服,大理卿徐宣力辨其非,皆坐贬死。台谏李知孝莫泽,奉承风旨,凡平日睚眦之怒,悉指以从伪,弹劾无虚日,朝野为之侧足。越再岁,忽颁宽恩,或谓史揆尝有所睹而然。辛卯郁攸之变,太室省部悉为煨烬,下诏求言。籍田令徐清叟应诏,略云:“人伦睦则天道顺,一或悖其常,则天应之以祸。巴陵有过,罔克继绍,大臣协定大计,挈神器归之陛下。不幸狂寇猝发,陷巴陵于不道,衣服僭拟,死有余罪。然在彼纵非,而在我者不可不厚。夺爵废祀,暂焉犹可;久而不赦,厥罚甚焉。况曩因巴陵讹误,名在丹书者,比以庆赉,生者叙复,死者归葬。然恩及疏逖,而亲者反薄,臣恐宁宗在天之灵,或谓不然也。盖陛下之与巴陵,俱宁宗皇帝之子。陛下富贵如此,而巴陵僇辱如彼,讵合人父均爱其子之意!近者,京城之火,上延太室,往往缘此。盖以陛下一念之怄,忍加同气,累载积年,犹未消释,有以伤和而召异也。”云云。癸巳六月,御笔命有司改葬,追复王爵,所有命继之事,则“事关家国,非朕敢私”。丙申岁，正言方大琮奏疏亦云："古今有不可亡之理。理者何？纲常是也。陛下隐之于心，其有不安者乎？臣在田野间，侧闻宁宗皇帝嘉定选择之时，追记先朝，眷念魏邸，故陛下之立，必自魏来。彼故王退守藩服，变出仓卒，雪川之事，深可痛矣。臣尝记真德秀之疏曰：'前有避匿之迹，后有讨捕之谋。'又记洪咨夔之疏曰：'雪川之变，非济邸之本心；济邸之殁，非陛下之本心。'魏了翁直前之疏，徐清叟火灾之疏，皆可谓得其情矣。胡梦昱一疏，尤为恻怛，贯穿百代之兴亡，指陈天人之感应，读之使人流涕。当是时也，天地祖宗犹有以察陛下之有所制；黄壤沉魄，犹有以亮陛下之不得已。今将十载，天殛老妖，端平改弦，威福自出，此非昭冤雪枉之时乎？臣恭睹六年六月御笔有曰：'胁狂陷逆。'又曰：'复爵茔坟。'而立后一事，则以事系家国，难以轻议。又恭睹二年七月御笔，有曰：'卫王功茂，深欲保全其家。'又曰：'札付宅之兄弟，自今臣僚，无复擒撷。'一则牢关固拒，如待深仇，何其重于继同气之后；一则丁宁覆护，如抚爱子，何其厚于保奸孽之家。合二笔而观，有人心者，以为何如哉？故王之迹，非若秦邸；而秦邸子孙，至今繁盛。今也西溪荒阡，麦饭无主，霜蓼孤寄，抑堕缁流。"云云。"臣剽闻故王尝从陛下会朝侍班，同榻共食，情爱备至。使无弥远先入之言，宁不怆念畴昔之故。若故王者，生蒙友爱之义，死乃不蒙继绝之恩乎？臣闻真德秀垂殁，语其家以不能申前言为大恨。又见洪咨夔尝对臣言曰：'上意未回，则天意亦未易回。'今二臣亡矣！独梦昱所谓'冤不散则祸不消'，今虽官其一子，未足偿其一门之痛。是不惟故王之冤未散，而梦昱之论亦未明也。群臣泛议，一语及此，摇手吐舌，指为深讳。陛下豁然开悟，特下明诏，正权臣之罪，洗故王之冤，则端平德刑之大者明矣。是必改茔高燥，亟谋绍承，幸伉俪之犹存，庶精爽之有托。若敖之鬼不馁，新城之巫永消，则天心之悔祸有期，人心之厌乱有日，特在陛下一念间耳。宋文帝何如主，犹能还二王之家，正徐傅之戮，而况九京之下，所望于英明之主哉？"云云。丙申明禋，大雷电雨雹，诏求直言。架阁韩祥疏曰："四海之大，谁无兄弟？尊为元首，宁忍忘情；宿草荒阡，彼独何辜？二三臣子劝陛下绍巴陵之后则弗顾，请陛下行徐傅之诛则弗忍，乌知新城冤魄不日夜侧怆,请命上帝乎?"司农丞郑逢辰封章略曰:"妖由人兴,变不虚发。推原其故,陛下掇天怒者,其失有四:一曰天伦未笃,二曰朝纲未振,三曰近习之势浸张,四曰后宫之宠浸盛。何谓天伦未笃?兄弟,人之大伦也。巴陵之死,幽魂藁葬,败冢荒邱,天阴鬼哭,夜雨血腥,行道之人,见者陨涕。太子申生之死,犹能请命于帝;巴陵亦先帝之子,陛下之兄也。雪川之变,窜身水窦,襟裾沾濡,凶徒追胁,情实可怜。今乃烝尝乏祀,嫠妇无归,岂不掇天怒邪?"云云。丁酉火灾,三学生员上书,谓火起新房廊,乃故王旧邸之所;火至仙林寺而止,乃故王旧宅之材。皆指为伯有为厉之验。太常丞赵琳疏,亦以《春秋》郑伯有良霄为厉之验。一时朝绅韦布,咸谓故王之冤不伸,致干和气。独府学生李道子立异一书,援唐立武后事,谓此陛下家事,勿恤人言。又有广南额外摄官事邹云一书,尤为可骇。大略谓:"济邸不能一死,受程军、陈登之徒,班廷拜舞于仓猝之际,天日开明,著身无地,夫复何言?今天下之士,反起兴怜,陛下又从而加惠之,复其爵位,给其帑藏,可谓曲尽其恩。今天下之士,不知大义所在,复以立嗣为言,簧鼓天下之听。且济邸虽未得罪于天下,而实得罪于《春秋》。济王不道,法所当除。陛下尚轸在原,犹存爵位,借使勉从群议,俾延于世,不可也。矧当世情多阻之时,人心趋乱者众,万一贪夫不靖之徒,有以立楚怀王孙而激乱者,是时置国家于何地? 其亦不思之甚矣! 以真德秀之贤,犹且昧此,况他人乎?"二人并特旨补将仕郎,权夕郎丁伯桂驳之,乃止。殿院蒋岘伯见谓:"火灾止是失备,更无余说。"且云:"济邸之于陛下,本非同气之亲,非兄弟而强为兄弟。"又云:"《中庸》达道,始于君臣而次于父子,《大易》二篇,基于父子而成于君臣,而况下于父子者乎? 此见君臣之道,独立于天地之间。"又云:"君臣既定,父子不必言,兄弟不当问。"又云:"天不能命,神不能语,巫而诬焉。"于是太武学生刘实甫等二百余人,相率上书力攻之,岘遂罢言职。至景定甲子岁,度宗践祚之初,监察御史常懋长孺奏:"巴陵之事,岂其本心? 真宗能还秦邸之后,以成太宗之心,陛下岂不能为故王续一线之脉哉!"既而御笔云:"济王生前之官,先帝已与追复。尚有未复所赠官,尝曰留以遗后人,即仁皇践祚,赠秦王太师、尚书令之典也。所宜继志,以慰泉壤。可追复太师、保静镇潼军节度使,仍令所属讨论坟茔之制,日下增修,余照先帝端平元年六月十二日指挥。"又至德祐乙亥,边事俶扰,台臣以此为请。而常长孺入为文昌,一再奏陈,以为:"此亦挽回天意之机。且雪川之事,非其本心,置之死地过矣,不为立后又过矣。匹夫匹妇之冤,犹能召飞霜枯草之灾,况尝备储闱之选乎?且理宗以来,疆土日蹙,灾变日至,毋乃巴陵得请于帝乎?若子产所谓有以归之,斯可矣。欲乞英断,为理祖、度考了此一段未为之事。不然,臣恐申生之请未已也。"遂有旨:太师、保静镇潼军节度使、济王,特封镇王,赐谥"昭肃"。所有坟茔,令临安府两浙漕司相视,更加修缮。仍令封椿安边所拨田一万亩给赐,仍差王应麟前往致祭,盖应麟亦尝有请也。又批令于两班中,择昭穆相当二三岁以下者,指定一员,以奉其祀。呜呼!挽回天意,至此亦晚矣。悲夫!

数　　奇

《李广传》:"广数奇,毋令当单于。"注云:"奇,不偶也,言广命只不偶也。数,音所角切,奇,居宜切。"宋景文以为江南本《汉书》,"数"乃所具切,"角"字乃"具"字之误耳。然或以为疑。余因考《艺文类聚》、《冯敬通集》"吾数奇命薄",《唐文粹》徐敬业诗"数奇良可叹",王维诗"卫青不败由天幸,李广无功缘数奇",杜诗"数奇谪关塞,道广存箕颖",罗隐诗"数奇当自愧,时薄欲何干",坡诗"数奇逢恶岁,计拙集枯梧",观其偶对,则"数"为"命数",非"疏数"之"数",音所具切,明矣。

谏　笋　谏　果

世传涪翁喜苦笋,尝从斌老《乞苦笋》诗云:"南园苦笋味胜肉,笼箨称冤莫采录。烦君更致苍玉束,明日风雨吹成竹。"又《和坡翁春菜》诗云:"公如端为苦笋归,明日春衫诚可脱。"坡得诗,戏语坐客云:"吾固不爱做官,鲁直遂欲以苦笋硬差致仕。"闻者绝倒。尝赋苦笋云："苦而有味,如忠谏之可活国。"放翁又从而奖之云："我见魏徵殊妩媚,约束儿童勿多取。"于是世以"谏笋"目之。殊不知翁尝自跋云："余生长江南,里人喜食苦笋,试取而尝之,气苦不堪于鼻,味苦不可于口,故尝屏之,未始为客一设。及来黔,黔人冬掘苦笋萌于土中,才一寸许,味如蜜蔗,初春则不食,惟燹道人食苦笋。四十余日出土尺余,味犹甘苦相半。"以此观之,涪翁所食,乃取其甘,非贵乎苦也。南康简寂观有甜苦笋,周益公诗云："疏食山间荼亦甘,况逢苦笋十分甜。君看齿颊留余味,端为森森正且严。"此亦取其甜耳。世人慕名忘味,甘心荼苦者,果何谓哉?又记涪翁在戎州日,过蔡次律家,小轩外植余甘子,乞名于翁,因名之曰"味谏轩"。其后王子予以橄榄送翁,翁赋云："方怀味谏轩中果,忽见金盘橄榄来。想见余甘有瓜葛,苦中真味晚方回。"然则二物亦可名之为"谏果"也。

姚幹父杂文

姚镕字幹父,号秋圃,合沙老儒也,余幼尝师之。记诵甚精,著述不苟,潦倒余六旬,仅以晚科主天台黄岩学,期年而殂。余尝得其杂著数篇,议论皆有思致。今散亡之余,仅存一二,惧复失坠,因录之以著余拳拳之怀。

《喻白蚁文》云："物之不灵,告以话言而弗听,俗所谓对马牛以诵经是已。虽然,群生之类,皆含灵性,皆具天机。百舌能语,白鹭能棋;伯牙弦清而鱼听,海翁机露而鸥疑;害稼之蝗知卓茂,害人之鳄识昌黎。若兹之类,言可喻,理可化,安可例以马牛而待之?况夫蝼蚁至微,微而有知。自国于大槐以来,则有君臣尊卑。南柯一梦,言语与人通,井邑与人同。人但见其往来憧憧,而不知其市声讧讧。固自有大小长幼之序,前呼后唤之响,默传于寂然无哗之中。一种俱白,号曰'地虎',族类蕃昌,其来自古。赋性至巧,累土为室;有觜至刚,啮木为粮。吾尝窥其窟穴矣,深闺邃阁,千门万户,离宫别馆,复屋修廊。五里短亭,十里长亭,缭绕乎其甬道;五步一楼,十步一阁,玲珑乎其峰房。嗟尔之巧则巧矣,盛则盛矣,然卵生羽化,方孳育而未息;

钻橡穴柱，不尽嚼而不已。遂使修廊为之空洞，广厦为之颓圮。夫人营创，亦云难只，上栋下宇，欲维安止。尔乃鸠居之而不恤，蚕食之而无耻，天下其宁有是理？余备历险阻，拙事生涯，造物者计尺寸而与之地，较锱铢而赋之财。苟作数橡，不择美材，既杉椤之无有，惟桦松之是裁；正尔辈之所慕，逐馨香而俱来。苟能饱尔之口腹，岂不岌岌乎殆哉？虽然，尔形至微，性具五常：其居亲亲，无阃门同气之斗，近于仁；其行济济，有君子逊畔之风，近于礼；有事则同心协力，不约而竞集，号令信也；未雨则含沙负土，先事而绸缪，智识灵也；其徒羽化，则空穴饯之于外，有同室之义也。既灵性之不泯，宜善言之可施。余之谛创尔所见，余之艰难尔宜知。今与尔画地为界，自东至西十丈有奇，自南至北其数倍蓰，请迁族类以他适，毋入范围而肆窥。苟谆谆而莫听，是对马牛而诵经，其去畜类也几希。以酒酹地，尔其知之。"又效柳河东《三戒》作《三说》，其一曰《福之马嘉鱼》，云："海有鱼曰马嘉，银肤燕尾，大者视眸儿，腐用火熏之可致远，常渊潜不可捕。春夏乳子，则随潮出波上，渔者用此时帘而取之。帘为疏目，广袤数十寻，两舟引张之，缒以铁，下垂水底。鱼过者，必钻触求进，愈触愈束愈怒，则颊张鬣舒，钩着其目，致不可脱。向使触网而能退却，则悠然逝矣。知进而不知退，用罹烹醢之酷，悲夫！"《江淮之蜂蟹》云："淮北蜂毒，尾能杀人；江南蟹雄，螯堪敌虎。然取蜂儿者不论斗，而捕蟹者未闻血指也。蜂窟于土或木石，人踪迹得其处，则夜持烈炬临之。蜂空群赴焰，尽殪，然后连房刳取。蟹处蒲苇间，一灯水浒，莫不郭索而来，悉可俯拾。惟知趋炎而不能安其所，其陨也固宜。"《蜀封溪之猩猩》云："猩猩，人面能言笑，出蜀封溪山，或曰交趾。血以赭罽，色终使不渝。嗜酒喜屐，人以所嗜陈野外而联络之，伏伺其旁。猩猩见之，知为饵己，遂斥詈其人姓名，若祖父姓名，又且相戒毋堕奴辈计中，携侪唾骂而去。去后复顾，因相谓曰：'盍试尝之。'既而染指知味，则冥然忘凤戒，相与沾濡径醉，相喜笑，取屐加足。伏发，往往颠连顿仆，掩群无遗。呜呼！明知而明犯之，其愚又益甚矣。"

继　母　服

何自然,本何佾德显之子,其母姚氏死,即出继何修德扬。后佾再娶周氏。及自然为中司日,周氏死,自然以不逮事,毋审合解官申心丧。下礼官议,以为母无亲继之别,朝廷不以为然,复下给舍台谏议。太学生朱九成等各上台谏书,论其当去。集议既上,虽以为礼有可疑,义当从厚,合听解官。然竟以礼律不载,无所折衷。自然去后数日,书库官方庭坚于《隋书·刘子翊传》:永宁令李公孝,四岁丧母,九岁外继,其后父更别娶,后母至是而亡。河间刘炫以无抚育之恩,议不解任。子翊时为侍御史,驳之曰:"传云:'继母如母。'与母同也。"又曰:"为人后者,为其父母期。按期者自以本生,非殊亲之与继也。"又曰:"亲继既等,心丧不殊。"又曰:"如谓继母之来,在子出之后,制有浅深,则出后之人,所后者初亡,后之者始至,此复可以无抚育之恩,而不服重乎?"又曰:"苟以母养之恩,始成母子,则恩由彼至,服自己来,则慈母如母,何待父命。"又曰:"继母本以名服,岂藉恩之厚薄也。"又曰:"炫敢违礼乖令,侮圣贤法。使出后之子,无情于本生,名义之分,有污于风俗。"事奏,竟从子翊之议。礼官具白于庙堂,议乃定。乃知读书不多,不足以断疑事也。

食　牛　报

曾凤朝阳,庐陵人,余尝与之同寮。忽以疾告。数日,余往问之,因云:"昔年疾伤寒,旬余不解。昏睡中,忽觉为牛所吞,境界陡黑,知此身已堕牛腹中。于是蹙然曰:'身不足惜,如老母何!'因发誓,自此复见天日,当终身不食太牢。悚然惊寤,流汗如雨,疾遂良愈。持戒已十年矣,昨偶饮乡人家,具牛炙甚美。朋旧交勉之,忍馋不禁,为之破戒,归即得疾。畴昔之夜,梦如往年,恐惧痛悔,以死自誓,今幸汗解矣。"余闻其说异之,且尝见传记小说所载食牛致疾事极众,然未有耳目所接如此者。余家三世不食牛，先妣及余皆禀赋素弱，自少全老多病。然瘟疫一证，非惟不染，虽奴婢辈亦复无之，益信朝阳之说为不诬。因并著之，以为世戒。

卷十五

曲壮闵本末

　　曲端字正甫,镇戎军人,知书善属文,作字奇伟,长于兵略,屡战有声。知延安府时,王庶节制陕西六路军马,遂授端吉州团练使、节制司都统制。端雅不欲属庶,及寇犯陕西,庶召端,则以未受命辞。敌知端、庶不协,并兵寇鄜延。庶督端为援,端以为救鄜延,不如全陕西,乃遣吴玠攻华州。既而延安陷,庶无所归,遂以百骑驰至端军。端以戎服见,问庶延安失守状曰:“节制固知爱身,不知为天子爱城乎?”庶曰:“吾数令不从,谁其爱身者?”端怒曰:“在耀州屡陈军事,不一见听,何也?”乃拘其官属,夺其节制司印。既而以擒史斌功,迁康州防御使、泾原路经略安抚使、知延安府。端不欲往,朝廷疑有叛意,遂以御营提举召,端疑不行。会张浚宣抚川、陕,以端有威声,承制拜端威武大将军、宣州观察使、宣抚司都统制、知渭州,军士欢声如雷。是时端与吴玠皆有重名,陕西人为之语曰:“有文有武是曲大,有谋有勇是吴大。”娄室寇邠州日,端屡战皆捷,至白店原,撒离喝乘高望之,惧而号泣,虏人目之为“啼哭郎君”,其为敌所畏如此。既而浚欲大举,未测其意,先使张彬往觇之曰:“公常患诸路兵不合,财不足。今宣抚司兵已合,财已足,娄室以孤军深入,我合诸路攻之不难。万一粘罕并兵而来,何以待之?”端曰:“不然。兵法先较彼己,今敌可胜,止娄室孤军。然将士轻锐,不减前日,我不过止合五路兵耳,然将士无以大异于前。兼敌之入寇,因粮于我,我常为客,彼常为主。今当反之,按兵据险,时出偏师以扰其耕。彼不得耕,必将取粮于河东,是我为主彼为客。不一二年间,必自困毙,可一举而灭也。万一轻举,后忧方大。”彬以其言复命,浚不悦。金犯环庆,端遣吴玠拒之彭原,战少却,乃劾玠违节制。其秋,兀术窥江淮。浚议出师,会诸将议所从,端力以为不然,须十年乃可。端既与浚异趣,时王庶为宣抚司参谋,与端有宿怨,因谮于浚曰:"端有反心久矣,盍早图之。"浚积前疑,复闻庶言,大怒,竟以彭原事罢其兵柄与祠,再谪海州团练副使,万州安置。是时,陕西军民皆恃端为命,及为庶谮,无罪而贬,军情大不悦。是年,浚大举,军至富平县。将战,乃伪立前军都统制曲端旗以惧之。娄室曰:"闻曲将军已得罪,必绐我也。"遂拥军骤至,军遂大溃。浚心愧其言,而欲慰人望,乃下令以富平之役,泾原军出力最多,既却退之后,先自聚集,皆前帅曲端训练有方,遂叙复左武大夫,兴州居住。绍兴初,又叙营州刺史,与祠,徙阆州。浚亦自兴州移司阆州,欲复用端。玠既憾之,且惧端复起,乃言曰:"曲端再起,必不利于张公。"王庶又从而谮之,以端尝作诗云:"不向关中兴事业,却来江上泛扁舟。"举此以为指斥。浚入其说,且以张中孚、李彦琪、赵彬降虏,疑端知其谋,于是徙端恭州,置狱,命武臣康随为夔路提刑鞫治。康随者,先知怀德军,盗用库金,为端所劾。时武臣提刑废已久,浚特以命随。端既赴逮,知必死,仰天长吁,指其所乘战马铁象云:"天不欲复中原乎?惜哉!"泣数行下,左右皆泣。初至,狱官不知何人,日盛服候之,如事上官之礼,端甚讶之。一日,其人忽前云:"将军功臣,朝廷所知,决无他虑。若欲早出,第手书一病状,狱司即以申主,便可凭藉出矣。"端欣然引笔书之,甫就,狱官遽卷怀而去。是晚,即进械,坐之铁笼,炽火逼之,殊极惨恶。端渴甚求饮,与之酒,九窍流血而死,年四十一,时绍兴元年八月三日丁卯申时也。陕西军士,皆流涕怅恨,多叛去者。浚寻得罪,诏追复端宣州观察使。制曰:"顷失意于权臣,卒下狱而遭死,恩莫追于三宥,人将赎以百身。"其后金归河南之日,又诏谥端"壮闵"。制曰:"属委任之非人,致刑诛之横被,兴言及此,流涕何追。"端为泾原都统日,有叔为偏将,战败诛之。既乃发丧,祭之以文曰:"呜呼!斩副将者,泾原统制也;祭叔者,侄曲端也。尚享!"一军畏服。其纪律极严,魏公尝按视端军,端执挝以军礼见,旁无一人。公异之,谓欲点视,端以所部五军籍进。公命点其一部,于廷间开笼纵一鸽以往,而所点之军随至,张为愕然。既而欲尽观,于是悉纵五鸽,则五军顷刻而集,戈甲焕灿,旗帜精明。魏公虽奖,而心实忌之。在蜀日，尝有诗云："破碎江山不足论，何时重到渭南村。一声长啸东风里，多少人归未断魂。"亦可见其志也。至今西北故老，尚能言其冤。而《四朝国史》端本传之论，乃曰："曲端之死，时论或以为冤，然观其狠愎自用，轻视其上，纵使得志，终亦难御，况动违节制，夫何功之可言乎？"此虽史臣委曲为魏公庇，然失其实矣。信如所言，则秦桧之杀岳飞，亦不为过。或又比之孔明斩马谡，尤无谓也。直笔之难也久矣，惜哉！

浑天仪地动仪

旧京浑天仪凡四座，每座约用铜二万斤。至道仪在测验浑仪所，皇祐仪在翰林天文局，熙宁仪在太史局天文院，元祐仪在合台。南渡后，工部员外郎袁正功尝献木样，诏工部折半制造，计用铜八千四百余斤，后不克成。至绍兴七年，尝自制小样。十四年，令内侍邵谔领其事，其一留太史局司天台，其一留秘书省测验所，皆精铜为之，工致特甚，然比之旧京者，不能及其半也。按浑天仪始于洛下闳，或以为璇玑玉衡之遗法，非也。其后贾逵、张衡、斛兰、李淳风、梁令瓒、僧一行以下皆能之，独有候风地震之器曰地动仪者无传焉。按《汉·张衡传》，此仪以精铜为之，其器圆径八尺，形似酒樽，中有都柱，旁行八道，施关发机。外有八龙，首衔铜丸，每龙作一蟾蜍，仰首张口而承之。机关巧制，皆在樽中。龙必致九州地分，如遇某州分地动，则龙衔之丸，即坠蟾蜍口中，乃铿然有声。司候者占之，则知某地分震动矣。《北史》：信都芳明算术，有巧思，聚浑天欹器、地动铜乌、刻漏、候风诸巧事，令算之，皆无遗策。隋临孝恭，尝著《地动仪经》一卷，今皆传焉。然以理揆之，天文有常度可寻，时刻所至，不差分毫，以浑天测之可也。若地震则出于不测，盖阴阳相薄使然；亦犹人之一身，血气或有顺逆，因而肉瞤目动耳。气之所至则动，气所不至则不动。而此仪置之京都，与地震之所了不相关，气数何由相薄，能使铜龙骧首吐丸也？细寻其理，了不可得，更当访之识者可也。

腹 笥

昆山白莲花寺,乃陆鲁望舍宅之所,后有祠堂像设,皆当时物。咸淳中,盛氏子醉游寺中,因仆其像于水,则满腹皆鲁望平生诗文亲稿也。寺僧颂于郡,时太守倪普亦怒之,遂从徒坐,而更塑其像。虽可少雪天随之辱,然无复当时之腹稿矣。雪川南景德寺,为南渡宗子聚居之地。大殿皆椤木为之,经数百年,略不欹倾;俗传以为神匠所为,佛像尤古。咸淳辛未三月,火忽起自佛腹,其中藏经数百卷,多五代及国初时人手写,皆硾碧纸,金银书。间有舍利、珠玉、金银钱之类,多为宗子所得。尝见一仆得金银书《心经》一囊,凡十卷,长仅二寸,卷首各绘佛像,亦颇极精妙。后经笥一旦遂空,亦竟莫知火起之由,岂释氏所谓劫火者乎?

龟 溪 二 女 贵

隆国黄夫人,湖州德清县人。初入魏峻叔高家,既出,复归李仁本,媵其女以入荣邸。时嗣王与芮苦无子,一幸而得男,是为度宗。然自处极谦抑,虽骤贵盛,每遇邸第亲戚,至不敢坐。常以奶子自称,人亦以此名之,或者有魏奶子之谤,其实不然也。秦齐国夫人胡氏,亦同邑人,相去才数里。贾涉济川以制置,少日,舟过龟溪,见妇人浣衣者,偶盼之,因至其家。问夫何在,曰:"未归。"语稍洽,调之曰:"肯相从乎?"欣然惟命。及夫还,扣之,亦无难色,遂携以归。既而生似道,未几去,嫁为民妻。似道少长,始奉以归。性极严毅,似道畏之。当景定、咸淳间,屡入禁中,隆国至同寝处,恩宠甚渥,年至八十有三。上方赐秘器及冰脑各五百两,赙银绢四千两匹,命中使护葬,帅漕供费,凡两辍朝,赐谥柔正,又赐功德寺及田六千亩,可谓盛极矣。故一邑产二女贵人,前此所未有也。

算 历 约 法

古有数九九之语，盖自至后起，数至九九，则春已分矣，如至后一百六日为寒食之类也。余尝闻判太史局邓宗文云："岂特此为然，凡推算皆有约法。"《推闰歌括》云："欲知来岁闰，先算至之余。更看大小尽，决定不差殊。"谓如来岁合置闰，止以今年冬至后余日为率。且以今年十一月二十二日冬至，则本月尚余八日，则来年之闰，当在八月。或小尽，则止余七日，则当闰七月。若冬至在上旬，则以望日为断，十二日足，则复起一数焉。《推节气歌括》云："中气与节气，但有半月隔。若要知仔细，两时零五刻。"谓如正月甲子日子时初刻立春，则数至己卯日寅时正一刻，则是雨水节也。《推立春歌括》云："今岁先知来岁春，但看五日三时辰。"谓如今年甲子日子时立春，则明年合是己巳日卯时立春。若夫刻数，则用前法推之。凡朔、望、大小尽等悉有歌括，惜乎不能尽记。然此亦历家之浅事耳，若夫精微，则非布算乘除不可也。

玉 照 堂 梅 品

梅花为天下神奇，而诗人尤所酷好。淳熙岁乙巳，予得曹氏荒圃于南湖之滨，有古梅数十，散漫弗治。爰辍地十亩，移种成列。增取西湖北山别圃江梅，合三百余本，筑堂数间以临之。又挟以两室，东植千叶缃梅，西植红梅各一二十章，前为轩楹如堂之数。花时居宿其中，环洁辉映，夜如对月，因名曰"玉照"。复开涧环绕，小舟往来，未始半月舍去，自是客有游桂隐者，必求观焉。顷太保周益公秉钧卜，予尝造东阁，坐定，首顾予曰："一棹径穿花十里，满城无此好风光。"人境可见矣！盖予旧诗尾句，众客相与歆艳，于是游玉照者，又必求观焉。值春凝寒，反能留花，过孟月始盛。名人才士，题咏层委，亦可谓不负此花矣。但花艳并秀，非天时清美不宜；又标韵孤特，若三闾大夫、首阳二子，宁槁山泽，终不肯俯首屏气，受世俗湔拂。间有身亲貌悦，而此心落落不相领会；甚至于污亵附近，略不自揆者。花虽眷客，然我辈胸中空洞，几为花呼叫称冤，不特三叹、屡叹、不一叹而足也。因审其性情，思所以为奖护之策，凡数月乃得之。今疏花宜称、憎嫉、荣宠、屈辱四事，总五十八条，揭之堂上，使来者有所警省。且示人徒知梅花之贵，而不能爱敬也。使予与之言，传闻流诵，亦将有愧色云。绍熙甲寅人日约斋居士书。

花宜称凡二十六条

澹阴。　　晓日。　　薄寒。　　细雨。　　轻烟。　　佳月。　　夕阳。　　微雪。　　晚霞。　　珍禽。　　孤鹤。清溪。　　小桥。　　竹边。　　松下。　　明窗。　　疏篱。苍厓。　　绿苔。　　铜瓶。　　纸帐。　　林间吹笛。　　膝下横琴。　　石枰下棋。　　扫雪煎茶。　　美人淡妆簪戴。

花憎嫉凡十四条

狂风。　　连雨。　　烈日。　　苦寒。　　丑妇。　　俗子。　　老鸦。　　恶诗。　　谈时事。　　论差除。　　花径喝道。　　对花张绯幕。　　赏花动鼓板。　　作诗用调羹驿使事。

花荣宠凡六条

主人好事。　　宾客能诗。　　列烛夜赏。　　名笔传神。专作亭馆。　　花边歌佳词。

花屈辱凡十二条

俗徒攀折。　　主人悭鄙。　　种富家园内。　　与粗婢命名。　　蟠结作屏。　　赏花命猥妓。　　庸僧窗下种。　　酒食店内插瓶。　　树下有狗屎。　　枝下晒衣裳。　　青纸屏粉画。生猥巷秽沟边。

昔义山《杂纂》内，有“杀风景”等语，今梅品实权舆于此。约斋名镃，字功父，循王诸孙，有吏才，能诗，一时所交皆名辈。予尝得其园中亭榭名，及一岁游适之目，名《赏心乐事》者，已载之《武林旧事》矣。今止书其赏牡丹及此二则云。

律　历

沈存中云,近世精于历者,莫若卫朴,虽一行亦不及之。《春秋》日食三十六,诸历通验,密者不过得二十六,惟一行得二十七,朴乃得三十五。朴能不用推算古今日月食,但口诵乘除,不差一算。凡古历算数,令人就耳一读,即能暗诵旁通,纵横诵之。尝令人写历书,写讫,令附耳读之,有差一算者,读至其处,则曰:"此误某字。"其精如此。大乘除皆不下照位,运筹如飞,人眼不能逐。人有故移其一算者,朴自上至下,手循一遍,至移算处,则检正而去。熙宁中,撰《奉元历》,以无候簿,未能尽其数。自言其得六七而已,然已密于他历矣。至姚虞孙乃出新意,用艺祖受命之年,即位之日,元用庚辰,日起己卯,号《纪元历》。于是立朔既差,定腊亦舛,日食亦皆不验,未几遂更焉。宣和间,妄人方士魏汉津唱为黄帝、夏禹以声为律身为度之说,不以秬黍,而用帝指。凡中指之中寸三,次指之中寸三,小指之中寸三,合而为九,为黄钟律。又云:"中指之径围为容盛,则度量权衡皆自此出焉。"或难之曰:"上春秋富,手指后或不同,奈何?"复为之说曰:"请指之岁,上适年二十四,得三八之数,是为太簇、人统,过是,则寸有余,不可用矣。"其敢为欺诞也如此,然终于不可用而止。此事前所未有,于理亦不可诬。小人欺罔取媚,而世主大臣,方甘心受悔而不悟,可发识者一笑也。

张氏十咏图

先世旧藏吴兴张氏《十咏图》一卷,乃张子野图其父维平生诗,有十首也。其一,《太守马太卿会六老于南园》云:"贤侯美化行南国,华发欣欣奉宴娱。政绩已闻同水薤,恩辉遂喜及桑榆。休言身外荣名好,但恐人间此会无。他日定知传好事,丹青宁羡《洛中图》。"其二,《庭鹤》云:"戢翼盘桓傍小庭,不无清夜梦烟汀。静翘月色一团素,闲啄苔钱数点青。终日稻粱聊自足,满前鸡鹜漫相形。已随秋意归诗笔,更与幽栖上画屏。"其三,《玉蝴蝶花》云:"雪朵中间蓓蕾齐,骤闻尤觉绣工迟。品高多说琼花似,曲妙谁将玉笛吹? 散舞不休零晚树,团飞无定撼风枝。漆园如有须为梦,若在蓝田更宜。"其四,《孤帆》云:"江心云破处,遥见去帆孤。浪阔疑升汉,风高若泛湖。依微过远屿,仿佛落荒芜。莫问乘舟客,利名同一途。"其五,《宿清江小舍》,破损,仅存一句云:"菰叶青青绿荇齐。"其六,《归燕》云:"社燕秋归何处乡? 群雏齐老稻青黄。犹能时暂栖庭树,渐觉稀疏度苑墙。已任风庭下帘幕,却随烟艇过潇湘。前春认得安巢所,应免差池拣杏梁。"其七,《闻砧》云:"遥野空林砧杵声,浅沙栖雁自相鸣。西风送响暝色静,久客感秋愁思生。何处征人移塞帐,即时新月落江城。不知今夜捣衣曲,欲写秋闺多少情?"其八,《宿后陈庄》云:"腊冻初开苕水清,烟村远郭漫吟行。滩头斜日凫鹥队,枕上西风鼓角声。一棹寒灯随夜钓,满犁膏雨趁春耕。谁言五福仍须富,九十年余乐太平。"其九,《送丁逊秀才赴举》云:"鹏去天池凤翼随,风云高处约先飞。青袍赐宴出关近,带取琼林春色归。"其十,《贫女》云:"蒿簪掠鬓布裁衣,水鉴虽明亦懒窥。数亩秋禾满家食,一机官帛几梭丝。物为贵宝天应与,花有秋香春不知。多少年来豪族女,总教时样画蛾眉。"孙觉莘老序之云:"富贵而寿考者,人情之所甚慕;贫贱而夭短者,人情之所甚哀。然有得于此者,必遗于彼。故宁处康强之贫,寿考之贱;不愿多藏而病忧,显荣而夭短也。赠尚书刑部侍郎张公讳维,吴兴人。少年学书,贫不能卒业,去而躬耕以为养。善教其子,至于有成。平居好诗,以吟诗自娱。浮游闾里,上下于溪湖山谷之间,遇物发兴,率然成章。不事雕琢之巧,采绘之华,而雅意自得。徜徉闲肆,往往与异时处士能诗者为辈。盖非无忧于中,无求于世,其言不能若是也。公不出仕,而以子封至正四品,亦可谓贵;不治职,而受禄养以终其身,亦可谓富;行年九十有一,可谓寿考。夫享人情之所甚慕,而违其所哀,无忧无求,而见之吟咏,则其自得而无怨怼之辞,萧然而有沉澹之思,其亦宜哉。公卒十八年,公子尚书都官郎中先亦致仕家居。取公平生所自爱诗十首,写之缣素,号《十咏图》,传示子孙,而以序见属。余既爱侍郎之寿,都官之孝,为之序而不辞。都官字子野,盖其年八十有二云。"此事不详于郡志，而张维之名亦不显，故人少知者。会直斋陈振孙贰卿方修《吴兴志》，讨摭旧事，见之大喜。遂传其图，且详考颠末，为之跋云："庆历六年，吴兴郡守宴六老于南园，酒酣赋诗，安定胡先生瑗教授湖学，为序其事。六人者，工部侍郎郎简年七十九，司封员外郎范说年八十六，卫尉寺丞张维年九十一，俱致仕。刘馀庆年九十二，周守中年九十五，吴琰年七十二，皆有子弟列爵于朝。刘，殿中丞述之仲父；周，大理丞颂之父；吴，大理丞知几之父也。诗及序刻石园中。园废，石亦不存。其事见《图经》及《安定言行录》。余尝考之，郎简，杭人也，或尝寓于湖。范说，咸平三年进士，同学究出身。周颂，天圣八年进士。刘、吴盛族，述与知几皆有名迹可见，独张维无所考。近周明叔史君得古画三幅，号《十咏图》者，乃维所作诗也。首篇即南园宴集所赋，孙觉莘老序之，其略云云，于是始知维为子野之父也。时熙宁五年，岁在壬子，逆数而上八十二年，子野之生，当在淳化辛卯，其父享年九十有一，正当为守。会六老之年，实庆历丙戌。逆数而上九十一年，则周世宗显德丙辰也。后四年宋兴，自是日趋太平极盛之世，及于熙宁、元丰，再更甲子矣。子野于其间擢儒科，登朊仕，为时闻人。赠其父官四品，仍父子皆耄期，流风雅韵，使人遐想慨慕不能已，可谓吾乡衣冠之盛事矣！世固知有子野而不知有其父也。自庆历丙戌后十八年，子野为《十咏图》，当治平甲辰。又后八年，孙莘老为太守为之作序，当熙宁壬子。又后一百七十七年，当淳祐己酉，其图为好古博雅君子所得。会余方缉《吴兴人物志》，见之如获珙璧，因细考而详录之，庶几不朽于世。其诗亦清丽闲雅，如'滩头斜日凫鹭队，枕上西风鼓角声'，又'花有秋香春不知'，皆佳句也。子野之墓在卞山多宝寺，今其后影响不存矣。此图之获，岂不幸哉！"本朝有两张先，皆字子野。其一博州人，天圣三年进士，欧阳公为作墓志。其一天圣八年进士，则吾州人也。二人名、姓、字偶皆同，而又适同时，不可不知也。且赋诗云："平生闻说张三影，《十咏》谁知有乃翁。逢世升平百年久，与龄耆艾一家同。名贤叙述文章好，胜事流传绘素工。遐想盛时生恨晚，恍如身在画图中。"南园故址在今南门内，牟存叟端平所居是也。其地尚为张氏物，先君为经营得之，存叟大喜，亦常赋五绝句，其一云："买家喜傍水晶宫，正是南园故址中。我欲筑堂名六老，追还庆历太平风。"盖纪实也。余家又偶藏子野诗一帙，名《安六集》，旧京本也。乡守杨嗣翁见之，因取刻之郡斋。适二事皆出余家，似与子野父子有缘耳。

耿 听 声

耿听声者，兼能嗅衣物以知吉凶贵贱。德寿闻其名，取宫人扇百余，杂以上及中宫所御，令小黄门持扣之。耿嗅至后扇云："此圣人也，然有阴气。"至上扇，乃呼万岁！上奇之，呼入北宫，又取妃嫔珠冠十数示之。至一冠，奏曰："此有尸气。"时张贵妃薨，此其故物也。后居候潮门内。夏震微时，尝为殿岩馈酒于耿。耿闻其声，知其必贵，遂以其女妻其子，子复娶其女。时郭棣为殿帅，耿谒之曰："君部中有三节度使，他日皆为三衙。"扣为何人，则曰："周虎、彭辂、夏震也。"虎、辂时皆为将官，独震方为帐前佩印官。郭曰："周、彭地步，或未可知，震安得遽尔乎？"耿曰："吾所见如此，可必也。"耿因为三人结为义兄弟。一日，耿谓虎曰："吾数夜闻军中金鼓有杀声，兵将动，君三人皆当由此而显矣。"未几，开禧出师，虎守和州，辂为金州统戎，皆以功受赏。震则以诛韩功，相继获殿岩，虎亦为帅，皆立节度使班，悉如耿之言。

周 陆 小 词

周平园尝出使，过池阳，太守赵富文彦博召饮。籍中有曹聘者，洁白纯静，或病其讷而不顾，公为赋梅以见意云："踏白江梅，大都玉软酥凝就。雨肥霜逗，痴呆闺房秀。　　莫待冬深，雪压风欺后。君知否？却嫌伊瘦，又怕伊僝僽。"酒酣，又出家姬小琼舞以侑欢，公又赋一阕云："秋夜乘槎，客星容到天孙渚。眼波微注，将谓牵牛渡。
见了还非，重理霓裳舞。虽无误，几年一遇，莫讶周郎顾。"范石湖尝云："朝士中姝丽有三杰。"谓韩无咎、晁伯如家姬及小琼也。禁中亦闻之。异时有以此事中伤公者，阜陵亦为一笑。陆放翁在蜀日，有所盼，尝赋诗云："碧玉当年未破瓜，学成歌舞入侯家。如今憔悴蓬窗底，飞上青天妒落花。"出蜀后，每怀旧游，多见之赋咏，有云："金鞭朱弹忆春游，万里桥东罨画楼。梦倩晓风吹不断，书凭春雁寄无由。镜中颜鬓今如此，席上宾朋好在不？箧有吴笺三百个，拟将细字写春愁。"又云："裘马清狂锦水滨，最繁华地作闲人。金壶投箭消长日，翠袖传杯领好春。幽鸟语随歌处拍，落花铺作舞时茵。悠然自适君知否，身与浮名孰重轻？"又以此诗槁括，作《风入松》云："十年裘马锦江滨，酒隐红尘。黄金选胜莺花海，倚疏狂，驱使青春。吹笛鱼龙尽出，题诗风月俱新。　　自怜华发满纱巾，犹是官身。凤楼常记当年语，问浮名，何似身亲。欲寄吴笺说与，这回真个闲人。"前辈风流雅韵，犹可想见也。

卷十六

三高亭记改本

　　三高亭，天下绝景也；石湖老仙一记，亦天下奇笔也。余尝见当时手稿，揩摩抉剔，如洗玉浣锦，信前辈作文不惮于改如此。因详书于此，与同志评之。记云："乾道三年二月，吴江县新作三高祠成。三高者：越上将军姓范氏，是为鸱夷子皮；晋大司马东曹掾姓张氏，是为江东步兵；唐赠右补阙姓陆氏，是为甫里先生。三君者不并世，而鸱夷子皮又尝一用人之国，名大功显而去之。季鹰、鲁望，萧然臞儒。使有为于当年，其所成就，固不可渝度。要皆得道见微，脱屣天刑，清风峻节，相望于松江、太湖之上，故天下同高之。而吴江之邑人，独私得奉烝尝以夸于四方，若曰吾东家邱云尔。邑大夫赵伯虚勤劳其邑，百废具举，以故祠为陋，将改作。于是归老之士乡老王份，献其地雪滩，左具区，右笠泽，号称胜绝。乃筑堂于其上，告迁于像而奠焉。又属石湖郡人范成大为之辞_识。噫！传曰。不有君子，其能国乎？今乃自放寂寞之滨，掉头而弗顾，人又从而以为高，岂盛际之所愿哉！后之人高三君之风，而迹_尚论其所以去，为世道计者，可以惧思过半矣。至于豪杰之士，或肆志乎轩冕，_{尸祝而社稷莫之能说。}宴安流连，卒悔于后者，亦将有感于斯堂，而某何足以述之？然独尝怪屈平既_{渊潜}以从彭咸，而桂<u>丛</u>之赋，犹召隐士，_{淮南小山犹为作《隐士》之赋。}疑若幽隐处林薄，不死而仙；况如三君蝉蜕溷浊，得全于天者。尝试倚楹而望，水光浮空，云日下上，风帆烟艇，飘忽晦明。意必往来其间，_某何足以见之，故效_援小山_{故事}作歌三章以招焉。遂从而歌曰：'若有人兮扁舟，忼乱五湖兮远游，众芳媚兮高丘，独君兮不可留。长风积兮波浪白，_{吹泽国。}荡摇空明兮南北一色。_{浪波稽天兮南北一色。}镜万里荡空碧兮鞭鱼龙，列星剡剡兮一下其孤蓬，渺顾怀兮斯路，与凉月兮入沧浦。_{君之旂兮猎猎，红粱千}

丈兮可以舣楫。饯东流兮怅云海，悠悠我思兮君无远迈。战争蜗角兮昨梦一笑，水云得意兮垂虹可以舣棹。仙之人兮寿无涯，乐哉垂虹兮去复来。'载歌曰：'若有人兮横大江，秋风起兮归故乡。鸿冥飞兮白鸥舞，吴波鳞鳞兮在下。嗟人胡为兮天地四方，乐莫乐兮美无度兮吾之土。脍修鲈兮雪飞，登孤纯兮笔之。水仙滨兮胥命，君可望兮不可追。驱疾霆兮驷奔云，宛一息兮江之滨。颓倒景兮挥碧，寥娱宴息兮江之皋。蒙藊堂兮庇杜若，一杯之酒兮我为君酌。'又歌曰：'若有一人兮北江之渚，披雪而晞兮颊烟雨。绿蔬兮莎棘，岁婉晚兮何以续君食。俪五鼎兮腥腐，羞三石泉兮终古。鸟乌飞兮择君屋，归来故墟兮苍烟疏木。擢苙泽兮径秋荷，游洞庭兮一波。访故人兮安在？千秋风露兮归来故墟，月明无人兮苍石与语。牛宫洳兮生蒲荷，潮西东兮下田一波。访南泾兮邻曲，山川良是兮丘垅。多稼石田九畹兮今其刈，聊春容兮兹里。'"不见初草，何以知后作之功？观前辈著述，而探其用意改定，思过半矣。攻媿有《读三高祠记诗》曰："三高之风天与高，三高之灵或可招。小山之后无此作，具区笠泽空寥寥。几从垂虹荡双桨，寓目沧波独怊怅。笔端不倒三峡流，欲邀招之恐长往。前身陶朱今董狐，襟袍磊落吞江湖。瑰词三章妙天下，大书深刻江之隅。我来诵诗凛生气，若有人兮在江水。扁舟独钓脍鲈鱼，茶灶笔床归甫里。先生固是邱壑人，只今方迫功与名。谢公掩鼻恐未免，便看林薮生风云。他年事业满彝鼎，乞身归来坐佳境。不嫌俗士三斗尘，容我渔蓑理烟艇。"时范公方为吏部郎也。

昆命元龟辨证本末

嘉定初元，史忠献弥远拜右丞相，相麻，翰林权直陈晦之笔也。有"昆命元龟，使宅百揆"之语。时倪文节思知福州，即具申朝省，谓"昆命元龟"，此乃舜、禹揖逊授受之语，见于《大禹谟》，非僻书也。据《汉书》，《董贤为大司马册文》云"允执其中"，萧咸谓此乃尧禅舜之文，非三公故事。今"昆命元龟"，与"允执其中"之词何以异？若圣上初无是意，不知词臣何从而援引此言？受此麻者，岂得安然而不自明乎？给舍台谏，又岂得不辨白此事乎？窃见曩之词臣，以"圣之清"、

"圣之和"褒誉韩侂胄，以"有文事"、"有武备"褒誉苏师旦，然亦未敢用人臣不当用之语。昔欧阳修论韩琦、富弼、范仲淹立党事，在为河北转运使时，故敢援此为比，乞行贴麻。史相得之甚骇，遂拜表缴奏，且谓当时惟知恭听王言，所有制词，会合取会词臣，合与不合贴麻。时陈晦已除侍御史，遂具奏之。其词内云："兹方艰于论相，顾无异于象贤。'昆命元龟，使宅百揆'，此盖演述陛下卜相之意甚明，而思乃以为人臣不当用之语。臣观《尚书》所称'师锡帝曰虞舜'与'乃言底可绩'者，其上下文显是揖逊授受之语；而孙近《行赵鼎制》云'寔由师锡之公'，蒋芾《行洪适制》云'用符师锡之公'。陈诚之《行沈该制》云'言皆可绩，佥曰汝谐'，从《大禹谟》之文：'惟口出好兴戎，朕言不再。禹曰：枚卜功臣，惟吉之从。帝曰：禹！官占惟先蔽志，昆命元龟，朕志先定，询谋佥同，鬼神其依，龟筮协从，卜不习吉。禹拜稽首固辞，帝曰：毋！惟汝谐。'今以本朝宰相制词考之，《吕夷简制》曰：'或营求方获，或枚卜乃从。'《富弼制》曰：'遂膺枚卜，实契具瞻。'《王钦若制》曰：'庙堂虚位，龟筮协谋。'《曾公亮制》曰：'拂龟而见祥，端宸而定制；稽用师言之锡，进居台路之元。'《陈执中制》曰：'考嘉绩而惟茂，质枚卜以佥同。'《赵鼎制》曰：'龟弗克违，既验询谋之协。'《陈伯康制》曰：'询于佥言，蔽自朕志。'无非用《大禹谟》此一段中语，此类甚多，不敢尽举。唐人作《韦见素相制》曰：'尔惟不矜，朕志先定。'此两全句，皆用禹事。本朝苏轼草《赐范纯仁诏》亦曰：'蔽自朕志。'《赐文彦博诏》亦曰：'朕命不再。'至于历试诸艰，盖尧、舜事。轼于吕大防、胡宗愈诏，屡用'历试'二字，然臣不敢援此为例，恐未是'命龟'的证。国初，赵普拜相，制曰：'询于元龟，历选群后。'又有甚的切者，唐元和中，裴度拜相，制曰：'人具尔瞻，天方赉予，昆命元龟，爰立作相。'云云。古人举事无大小，未尝不命龟，如《洪范》、《周礼》、《左传》，皆可考也。今思乃以董贤册文'允执其中'为比，以圣上同之汉哀云云。凡臣所陈，事理甚明，所有已降相麻，即不合贴改。"继得旨："陈晦援证明白，无罪可待；倪思轻侮朝廷，肆言诬罔，可特降两官。"其后文节作辨析一状甚详，又专作一书曰《昆命元龟说》，备载始末。然一时公论，多以文节出位而言，近于忿激。而陈之论辨虽详，终不若不用之为佳也。此事叶靖逸虽载之《闻见录》，略甚。今因详书本末云。

诗道否泰

诗道否泰，亦各有时。政和中，大臣有不能诗者，因建言，诗为元祐学术，不可行。时李彦章为中丞，承望风旨，遂上章论渊明、李、杜而下皆贬之，因诋黄、张、晁、秦等，请为科禁。何清源至修入令式，诸士庶习诗赋者杖一百。闻喜例赐诗，自何文缜后，遂易为诏书训戒。是岁冬，初雪，太上皇喜甚。吴居厚首作诗三篇以献，谓之"口号"，上和赐之。自是圣作时出，讫不能禁，而陈简斋遂以《墨梅》诗擢置馆阁焉。宝庆间，李知孝为言官，与曾极景建有隙，每欲寻衅以报之。适极有春诗云："九十日春晴景少，百千年事乱时多。"刊之《江湖集》中；因复改刘子翚《汴京纪事》一联为极诗云："秋雨梧桐皇子宅，春风杨柳相公桥。"初，刘诗云："夜月池台王傅宅，春风杨柳太师桥。"今所改句，以为指巴陵及史丞相。及刘潜夫《黄巢战场》诗云："未必朱三能跋扈，都缘郑五欠经纶。"遂皆指为谤讪，押归听读。同时被累者，如敖陶孙、周文璞、赵师秀，及刊诗陈起，皆不得免焉。于是江湖以诗为讳者两年。其后史卫王之子宅之，婿赵汝梅，颇喜谈诗，引致黄简、黄中、吴仲孚诸人。泊赵崇龢进《明堂礼成》诗二十韵，于是诗道复昌矣。

贾 岛 佛

唐李洞字子江，苦吟有声。慕贾浪仙之诗，遂铸其像事之，诵贾岛佛不绝口，时以为异。五代孙晟初名凤，又名忌，好学，尤长于诗。为道士，居庐山简寂宫。尝画贾岛像置屋壁，晨夕事之，人以为妖。盖酸咸之嗜，固有异世而同者。长江簿何以得此于人哉！凡人著书立言，正不必求合于一时，后世有扬子云，将自知之。

菊花新曲破

思陵朝,掖庭有菊夫人者,善歌舞,妙音律,为仙韶院之冠,宫中号为"菊部头"。然颇以不获际幸为恨,即称疾告归。宦者陈源以厚礼聘归,蓄于西湖之适安园。一日,德寿按《梁州曲舞》,屡不称旨。提举官关礼知上意不乐,因从容奏曰:"此事非菊部头不可。"上遂令宣唤,于是再入掖禁,陈遂憾恨成疾。有某士者,颇知其事,演而为曲,名之曰《菊花新》以献之。陈大喜,酬以田宅金帛甚厚,其谱则教坊都管王公谨所作也。陈每闻歌,辄泪下不胜情,未几物故。园后归重华宫,改名小隐园。孝宗朝,拨赐张贵妃,为永宁崇福寺云。

潘陈同母

陈了翁之父尚书,与潘良贵义荣之父,情好甚密。潘一日谓陈曰:"吾二人官职、年齿,种种相似。独有一事不如公,甚以为恨。"陈问之,潘曰:"公有三子,我乃无之。"陈曰:"吾有一婢已生子矣,当以奉借。它日生子即见还。"即而遣至,即了翁之母也。未几生良贵,后其母遂往来两家焉。一母生二名儒,亦前所未有。事见罗春伯《闻见录》。

省状元同郡

抢魁、省元同郡,自昔以为盛事。熙宁癸丑,省元邵刚、状元余中皆毗陵人。淳熙丁未,省元汤璹、状元王容皆长沙人。绍熙癸丑,省元徐邦宪、状元陈亮皆婺州人。绍熙庚戌,省元钱易直、状元余复皆三山人。宝庆丙戌,省元赵时睹、状元王会龙皆天台人。绍定己丑,省元陈松龙、状元黄朴皆福人。至淳祐甲辰,省元徐霖、状元留梦炎,皆三衢人。一时士林歆羡,以为希阔之事。时外舅杨彦瞻以工部郎守衢,遂大书"状元坊"以表其闾,既以为未足,则又揭"双元坊"以夸大之,乡曲以为至荣。二公不欲其成,各以书为谢且辞焉。彦瞻答之,略云:尝闻前辈之言曰,吾乡昔有及第奉常而归,旗者、鼓者、馈者、迓者、往来而观者,阗路骈陌如堵墙。既而闺门贺焉,宗族贺焉,姻者、友者、客者交贺焉。至于仇者,亦茹耻羞愧而贺且谢焉。独邻居一室,局镅远引,若避寇然。余因怪而问之,愀然曰:"所贵乎衣锦之荣者,谓其得时行道也,将有以庇吾乡里也。今也,或窃一名、得一官,即起朝富暮贵之想。名愈高,官愈穹,而用心愈缪。武断者有之,兼并者有之,庇奸愿持州县者有之。是一身之荣,一害之增也。其居日以广,邻居日以蹙。吾将入山林深密之地以避之,是可吊,何以贺为?"吾闻而异其言,因默识而谨书之。凡交游间,必道此语相训切,而非心相知者,不道也。执事于不肖,可谓心相知,而不以告,罪也。且今日此扁之揭,所以独异于寻常者,盖仆之望于执事者亦异焉。人于此时,每以谀献,仆乃独以忠告,非求异于人也,所冀进执事之德,成执事之器也。执事不以仆之言为然则已,若以为然,则是扁之揭,可以无愧矣。前之不贺者,必将先众人而贺矣。今冠南宫者,执事友也,幸亦以是语之。二公得书,为之悚然。其后徐以道学名,留以功业显,或者此书有以启发之乎?

金　刚　钻

玉人攻玉,必以邢河之沙,其镌镂之具,必用所谓金刚钻者。形如鼠粪,色青黑如铁如石。相传产西域诸国,或谓出回纥国。往往得之河北沙碛间鹙鸟海东青所遗粪中,然竟莫知为何物也。盖天下至坚者莫如玉,古者,惟锟铻刀可以切之。今此物功用乃与锟铻均,其坚可知矣。贞观中,有婆罗门言得佛齿,所击无坚物。时傅奕方卧病,谓其子曰:"是非佛齿。吾闻金刚石至坚,物不能敌,惟羚羊角能破,汝可往击之。"果应手而碎。是知此物,自昔亦罕知者矣。

多 藏 之 戒

王黼盛时，库中黄雀鲊自地积至栋，凡满二楹。蔡京对客，令点检蜂儿见在数目，得三十七秤。童贯既败，籍其家，得剂成理中丸几千斤，传纪载之，以为谈柄。近者，官籍贾似道第果子库，糖霜凡数百瓮。官吏以为不可久留，难载帐目，遂辇弃湖中。军卒辈或乘时窃出，则他物称是可想矣。胡椒八百斛，领军鞋一屋，不足多也。

理 度 议 谥

理宗未祔，议谥，朝堂或拟曰"景"，曰"淳"，曰"成"，曰"允"，最后曰"礼"。议既定矣，或谓与亡金伪谥同，且古有妇人号"礼宗"者，遂拟曰"理"。盖以圣性崇尚理学，而天下道理最大，于是人无间言。而不知"理"字析文取义，乃四十一年王者之象，可谓请谥于天矣。度宗初议谥，或拟"纯"字，则谓有屯之象；或拟"实"字，则宗实乃英宗旧名；或拟"正"字，则有一止之嫌，后遂定为"端文明武景孝皇帝"。先是，皇姊周汉国长公主在先朝已谥端孝，今与庙号上下字暗合，岂偶然哉。理宗生母全夫人谥慈宪，殊不知伪齐刘豫母亦谥慈宪，当时考不及此，何耶？

谢 太 后

寿和谢太后方选进时，史卫王夜梦谢鲁王深甫衣金紫求见，致祷再三，以孙女为托，及明，则谢后至。是岁，天台郡元夕，有鹊巢灯山间，众颇惊异。识者以为鹊巢乃后妃之祥，是岁谢果正中宫之位。咸淳间，福邸凉堂初成，有鹊巢于前庑，宾客交庆，至有形之歌诗者。殊不知野鸟入室，不祥莫甚，安得与前事为比云？

北　令　邦

《渑水燕谈》载契丹国产大鼠曰"毗狸"，形类大鼠而足短极肥。其国以为殊味，穴地取之，以供国王之膳。自公相以下，皆不得尝。常以羊乳饲之。顷北使尝携至京，烹以进御。本朝使其国者，亦皆得食之。盖极珍重之也。浮休《使辽录》亦谓有令邦者，以其肉一脔，置之食物之鼎，则立糜烂，是以爱重。陆氏《旧闻》云："状类大鼠，极肥腯，甚畏日，为隙光所射，辄死。"《续挥犀》载刁约使契丹，戏为诗云："押燕移离毕，看房贺跋支。饯行三匹裂，密赐十毗狸。"如鼠而大，穴居食果谷，味若狑而脆，契丹以为珍膳。数说皆微有异同，要之即此一物，亦竹猡、貆狸之类耳。近世乃不闻有此，扣之北客，亦多不知，何耶？

降　　仙

降仙之事，人多疑为持箕者狡狯以愚旁观，或宿构诗文托为仙语，其实不然，不过能致鬼之能文者耳。余外家诸舅，喜为此戏，往往所降多名士，诗亦粗可读，至于书体文势，亦各近似其人。一日，元氂舅诸姬，戏以纨扇求诗，遂各题小词于上，仍寓姬之名于内，行草间有可观者。绍兴斜桥客邸有请紫姑者，命橹为题，诗云："寒岩雪压松枝折，斑斑剥尽青虬血。运斤巧匠斫削成，剑脊半开鱼尾裂。五湖仙子多奇致，欲驾神舟探仙穴。碧云不动晓山横，数声摇落江天月。"湖学甲子岁科举后，士友有请仙问得失者，赋词云："凄凉天气，凄凉院宇，凄凉时候。孤鸿叫斜月，寒灯伴残漏。　落尽梧桐秋影瘦，鉴古画眉难就。重阳又近也，对黄花依旧。"此人竟失举。淳祐间，有降仙于杭泮者，或以鬼议之，大书一诗云："眼前青白谁知我？口里雌黄一任君。纵使挟山可超海，也须覆雨更番云。"或以功名为问，答曰："朝经暮史无间日，北履南鞭知几年。践履未能求实地，荣枯何必问青天。"报其相讥也。又董无益尝记女仙三绝句云："柳条金懒不胜鸦，青粉墙边道韫家。燕子未来春寂寞，小窗和雨梦梨花。""松影侵坛琳观静，桃花流水石桥寒。东风吹过双蝴蝶，人倚危楼第几阑？""屈曲阑干月半规，藕花香澹水漪漪，分明一夜文姬梦，只有青团扇子知。"亦可喜也。友人姚天泽亦善此。时先君需清湘次，因至外塾观子弟捧箕。忽大书曰："诗赠周邦君，云：'谢公楼上春光好，五马行春人未老。郁孤台上墨未干，手捧诏书入黄道。'"先子为一笑，然莫知为何等语也。未几，易守临汀，首披郡志，则旧有谢公楼，所谓"谢公楼上好美酒，三百清铜买一斗"者，与前语适符。然郁孤台以后语，竟亦不验。又宋庆之寓永嘉时，遇诏岁，乡士从之结课者颇众。适逢七夕，学徒醵饮，有僧法辨者在焉。辨善五星，每以八煞为说，时人号为"辨八煞"。酒边一士致仙扣试事，忽箕动，大书"文章伯降"，宋怪之，漫云："姑置此。且求一七夕新词如何？"复请韵，宋指辨云："以八煞为韵。"意欲困之也。忽运箕如飞，大书《鹊桥仙》一阕云："鸾舆初驾，牛车齐发，隐隐鹊桥呷轧。尤云殢雨正欢浓，但只怕来朝初八。　　霞垂彩幔，月明银烛，馥郁香喷金鸭。年年此际一相逢，未审是甚时结煞。"亦警敏可喜。又闻李和父云："向尝于贵家观降仙，扣其姓名，不答。忽作薛稷体大书一诗云：'猩袍玉带落边尘，几见东风作好春。因过江南省宗庙，眼前谁是旧京人？'捧箕者皆悚然惊散，知为渊圣在天之灵。"真否固未可知，然每读为之凄然。

文庄公滑稽

外大父文庄章公，自少好雅洁，性滑稽；居一室必汛埽巧饰，陈列琴书。亲朋或讥其龊龊无远志。一日，大书素屏云："陈蕃不事一室，而欲埽除天下，吾知其无能为矣！"识者知其不凡。后入太学为集正，尝置酒，揭馔单于炉亭，品目多异。其间有大鸧卵者最奇，其大如瓜，片切饾饤大盘中。众皆骇愕，不知何物。好事者穷诘之；其法乃以凫弹数十，黄白各聚一器。先以黄入羊胞蒸熟，次复入大猪胞，以白实之，再蒸而成。尝迎驾于鹤桥，戏以书句为隐语云："仰观天文，俯察地理,吾尝终日不食,终夜不寝,以思无益,不如学也。"众皆莫测,公笑云:"乃此桥华表柱木鹳尔。"其他善戏多类此。其后居两制,登政第,有《嘉林集》百卷。间作小词,极有思致。先姚能口诵数阕,《小重山》云:"柳暗花明春事深,小阑红,芍药已抽簪。雨余风软碎鸣禽,迟迟日,犹带一分阴。　　把酒莫沉吟,身闲无个事,且登临。旧游何处不堪寻,无寻处、惟有少年心。"今家集已不复存,而外家凋谢殆尽。暇日追忆书之,以寄余《凯风》、"寒泉"之思云。

腹腴

余读杜诗"偏劝腹腴愧少年",喜其知味。坡诗亦云:"更洗河豚烹腹腴。"黄诗亦云:"故园渔友脍腹腴。"又云:"飞雪堆盘脍腹腴。"按《礼记·少仪》云:"羞濡鱼者进尾,冬右腴。"注云:"腴,腹下也。"《周礼》疏:"燕人脍鱼方寸,切其腴以啖所贵。引以证胦,胦亦腹腴。"《前汉》:"九州膏腴。"师古注云:"腹下肥白曰腴。"

睡

"花竹幽窗午梦长,此中与世暂相忘。华山处士如容见,不觅仙方觅睡方。"然则睡亦有方邪? 希夷之说,不过谓举世以为息魂离神不动耳。《遗教经》乃有"烦恼毒蛇,睡在汝心。睡蛇既出,乃可安眠"之语。近世西山蔡季通有睡诀云:"睡侧而屈,觉正而伸,早晚以时。先睡心,后睡眼。"晦庵以为此古今未发之妙。然"睡心"、"睡眼"之语,本出《千金方》,季通特引此说,晦庵偶未之记耳。

性所不喜

人各有好恶,于书亦然。前辈如杜子美不喜陶诗,欧阳公不喜杜诗,苏明允不喜扬子,坡翁不喜《史记》。王充作《刺孟》,冯休著《删孟》,司马公作《疑孟》,李泰伯作《非孟》,晁以道作《诋孟》,黄次伋作

《评孟》；若酸、咸嗜好，亦各自有所喜。非若今人之胸中无真识，随时好恶，逐人步趋而然者。且以孟、扬、马迁、陶、杜异世，遇诸名公，尚有所不合。今乃欲以区区之文，以求识赏于当世不具耳目之人，难矣哉！后世子云之论，真名言也。

黄　门

世有男子虽娶妇而终身无嗣育者，谓之天阉，世俗则命之曰黄门。晋海西公尝有此疾，北齐李庶生而天阉。按《黄帝针经》曰：“有具伤于阴，阴气绝而不起，阴不能用，然其须不去，宦者之独去，何也？愿闻其故。岐伯曰：‘宦者去其宗筋，伤其冲脉，血泻不复，皮肤内结，唇口不荣，故须不生。’黄帝曰：‘有其天官者，未尝被伤，不脱于血，然其须不生，何耶？’岐伯曰：‘此天之所不足，其任冲不盛，宗筋不成，有气元血，唇口不荣，故须不生。’”又《大般若经》载五种黄门云：“梵言扇㮗音丑背切。半释迦，唐言黄门。其类有五：一曰半释迦，总名也，有男根，用而不生子。二曰伊利沙半释迦，此云妒，谓见他行欲即发，不见即无，亦具男根，而不生子。三曰扇㮗半释迦，谓本来男根不满，亦不能生子。四曰博叉半释迦，谓半月能男，半月不能男。五曰留拿半释迦，此云割，谓被割刑者。此五种黄门，名为人中恶趣受身处。”然《周礼·奄人》郑氏注云：“奄，真气藏者，谓之宦人。”是皆真气不足之所致耳。

马　塍　艺　花

马塍艺花如艺粟，橐驼之技名天下。非时之品，真足以侔造化、通仙灵。凡花之早放者，名曰堂花或作塘。其法以纸饰密室，凿地作坎，缠竹置花其上，粪土以牛溲硫黄，尽培溉之法。然后置沸汤于坎中，少候，汤气薰蒸，则扇之以微风，盎然盛春融淑之气，经宿则花放矣。若牡丹、梅、桃之类无不然，独桂花则反是。盖桂必凉而后放，法当置之石洞岩窦间暑气不到处。鼓以凉风，养以清气，竟日乃开。此虽揠而助长，然必适其寒温之性，而后能臻其妙耳。余向留东西马塍甚久，亲闻老圃之言如此。因有感曰：草木之生，欲遂其性耳。封植矫揉，非时敷荣，人方诧赏之不暇，噫！是岂草木之性哉！

卷十七

杨凝式僧净端

杨凝式居洛日，将出游，仆请所之，杨曰："宜东游广爱寺。"仆曰："不若西游石壁寺。"凝式曰："姑游广爱。"仆又以石壁为请，凝式曰："姑游石壁。"闻者为之抚掌。吴山僧净端，道解深妙，所谓端师子者，章申公极爱之。乞食四方，登舟，旋问何风，风所向即从之，所至人皆乐施。盖杨出无心，而端出委顺，迹不同而意则同也。

奇　对

对偶小技，然亦非易事也。前辈所载已多，今择所未书而可喜者数联于此，为多闻之一助。　《羲经》六子，艮、巽、坎、兑、震、离；《周礼》一书，天、地、春、秋、冬、夏。　龟从、筮从、卿士从、庶民从；人相、我相、众生相、寿者相。　善待问者如撞钟，小应小，大应大；措天下者犹置器，安则安，危则危。　《左氏》、《公羊》、《穀梁》，《春秋》三传；卦爻、系辞、象象，大《易》一经。　五刑之属三千，《大过》、《小过》；一门之聚百指，《家人》、《同人》。　知我《春秋》，罪我《春秋》，谁誉谁毁；待以国士，报以国士，为己为人。　迅雷风烈，烈风雷雨；绝地天通，通天地人。　纪信、韩信，假帝假王；仲尼、牟尼、大圣大觉。　蝉以翼鸣，不啻若自其口出；龙将角听，谓其不足于耳欤。　司马相如、蔺相如，果相如否？长孙无忌、费无忌，能无忌乎？　人有七情，喜、怒、哀、惧、爱、恶、欲；经存六艺，《诗》、《书》、《礼》、《乐》、《易》、《春秋》。　九州既别，冀、兖、青、徐、扬、荆、豫、雍、梁；一道相传，尧、舜、禹、汤、文、武、周、孔、孟。　《正月》、《六月》、《七月》、《十月之交》；《北风》、《晨风》、《凯风》"终风且暄"。　　孟轲好学，师孔子之孙子思；文后兴仁，由太王以至王季。　　张良借箸前筹，恨不食食其之肉；陈平刻木为女，果能冒冒顿之围。　　下七十二之齐城，凭三寸舌；退一百万之秦寇，用八千兵。　　柴也愚，参也鲁，师也辟，颜氏其庶几乎？夷之清，尹之任，惠之和，孔子集大成也。　　妙法、法因、因果寺，金轮金刚；钱塘寺名。中和、和丰、丰乐楼，银杓银瓮。钱塘酒楼。　　夫子、天尊、大士，头上不同；宫妃、宦寺、官人，腰间各别。　　邹孟子、吴孟子、寺人孟子，一男一女，一不男不女；周宣王、齐宣王、司马宣王，一君一臣，一不君不臣。　　调羹止渴，梅全文武之才；学舞贪眠，柳尽悲欢之态。　　方丈四方方四丈，南、北、东、西；试场三试试三场，经、赋、论、策。　　朝登箕子之峰，危如累卵；夜宿丈人之馆，安若泰山。　　观音大士，妙音、梵音、海潮音；诸相如来，人相、我相、众生相。　　龙飞策士，状元龙，省元龙；度宗龙飞榜，陈文龙为廷魁，胡跃龙为省元。虎怅得人，殿帅虎，步帅虎。时范文虎为殿帅，孙虎臣为步帅。

笙　炭

赵元父祖母齐安郡夫人徐氏，幼随其母入吴郡王家，又及入平原郡王家，尝谈两家侈盛之事，历历可听。其后翠堂七楹，全以石青为饰，故得名。专为诸姬教习声伎之所，一时伶官乐师，皆梨园国工也。吹、弹、舞、拍，各有总之者，号为部头。每遇节序生辰，则旬日外依月律按试，名曰"小排当"，虽中禁教坊所无也。只笙一部，已是二十余人。自十月旦至二月终，日给焙笙炭五十斤，用锦熏笼藉笙于上，复以四和香熏之。盖笙簧必用高丽铜为之，靧以绿蜡，簧暖则字正而声清越，故必用焙而后可。陆天随诗云："妾思冷如簧，时时望君暖。"乐府亦有"簧暖笙清"之语，举此一事，余可想见也。"靧"字，韵书："千定切，音请。"注："靧，青果色也。"盖藏果者，必以铜青故耳。

徐 谓 礼 相 术

徐谓礼尝涉猎袁、李之书，自夸阅人贵贱多奇中。与贾师宪丞相为姻联，贾时年少，荒于饮博，其生母胡夫人苦之。因扣徐曰："儿子跌宕若此，以君相法言之，何如？"徐曰："夫人勿多忧，异日必可作小郡太守。"母喜而记其言。他日，贾居相位，徐以亲故求进，久之不遂。贾母为言之，贾不获已，答曰："徐亲骨相寒薄，止可作小郡太守耳。"遂以上饶郡与之，以终其身，盖深衔前言也。然师宪少年日常驰马出游湖山，小憩栖霞岭下。忽有布裘道者瞪视曰："官人可自爱重，将来功名不在韩魏公下。"贾意其见侮，不顾而去。既而醉博平康，至于破面。他日复遇道者，顿足惊叹曰："可惜！可惜！天堂已破，必不能令终矣。"其后悉验。

咸 淳 三 事

咸淳癸酉夏，边遽日闻，既而襄州失守，朝野震动。荆阃李庭芝祥父乞贾平章用张魏公、赵忠简故事，建督于京，贾则请亲行边。疏凡屡上，朝绅学士上书者无虚日，或欲留行，或赞开督。其后遂置机速房，专行密院急切之事。且大开言路，以集众思，于是言事献策者益纷纷然。汉嘉布衣杨安宇者，狂生也，自谓知兵，献言于朝，遂送机速房看详。都司许自书拟本房，知其狂妄，遂侮笑之。安宇不胜其愤，遂上书痛诋自书短，且谓其操乡音秽谈，一时传以为笑。会奉口有米局之变，京尹吴益区处失当，于是左史李珏自经筵直前论之，吴遂斥出。时好事者为之语曰："左史直前论大尹，草茅上疏诋都司。"时方诏岁，贾公欲优学舍以邀誉，乃以校尉告身、钱帛等俾京庠拟试。时黄文昌方自江阃入为京尹，益增赏格，虽末缀犹获数百千，于是群四方之士试者纷然。时襄、郢已失，江、淮日以遽告，有无名子作诗，揭之试所云："鼙鼓惊天动地来，九州赤子哭哀哀。庙堂不问平戎策，多把金钱媚秀才。"逻之，竟不得其人而止。

龚孟锳策问

癸酉岁，庆元秋试，两浙运司干官临川龚孟锳为考官。龚道出慈溪，忽梦有人以杯酒饮之，且作"四"字于掌中。晓起，便觉目视眊眊。及入院发策，第一道中误以一祖十三宗为十四宗。于是士子大哄，径排试官房舍，悉遭棰辱，至有负笈而逃者，龚偶得一兵负去而免。刘制使良贵亲至院外抚谕，遂权宜以策题第二道为首篇，续撰其三，久之始定。于是好事者作隔联云："龚运干出题疏脱，以十三宗作十四宗；刘制使下院调停，用第二道为第一道。"龚后为计使所劾。明年秋，度宗宾天，于是"十四宗"之语遂验。

景定行公田

景定三年壬戌，贾师宪丞相欲行富国强兵之策。是时刘良贵为都漕尹天府，吴势卿饷淮东，入为浙漕，遂交赞公田之事。欲先行之浙右，候有端绪，则诸路仿行之。于是殿院陈尧道、正言曹孝庆等合奏，谓限田之法自昔有之。买官户逾限之田，严归并飞走之弊。回买官田，可得一千万亩，则每岁六七百万之入，其于军饷沛然有余。可免和籴，可以饷军，可以住造楮币，可平物价，可安富室。一事行而五利兴，实为无穷之利。御笔批依，而买田之事起矣。时势卿已死，良贵独任提领之职，以太府丞陈訔为简阅官以副之。且乞内批下都省，严立赏罚，究归并之弊。然上意终出勉强，内批云："永免和籴，无如买逾限之田为良法。然东作方兴，权俟秋成，续议施行。"则上意盖可见矣。贾相愤然以去就争之，于是再降圣旨云："买田永免和籴，自是良法美意，要当始于浙西，庶他路视为则也。所在利病，各有不同；行移难于一律，可令三省照此施行。"既而贾相内引，入札力言其便。御笔遵依，转札侍从、台谏、给舍、左右司、三省，奉行惟谨焉。贾相遂先以自己浙西万亩为官田表倡，嗣荣王继之，浙西师机赵孟奎亦申省自陈投卖。自是朝野卷舌，嗫不敢发一语。独礼书夕郎徐经孙一疏，力陈买田之害，言多剀切，竟不付外。遂四乞休致，而寂无和之者。先是，议以官品逾限田外回买立说，此犹有抑强嫉富之意。既而转为派买之说，除二百亩已下免行派买外，余悉各买三分之一；及其后也，虽百亩之家亦不免焉。立价以租一石者偿十八界四十楮，不及石者，价随以减。买数少者，则全支楮券，稍多则银券各半，又多则副以度牒，至多则加以登仕、将仕、校尉、承信、承节、安人、孺人告身。准直以登仕三千楮，将仕千楮，许赴漕试；校尉万楮，承信万五千，承节二万，则理为进纳；安人四千，孺人二千，此则几于白没矣。遂檄府丞陈訔往湖、秀，将作丞廖邦杰往常、润，任督催之职。六郡则又有专官：平江则知郡包恢，抚参成公策。嘉兴则知郡潘墀，抚干李补，寓公焦焕炎。安吉则知郡谢奕烞，寓公赵与訔，抚干王唐珪，临安察判马元演。常州则知郡洪穟，运属刘子耕。镇江则知郡章垌，漕司准遣郑梦熊。江阴则知军杨玨，准遣谢司户黄伸。并俟竣事，各转一官。选人减一，前守臣并以主管公田系衔。既而提领刘佐司劾罢嘉兴宰段浚、宜兴宰叶哲佐以不即奉行之罪。又按长洲宰何九龄追毁告身，永不收叙。以不合出给官由令田主包纳，失田业相维之初意。至五月，乃命江阴、平江隶浙西宪司，安吉、嘉兴隶两浙漕司，常州、镇江隶总所。每岁秋租，输之官仓，特与减饶二分，或水旱，则别议收数。遂立四分司：王大吕，平江；方梦玉，嘉兴；董楷，安吉；黄震，镇江、常州、江阴三郡。初以选人为之，任满理为须入。州、县、乡、都，则分差庄官以富饶者充应，两年一替。每乡创官庄一所，每租一石，明减二斗，不许多收斛面。约束虽严详，而民之受害亦不少。其间毗陵、澄江，一时迎合，止欲买数之多。凡六斗、七斗者，皆作一石。及收租之际，元额有亏，则取足于田主，以为无穷之害。或内有硗瘠及租佃顽恶之处，又从而责换于田主，其害尤惨。时中书刘震孙与京尹魏克愚湖边倡和词语，偶犯时忌，则随命劾去之。甲子秋，彗见，求言。公卿、大夫、士庶始得以伸田里愁叹不平于上，然至此业已成矣。贾相遂力辨人言，丐辞相位。御笔答云："言事易，任事难，自古然也。使公田之策不可行，则卿建议之始，朕已沮之矣。惟其上可以免朝廷造楮币之费，下可以免浙右和籴之扰，公私兼济，所以命卿决意举行之。今业已成矣，一岁之军饷，皆仰给于此。若遽因人言而罢之，虽可以快一时之异议，其如国计何？如军饷何？卿既任事，亦当任怨。礼义不愆，何恤人言？卿宜安心奉职，毋孤朕倚毗之意。"自此公论颇沮，而刘良贵以人言藉藉，遂陈括田之劳，乞从罢免。不允。至咸淳戊辰正月，遂罢庄官，改为召佃。或一二千，或数百亩，召人承佃，自耕自种，自运自纳，止令分司任责拘催。凡承佃之家，复以二分优之。且以既罢庄官，则分司恐难任责，平江增差催督官三员，安吉、嘉兴各一员，常州二员，镇江、江阴共一员，从各分司奏辟。时提领官编修黄梦炎也。既而常、润分司刘子澄力陈毗陵向来多买虚数之弊，遂下提领所，径将常州公租拨隶淮东总领所催纳。殊不知朝廷既不可催，总所又可催乎？当是时，人不敢言而敢怨。南康江天锡以入奏而罢言职，教授谢枋得以发策而遭贬斥，大社令杜渊、太常簿陆适、国子簿谢章，皆于论对及之，或逐去，或补外。至乙亥春，贾既去国，北军已抵昇、润，察院季可奏乞罢公田之籍，以收农心。谓"此事苛扰，民皆破家荡产，怨入骨髓。若尽还原主，免索原钱而除其籍，庶使浙西之人，永绝公田之苦"。然而仅放欠租，季遂再奏，始有旨云："公田之创，非理宗之本意。稔恶召怨，最为民苦，截日住罢。其田尽给付原佃主，仰率租户、义兵，会合防拓。"其后勘会，谓招兵非便。且其田当还业主，于种户初无相干。秋成在迩，饷军方急，合且收租一年。其还田指挥，候秋成后集议施行。有旨将平江、嘉兴、安吉公田，照指挥蠲放，却从朝廷照净催米数回籴。其钱一半给佃主，一半给种户，以溥实惠，然则业主竟无与矣。只业主、佃主之分，当时用事者亦不能晓，况大于此者？然边遽日急，是时仍收公租；还田之事，竟不及行，呜呼悲哉！昔隋凿汴渠，以召民怨，乃为宋漕运之利。今宋夺民田以失人心，乃为大元饷军之利。古今害民兴利之事，于此亦可鉴矣，於戏悲哉！

景 定 彗 星

景定五年甲子七月初二日甲戌，御笔作初三日乙亥，彗见东方柳宿，光芒烜赫，昭示天变。太史占云："彗出柳度，为兵丧，为旱，为乱，

为夷狄，为大臣贬。"乾象占云："彗，妖星也。所出形状各异，其殃一
也。"彗，木类，除旧布新之象，主兵疫之灾。一曰埽星，小者数寸，长
或竟天，兵起，大水，除旧布新。按彗本无光，借日为光。夕见则东
指，晨见则西指，皆随日光芒所及则为灾。丁丑，避殿减膳，下诏责
己，求直言，大赦天下。御史朱貔孙，正言朱应元，察官程元岳、饶应
龙合台奏章，乞消弭挽回，皆常谈也。己卯，贾丞相似道，杨参政栋，
叶同知梦鼎，姚金书希得奏事。上曰："彗出于柳，彰朕不德，夙夜疚
心，惟切危惧。"宰臣奏："陛下勤于求治，有年于兹，庸有阙失。今谪
见于天，实臣等辅政无状所致，上贻圣忧。臣见具疏乞罢免，庶可以
上弭天灾。"上曰："正当相与讲求阙失，上回天意。"庚辰，贾右相第一
疏乞罢免，以塞灾咎，五疏皆不允。班行应诏言事者，秘书郎文及肩
首言公田之事云："君德极珪璋之粹，而玷君德者，莫大于公田，东南
民力竭矣。公田创行，将以足军储，救楮弊，蠲和籴也。奉行太过，限
田之名，一变而为并户，又变而为换田。耕夫失业以流离，田主无辜
而拘系，此彗妖之所以示变也。"大府丞杨巽，殿讲赵景纬，吏部侍郎
留梦炎，礼部侍郎直院马廷鸾，皆应诏上封事。给事礼书牟子才疏，
援引汉、唐以至本朝彗变灾异，极其详赡。起居郎太子侍读李伯玉，
则援三说云："咸平，彗出室北，吕端有兵谋不精之言，今日当严边备。
熙宁中，彗出东井，富弼、张方平，皆言新法不便，今日当先罢浙西换
田局。崇宁彗出西方，则诏除党籍，且复左降人官。今开、庆误国之
人，罪恶滔天，有一时风闻劾逐者，则乞斟酌宽贷施行，以昭圣主宽仁
之量。"又云："今言路既开，中外大小之臣，必将空臆毕陈。惟陛下明
圣，大臣忠亮，有以容受，不以为罪，天下幸甚。"浙漕主管文字吕抚有
上化地书，秘监高斯得奉祠于雪，有应诏疏，大概以为："非朝廷大失
人心，何以致天怒如此之烈？庚申、辛酉之间，大小之臣，追勒迁放无
虚月，忠厚之泽几尽矣。士大夫以仕进为业，今使刻薄小人，吹毛求
疵，动触新制。公田肆扰，陛下知其非计，有待秋成举行之旨；而督促
者，悍然不顾也。市舶尽利而蕃夷怨，盐榷太密而商旅怨。群臣附下
罔上，虚美溢誉。人怨天怒，不至于彗星不止也。且灾异策免三公，
视为常事。丙申雷变，陛下一日黜二相，今彗见之与雷发相去，何翅

十百千万哉?"王端明爚奉祠里居,亦有疏,言:"戚畹嬖幸,遍居畿辅;借应奉之名,肆诛剥之虐;监司不敢谁何,台谏不敢论列。民不胜苦,起而弄兵,三衢之寇是也。公田之行,本欲免和籴。和籴数少,而人已相安;公田数多,而人为创见,千弊万蠹,田里骚然。天笔载颁,一则曰业已成,一则曰当任怨。且求言之诏甫颁,而拒言之令已出,皇天监临,可厚诬哉?"自是三学京庠投匦上书者日至。太学生吴绮、许求之等书有云:"雷霆,天怒也,骤击而旋收。日蚀,天怒也,俄晦而随明。暴风飘雨,天怒也,而不能以终日。今彗之示变,已逾旬浃月。陛下恐惧修省,靡所不至,而天怒犹未回,非陛下不知省悟也,抑误陛下者,未有所思也。"且并及市舶、公田之害云。又有陈梦斗、陈绍中等书,沈震孙、范钥、李极等书,宗庠则有胡标与周必禴等书。立礼斋生谢禹则独为一书,大抵皆及公田、市榷等事。又有武学生杜士贤等书,谓:"都司之职,操垄断之权,以专使之遣,夺番商之利。百姓皆与蹙颏庙堂,歌颂太平。人不可欺,天可欺乎? 今之秉钧轴者,前日之功固伟矣,今日之过未尽掩,阃外之事固优矣,阃内之责未尽塞。以戎虏待庶民不可也,以军政律士类不可也,以肥家之法经国不可也,盍亦退自省悟,以回天变乎?"又京庠唐隶、杨坦等一书,谓:"大臣德不足以居功名之高,量不足以展经纶之大,率意纷更,殊骇观听。七司条例,悉从更变,世胄延赏,巧摘瑕疵。薪茗拓藏,香椒积压,与商贾争微利。强买民田,贻祸浙右,自今天下无稔岁,浙路无富家矣。夹袋不收拾人才,而遍储贱妓之姓名;化地不斡旋陶冶,而务行非僻之方术。纵不肖之呆弟,以卿月而醉风月于花衢;笼博弈之旧徒,以秋壑而压溪壑之渊薮。踏青泛绿,不思闾巷之萧条;醉酿饱鲜,遑恤物价之腾踊。刘良贵,贱丈夫也,乃深倚之以扬鹰犬之威;董宋臣,巨奸宄也,乃优纵之以出虎兕之柙。人心怨怒,致此彗妖。谁秉国钧,盍执其咎? 方且抗章诬上,文过饰非,借端拱祸败不应之说以力解,乱而至此,怨而至此。上干天怒,彗星埽之未已,天火又从而灾之。其尚可扬扬入政事堂耶?"一时诸书,独此与京庠萧规者言之太讦。于是左司刘良贵申省,力辨公田任事之谤,且乞敷奏令公卿士庶条具救楮、免籴、罢公田之策,且作勘会,免公田逃亡米三万余石。贾相遂入奏云:"近者应诏所言,公论交责,若驾虚辞报私憾等语,是非自不可掩。独类部法买公田,同然一辞,以为犯大不韪,详叙颠末以闻。欲望圣慈于臣所类部法,则下之吏部长式,详加参定。或有出己意削旧典之实,则申明而删除之。于臣所买公田,则乞下之公卿大夫,更行博议。必得足军饷、免和籴、住造楮之策,则采录而施行之。臣当委心以听,奉身以退,徐请谴责,以戒为臣之缪于国者。"遂有旨宣谕检院官,星变求言:"照典故只及中外大小臣僚,见之诏书可考。近来诸学士人,不体旧规,以前廊为首,乃有怀私意动摇大臣者。不知祖宗三百年间,曾有士人上书而去宰相者乎?今后切宜详审,然后投进。"检院朱浚备坐,宣谕旨挥申国子监司成吴坚翁,合委胄丞徐宗斗,会学前廊转谕诸生;而前廊回申,以为上书以前廊为首,此出于丙辰方大献之私意,以为钳制之法,非盛时所宜用也。纷纷之议,直至八月之末,彗光稍杀,应诏者方稍止。丁未,宰执拜表,恭请皇帝御正殿复常膳,三表而后从。九月,以京学士人萧规、唐隶、叶李、吕宙之、姚必得、陈子美、钱焴、赵从龙、胡友开等,不合谤讪生事,送临安府追捕勘证,议罪施行各有差,自是中外结舌焉。孟冬,朝飨如常时。十月乙丑,忽闻圣躬不豫,降诏求医。丁卯,遗诏升遐。而金银关子之令乘时颁行,换易十七界楮券。物价自此腾涌,民生自此憔悴矣。彗变首尾凡四月,妖祸之应,如响斯答,孰谓天道高远乎?

琼 花

扬州后土祠琼花,天下无二本,绝类聚八仙,色微黄而有香。仁宗庆历中,尝分植禁苑,明年辄枯,遂复载还祠中,敷荣如故。淳熙中,寿皇亦尝移植南内。逾年,憔悴无花,仍送还之。其后,宦者陈源命园丁取孙枝移接聚八仙根上遂活,然其香色则大减矣,杭之褚家塘琼花园是也。今后土之花已薪,而人间所有者,特当时接本仿佛似之耳。

嚼　虱

余负日茅檐，分渔樵半席。时见山翁野媪，扪身得虱则致之口中，若将甘心焉，意甚恶之。然揆之于古，亦有说焉。应侯谓秦王曰："得宛，临流阳夏，断河内，临东阳邯郸，犹口中虱。"王莽校尉韩威曰："以新室之威，而吞胡虏，无异口中蚤虱。"陈思王著论亦曰："得虱者，莫不劗之齿牙，为害身也。"三人者，皆当时贵人，其言乃尔，则野老嚼虱，盖亦自有典故，可发一笑。

姓　名　相　戏

前辈有以姓名为戏者，如"陈亚有心"、"蔡襄无口"之类甚多。刘攽尝戏王觌云："公何故见卖？"王答曰："卖公直甚分文。"近杨平舟栋以枢掾出守莆田，刘克庄潜夫，弟希仁，俱以史官里居。郡集，寓公王曜轩迈戏之云："大编修，小编修，同赴编修之会。"后村云："欲属对不难，不可见怒。"王愿闻之，乃云："前通判，后通判，但闻通判之名。"盖王凡五得倅而不上云。王又尝调后村云："十兄，二十年前何其壮，二十年后何其不壮。"刘应之曰："二画，二十年前何其遇，二十年后何其不遇。"此善谑也。

朱唐交奏本末

朱晦庵按唐仲友事，或云吕伯恭尝与仲友同书会，有隙，朱主吕故抑唐，是不然也。盖唐平时恃才轻晦庵，而陈同父颇为朱所进，与唐每不相下。同父游台，尝狎籍妓，嘱唐为脱籍，许之。偶郡集，唐语妓云："汝果欲从陈官人邪？"妓谢，唐云："汝须能忍饥受冻乃可。"妓闻，大恚。自是陈至妓家，无复前之奉承矣。陈知为唐所卖，亟往见朱。朱问："近日小唐云何？"答曰："唐谓公尚不识字，如何作监司？"朱衔之，遂以部内有冤狱，乞再巡按。既至台，适唐出迎少稽，朱益以陈言为信,立索郡印,付以次官,乃摭唐罪具奏,而唐亦作奏驰上。时唐乡相王淮当轴,既进呈,上问王,王奏:"此秀才争闲气耳。"遂两平其事。详见周平园、王季海日记。而朱门诸贤所著《年谱》、《道统录》,乃以季海右唐而并斥之,非公论也。其说闻之陈伯玉式卿,盖亲得之婺之诸吕云。

卷十八

昼　寝

"饱食缓行初睡觉，一瓯新茗侍儿煎。脱巾斜倚绳床坐，风送水声来枕边。"丁崖州诗也。"细书妨老读，长簟惬昏眠。取簟且一息，抛书还少年。"半山翁诗也。"相对蒲团睡味长，主人与客两相忘。须臾客去主人觉，一半西窗无夕阳。"放翁诗也。"读书已觉眉棱重，就枕方欣骨节和。睡起不知天早晚，西窗残日已无多。"吴僧有规诗也。"老读文书兴易阑，须知养病不如闲。竹床瓦枕虚堂上，卧看江南雨后山。"吕荥阳诗也。"纸屏瓦枕竹方床，手倦抛书午梦长。睡起莞然成独笑，数声渔笛在沧浪。"蔡持正诗也。余习懒成癖，每遇暑昼，必须偃息。客有嘲孝先者，必哦此以自解。然每苦枕热，展转数四。后见前辈言：荆公嗜睡，夏月常用方枕。或问何意，公云："睡气蒸枕热，则转一方冷处。"此非真知睡味，未易语此也。杜牧有睡癖，夏侯隐号睡仙，其亦知此乎？虽然，宰予昼寝，夫子有"朽木粪土"之语。尝见侯白所注《论语》，谓"昼"字当作"画"字，盖夫子恶其画寝之侈，是以有"朽木粪墙"之语。然侯白，隋人，善滑稽，尝著《启颜录》，意必戏语也。及观昌黎《语解》，亦云"昼寝"当作"画寝"，字之误也。宰予，四科十哲，安得有昼寝之责，假或偃息，亦未至深诛。若然，则吾知免矣。

宜兴梅冢

嘉熙间，近属有宰宜兴者，县斋之前，红梅一树，极美丽华粲，交阴半亩。花时，命客饮其下。一夕，酒散月明，独步花影，忽见红裳女子，轻妙绰约，蹩然过前，蹑之数十步而隐。自此恍然若有所遇，或酣歌晤言，或痴坐竟日，其家忧之。有老卒颇知其事，乘间白曰："昔闻某知县之女有殊色，及笄，未适而殂。其家远在湖湘，因藁葬于此，树梅以识。畴昔之夜所见者，岂此乎？"遂命发之。其棺正蟠络老梅根下，两槅微蚀，一窍如钱，若蛇鼠出入者。启而视之，颜貌如玉。妆饰衣衾，略不少损，真国色也。赵见，为之惘然心醉。舁至密室，加以茵藉，而四体亦和柔，非寻常僵尸之比，于是每夕与之接焉。既而气息惙然，瘦苶不可治文书。其家乃乘间穴壁取焚之，令遂属疾而殂，亦云异哉。尝见小说中所载寺僧盗妇人尸，置夹壁中私之。后其家知状，讼于官。每疑无此理，今此乃得之亲旧目击，始知其说不妄。然《通鉴》所载，赤眉发吕后陵，污辱其尸有致死者，盖自昔固有此异矣。

莫子及泛海

吴兴莫汲子及，始受世泽为铨试魁，既而解试、省试、廷对，皆居前列，一时名声籍甚。后为学官，以语言获罪，南迁石龙。地并海，子及素负迈往之气，暇日具大舟，招一时宾友之豪，泛海以自快。将至北洋，海之尤大处也，舟人畏不敢进。子及大怒，胁之以剑，不得已从之。及至其处，四顾无际。须臾，风起浪涌，舟掀簸如桔槔。见三鱼，皆长十余丈，浮弄日光。其一若大鲇状，其二状类尤异，众皆战栗不能出语。子及命大白连酌，赋诗数绝，略无惧意，兴尽乃返。其一绝云："一帆点破碧落界，八面展尽虚无天。柂楼长啸海波阔，今夕何夕吾其仙。"

薰风联句

唐文宗诗曰："人皆苦炎热，我爱夏日长。"柳公权续云："薰风自南来，殿阁生微凉。"或者惜其不能因诗以讽，虽坡翁亦以为有美而无箴，故为续之云："一为居所移，苦乐永相忘。愿言均此施，清阴分四方。"余谓柳句正所以讽也。盖薰风之来，惟殿阁穆清高爽之地始知其凉。而征夫耕叟,方奔驰作劳,低垂喘汗于黄尘赤日之中,虽有此风,安知所谓凉哉? 此与宋玉对楚王曰"此谓大王之风耳,庶人安得而共之者"同意。

汉唐二祖少恩

汉高祖与项羽战于彭城,大败,势甚急,蹴鲁元公主、惠帝弃之。夏侯婴为收载行,高祖怒,欲杀婴者十余。借使高祖一时事急,不能存二子而弃之,他人能为收载,岂不幸甚。方当德之,何至怒而欲斩之乎? 唐高祖起兵汾晋时,建成、元吉、楚哀王智云,皆留河东护家。隋购之急,建成、元吉能间道赴太原,而智云以幼不能逃,为吏所诛。亦岂不能少缓须臾,以须其至,而后起兵哉? 二祖皆创业之君,而于父子之义,其薄若此。岂图大事者,不暇顾其家乎? 彼唐祖者,直堕世民之计,犹可恕也;若汉祖则杯羹之事,尚忍施之乃翁,何有于儿女哉?

史记无燕昭筑台事

王文公诗云:"功谢萧规惭汉第,恩从隗使诧燕台。"然《史记》止云:"为隗改筑宫而师事之。"初无"台"字。李白诗有"何人为筑黄金台"之语,吴虎臣《漫录》,以此为据。按《新序》、《通鉴》亦皆云"筑宫",不言"台"也。然李白屡惯用黄金台事,如"谁人更埽黄金台","燕昭延郭隗,遂筑黄金台","埽洒黄金台,招邀广平客","如登黄金台,遥谒紫霞仙","侍笔黄金台,传觞青玉案"。杜甫亦有"杨梅结义黄金台","黄金台贮贤俊多"。柳子厚亦云:"燕有黄金台,远致望诸君。"《白氏六帖》有:"燕昭王置千金于台上,以延天下士,谓之黄金台。"此语唐人相承用者甚多,不特本于白也。又按《唐文粹》,有皇甫松《登郭隗台》诗。又梁任昉《述异记》:"燕昭为郭隗筑台,今在幽州燕王故城中。土人呼贤士台,亦为招贤台。"然则必有所谓台矣。后汉孔文举《论盛孝章书》曰:"昭筑台以延郭隗。"然皆无"黄金"字。宋鲍照《放歌行》云:"岂伊白屋赐,将起黄金台。"然则黄金台之名,始见于此。李善注引王隐《晋书》:"段匹䃅讨石勒,屯故燕太子丹黄金台。"又引《上谷郡图经》曰:"黄金台在易水东南十八里,昭王置千金台上,以延天下士。"且燕台多以为昭王,而王隐以为燕丹,何也?余后见《水经注》云:"固安县有黄金台,著旧言昭王礼贤,广延方士,故修建下都,馆之南陲。燕昭创于前,子丹踵于后。"云云。以此知王隐以为燕丹者,盖如此也。

孟子三宿出昼

高邮有老儒黄彦和谓:"孟子去齐,三宿而出昼。读如'昼夜'之'昼',非也。《史记·田单传》载:'燕初入齐,闻昼邑之人王蠋贤。'刘熙注云:'齐西南近邑,音获。'故孟子三宿而出,时人以为濡滞也。"此说甚新而有据。然予观《说苑》,则以为盖邑人王蠋。且齐有盖大夫王驩,《公孙丑》下。而陈仲子兄食采于盖,其入万钟,《滕文公》下。则齐亦自有盖邑,又与昼邑不同矣。《通鉴》"昼"音,司马康释音胡卦切,亦曰西南近邑,复不音"获",何耶?

方大猷献屋

杨驸马赐第清湖,巨珰董宋臣领营建之事,遂拓四旁民居以广之。其间最逼近者,莫如太学生方大猷之居。珰意其必雄据,未易与语。一日,具礼物往访之。方延入坐,珰未敢有请,方遽云:"今日内辖相访,得非以小屋近墙,欲得之否?"珰愕不复对,方徐曰:"内辖意谓某太学生,必将梗化,所以先蒙见及,某便当首献作倡。"就案即书契与之。珰以成契奏知,穆陵大喜,视其直数倍酬之。方作表谢,有云:"普天之下,莫非王土;一毫以上,悉出君恩。"上《毛诗》,下东坡《谢表》,并全句。自此擢第登朝,皆由此径而梯焉。

长　生　酒

穆陵晚年苦足弱。一日经筵,宣谕贾师宪曰:"闻卿有长生酒甚好,朕可饮否?"贾退,遂修制具方并进,亦不过用川乌、牛膝等数味耳。内辖李忠辅适在旁,奏曰:"药性凉燥未可知,容臣先尝,然后取旨进御。"嫉之者转闻于贾,贾深衔之,而未有以发也。先是,北关刘都仓,家富无嗣,尝立二子。刘先死,长者欲逐其后立子,于是托其所亲检详所吏刘炳百万缗,介谢堂节使,转求圣旨下天府逐之,至是已涉数岁,贾始知之,时咸淳初年也。遂嗾其出子,以为李忠辅伪作圣旨,讼之于官,词虽不及谢,而谢甚窘惧,于是以实诉之于贾,贾笑曰:"节度无虑。"越日,则忠辅追毁迁谪之命下,以实非其罪也,盖师宪借此以报其尝药之忿耳。

开运靖康之祸

靖康之祸,大率与开运之事同。一时纪载杂书极多,而最无忌惮者,莫若所谓《南烬纪闻》。其说谓出帝之事,欧公本之王淑之私史。淑本小吏,其家为出帝所杀,遁入契丹。洎出帝黄龙之迁,淑时为契丹诸司,于是文移郡县,故致其饥寒,以逞宿怨,且述其幽辱之事,书名《幽懿录》,比之周幽、卫懿。然考之五代新旧史,初无是说,安知非托子虚以欺世哉? 其妄可见矣。《南烬》言二帝初迁安肃军,又迁云州,又迁西江州,又迁五国城,去燕凡三千八百余里,去黄龙府二千一百里,其地乃李陵战败之所。后又迁西均从州,乃契丹之移州。今以当时他书考之,其地里远近,皆大缪不经,其妄亦可知。且谓此书乃阿计替手录所申金国之文,后得之金国贵人者。又云:"阿计替,本河北棣州民,陷虏。自东都失守,金人即使之随二帝入燕,又使同至五国城,故首尾备知其详。"及考其所载,则无非二帝胸臆不可言之事,不知阿计替何从知之。且金虏之情多疑,所至必易主者守之,亦安肯使南人终始追随乎? 且阿计替于二帝初无一日之恩,何苦毅然历险阻、犯嫌疑，极力保护而不舍去？且二帝方在危亡哀痛之秋，何暇父子赋诗为乐，阿计替又何暇笔之书乎？此其缪妄，固不待考而后见也。意者，为此书之人，必宣、政间不得志小人，造为凌辱猥嫚之事而甘心焉。此禽兽之所不忍为，尚忍言之哉？余惧夫好奇之士，不求端本而轻信其言，故书以祛后世之惑云。

近 世 名 医

近世江西有善医号严三点者，以三指点间知六脉之受病，世以为奇，以此得名。余按诊脉之法，必均调自己之息，而后可以候他人之息。凡四十五动为一息，或过或不及，皆为病脉。故有二败、三迟、四平、六数、七极、八脱、九死之法。然则察脉固不可以仓卒得之，而况三点指之间哉？此余未敢以为然者也。或谓其别有观形察色之术，姑假此以神其术，初不在脉也。绍兴间，王继先号"王医师"，驰名一时。继而得罪，押往福州居住。族叔祖宫教，时赴长沙倅，素识其人，适邂逅近旅舍，小酌以慰劳之，因求察脉。王忽愀然曰："某受知既久，不敢不告。脉证颇异，所谓脉病人不病者，其应当在十日之内，宜亟反辕，尚可及也。"因泣以别。时宫教康强无疾，疑其为妄，然素信其术，于是即日回辕。仅至家数日而殂，亦可谓异矣。又尝闻陈体仁端明云："绍熙间，有医邢氏，精艺绝异。时韩平原知阁门事，将出使，俾之诊脉，曰：'和平无可言。所可忧者，夫人耳。知阁回轺日，恐未必可相见也。'韩妻本无疾，怪其妄诞不伦，然私忧之。泊出疆甫数月，而其妻果殂。又朱丞相胜非子妇偶小疾，命视之，邢曰：'小疾耳，不药亦愈。然自是不宜孕，孕必死。'其家以为狂言。后一岁，朱妇得男，其家方有抱孙之喜，未弥月而妇疾作。急遣召之，坚不肯来，曰：'去岁已尝言之，势无可疗之理。'越宿而妇果殂。"余谓古今名医多矣，未有察夫脉而知妻死，未孕而知产亡者，呜呼！神矣哉！

前　辈　知　人

前辈名公钜人，往往有知人之明。如马尚书亮之于吕许公、陈恭公，曾谏议致尧之于晏元献，吕许公之于文潞公，夏英公之于庞颖公，皆自布衣小官时，即许以元宰之贵，盖不可一二数。初非有袁、李之术，特眼力高、阅人多故尔。史传所载，以为名谈。近世如史忠献弥远、赵忠肃方亦未易及。忠献当国日，待族党加严，犹子嵩之子申，初官枣阳户曹，方需远次，适乡里有佃客邂逅致死者，官府连逮急甚，欲求援于忠献，而莫能自通，遂夤缘转闻，因得一见。留饭终席，不敢发一语。忽问："何不赴枣阳阙？"以"尚需次"对，忠献曰："可亟行，当作书与退翁矣。"陈贶时为京西阃。子申拜谢，因及前事，公曰："吾已知之，第之官勿虑也。"公平昔严毅少言，遂谢而退。少间，公元姬林夫人因扣之，公曰："勿轻此子，异日当据我榻也。"其后信然。又赵葵南仲通判庐州日，翟朝宗方守郡，公素不乐之，遂干堂易合入阙。俟呼召于宾庑候见者数十人，皆谢去，独召两都司及赵延入小阁会食。且出两金盒，贮龙涎、冰脑，俾坐客随意爇之。次至赵，即举二合尽投炽炭中，香雾如云，左右皆失色。公亟索饮送客，命大程官俾赵听命客次，人皆危之。既而出札知滁州，填见阙命之任，而信公平生功业，实肇于此焉。又赵忠肃开京西阃日，郑忠定丞相清之初任夷陵教官，首诣台参。郑素癯瘁，若不胜衣，赵一见即异待之。延入中堂，出三子，俾执师弟子礼，局蹐不自安。旁观怪之。即日免衙参等礼以行，复命诸子饯之前途，且各出《云萍录》书之而去。他日，忠肃问诸郎曰："郑教如何？"长公答曰："清固清矣，恐寒薄耳。"公笑曰："非尔所知。纵寒薄，不失为太平宰相。"后忠肃疾革，诸子侍侧，顾其长葵曰："汝读书可喜，然不过监司太守。"次语其仲范曰："汝须开阃，终无结果。三哥葵甚有福，但不可作宰相耳。"时帐前提举官赵胜，素与都统制扈再兴之子不协，泣而言曰："万一相公不讳，赵胜必死于扈再兴之手，告相公保全。"时京西施漕上饶人，名未详偶在旁，公笑谓施曰："赵胜会做殿帅，扈再兴安能杀之？"其后，所言无一不验。

赵信国辞相

淳祐甲辰,杜清献范薨,游清献似拜右揆,赵葵南仲枢使、陈韡子华参政,皆一时宿望。明年四月,游相以大观文奉内祠侍读。既而赵公出督江淮、荆、襄、湖北军马,陈公以知院帅长沙,遂再相。郑忠定清之,王伯大,吴潜,并为金枢。乙巳,赵公兼江东帅、知建康、留钥,赵希昼以礼书督府参赞兼江漕,淮帅丘山甫岳仍兼参谋,且颁御笔云:"赵葵兼资文武,协辅国家,领使洪枢,视师戒道,权不可不专。申檄处置,贵合时宜,一应军行调度,并听便宜施行。所有恩数,视仪宰路。"公既威名夙著,边陲晏然。中间屡乞结局,不允。明年,遣随军转运舒泽民滋,入白庙堂,许令带职入觐。公力辞召命,且云:"更当支吾一冬,来春解严,容归田里。"朝廷许之。明年,北军大入,因复留行府,措置战守焉。中书陆德舆载之转对疏,以为"去岁泗州大捷,彼方丧胆落魄。今春淮水涨溢,欲来不可。涉冬而春,边镇宁谧。近者骇言寇至,张大其说,或云到仪真之境者,止五六十骑耳"。赵公闻之,大不能堪。封章屡上,力辨此谤。且云:"今年北军之入,系四大头项:一曰察罕河西人,二曰大纳,三曰黑点,四曰别出古并驮。号四万,实三万余;马,人各三匹,约九万匹。惟恐有劳圣虑,前后具奏,一则曰宽圣虑,二则曰宽忧顾。臣领舟师往来应敌,未尝有一语张大。今观陆德舆奏疏,实骇所闻。伏乞委德舆亲至维扬,审是虚实。臣当躬率骑士,护送入城,便见真妄。"于是朝廷以载之之言为过,遂为调停,寝其事焉。未几,工部尚书徐清叟进故事,亦讥其辟属之滥。赵公愈不自安。是岁闰二月,郑忠定拜太师,赵公拜右相,所有督府,日下结局。遂差右司陈梦斗宣赴都堂治事,而陈辞以此貂珰之职不行,遂改差御药谢昌祖往焉。夕郎赵以夫复有不肯书牍之意,事虽不行,而公之归兴不可遏矣。屡腾免牍,且引其父忠肃遗言"不许入相"之说以告,且云:"宁得罪以过岭,难违训以入朝。"御笔不允,降宣趣行。时陆载之方居翰苑,以嫌不草诏,遂改命卢壮父武子为之。时赵公各通从官书,谓元科降簿内尚余新楮四百余万,银绢度牒并不支动,且言决不可来之意。当时从官作宰相书,例有"先生"之称,至是皆去之。独赵汝腾茂实尚书答书云:"大丞相高风立懦,力疏辞荣。昔司马公固逊密府,近崔清献苦却宰席,书之史册,并公而三,甚盛休。"而其微意亦可见也。公归计既决,遂申朝庭,于三月二十四日散遣将士,取道归伏田里。所有新除恩命,决不敢祗受。既而与告复召,然公终不来矣。至明年三月,御笔:"赵葵恳辞相位,终始弗渝,使命趣召,亦既屡矣。奏陈确论,殆逾一期。朕眷倚虽切,不能强其从也。姑畀内祠,以便咨访。可除观文殿大学士、醴泉观察使兼侍读。"后以疾丐外祠甚力,遂以特进判长沙,凡五辞,得请奉祠,径归溧阳里第焉。盖一时搢绅,方以文学科名相高,其视军旅金谷等,为俗吏粗官。公能知几勇退,不激不污,可谓善保功名者矣。

琴繁声为郑卫

往时,余客紫霞翁之门。翁知音妙天下,而琴尤精诣。自制曲数百解,皆平淡清越,灏然太古之遗音也。复考正古曲百余,而异时官谱诸曲,多黜削无余,曰:"此皆繁声,所谓郑卫之音也。"余不善此,颇疑其言为太过。后读《东汉书》:"宋弘荐桓谭,光武令鼓琴,爱其繁声,弘曰:'荐谭者,望能忠正导主。而令朝廷耽悦郑声,臣之罪也。'"是盖以繁声为郑声矣。又《唐国史补》,于頔令客弹琴,其嫂知音,曰:"三分中,一分筝声,二分琵琶,全无琴韵。"则新繁皆非古也。始知紫霞翁之说为信然。翁往矣!回思著唐衣,坐紫霞楼,调手制闲素琴第一,作新制《琼林》、《玉树》二曲,供客以玻璃瓶洛花,饮客以玉缸春酒,翁家酿名。笑语竟夕不休,犹昨日事;而人琴俱亡,冢上之木已拱矣。悲哉!

章 氏 玉 杯

嘉泰间,文庄章公以右史直禁林。时宇文绍节挺臣为司谏,指公为谢深甫子肃丞相之党,出知温陵。既而公入为言官,遍历三院,为中执法。时挺臣以京湖宣抚使知江陵府，入觐，除端明学士，径跻宥府。而挺臣怀前日之疑，次且不敢拜。文庄识其意，乃抗疏言："公论出一时之见，岂敢以报私憾？乞趣绍节就职。"未几，公亦登政地，相得甚欢。一日宴聚，公出所藏玉杯侑酒，色如截虹，真于阗产也，坐客皆夸赏之。挺臣忽旁睨微笑曰："异哉！先肃愍公虚中使金日，尝于燕山获玉盘，径七寸余，莹洁无纤瑕，或以为宣和殿故物，平日未尝示人。今观此，色泽殊近似之。"于是坐客咸愿快睹，趣使取之。既至，则玉色制作无毫发异，真合璧也。盖元为一物，中分为二耳。众客惊诧，以为干、铗之合不足多也。公因举杯以赠挺臣，而挺臣复欲以盘奉公，相与逊让者久之，不决。时李璧季章在坐，起曰："以盘足杯者，于事为顺。金书不得辞也。"公遂谢而藏之，以他物为报。余髫侍二亲，常于元邂舅氏膝下闻此事，惜不一见之。其后闻为有力者负之而去，莫知所终。

二 张 援 襄

襄、樊自咸淳丁卯被围以来，生兵日增。既筑鹿门之后，水陆之防日密。又筑白河、虎头及鬼关于中，以梗出入之道。自是孤城困守者凡四五岁，往往扼关臇不克进，皆束手视为弃物。所幸城中有宿储可坚忍，然所乏盐、薪、布帛为急。时张汉英守樊城，募善泅者，置蜡书髻中，藏积草下，浮水而出。谓鹿门既筑，势须自荆、郢进援。既至臇口，守者见积草颇多，钩致欲为焚爨用，遂为所获，于是郢、邓之道复绝矣。既而荆阃移屯旧郢州，而诸帅重兵皆驻新郢及均州河口以扼要津。又重赏募死士，得三千人，皆襄、郢、西山民兵之骁悍善战者。求将久之，得民兵部官张顺、张贵军中号张贵为"矮张"，所谓"大张都统"、"小张都统"者，其智勇素为诸军所服。先于均州上流名中水峪立硬寨，造水哨，轻舟百艘，每艘三十人，盐一袋，布二百。且令之曰："此行有死而已。或非本心，亟去，毋败吾事。"人人感激思奋。是岁五月，汉水方生，于二十二日，稍进团山下。越二日，又进高头港口结方阵。各船置火枪、火炮、炽炭、巨斧、劲弩。夜漏下三刻，起矴出江，以红灯为号。贵先登，顺为殿，乘风破浪，径犯重围。至磨洪滩以上，敌舟布满江面，无罅可入。鼓勇乘锐，凡断铁絙、攒杙数百，屯兵虽众，尽皆披靡避其锋。转战一日二十余里，二十五日黎明，乃抵襄城。城中久绝援，闻救至，人人踊跃，气百倍。及收军点视，则独失张顺，军中为之短气。越数日，有浮尸逆流而上。被介胄，执弓矢，直抵浮梁，视之，顺也。身中四枪六箭，怒气勃勃如生，军中惊以为神，结冢敛葬，立庙祀之。然自此围益密，水道连锁数十里，以大木下撒星桩，虽鱼鳖不得度矣。外势既蹙，贵乃募壮士至夏节使军求援，得二人，能伏水中数日不食，使持书以出。至桩若栅，则腰锯断之。径达夏军，得报而还。许以军五千驻龙尾洲，以助夹击。刻日既定，贵提所部军点视登舟，失帐前亲随一人，乃宿来有过遭挞者。贵惊叹曰："吾事泄矣！然急出，或未及知耳。"乃乘夜鼓噪，冲突断絙，破围前进，众皆辟易。既度险要之地，时夜半天黑，至小新城，敌方觉，遂以兵数万邀击之。贵又为无底船百余艘，中立旗帜，各立军士于两舷以诱之，敌皆竞跃以入，溺死者万余，亦昔人未出之奇也。至钩林滩，将近龙尾洲，远望军船栉栉，旗帜纷纭。贵军皆喜跃，举流星火以示之。军船见火，皆前相迎，逮势近欲合，则来舟北军也。盖夏军前二日，以风雨惊疑，退屯三十里矣。北军盖得逃卒之报，遂据洲上，以逸待劳。至是，既不为备，杀伤殆尽。贵身被数十创，力不支，遂为生得，至死不屈，此是岁十一月七日夜也。北军以四降卒舆尸至襄，以示援绝，且谕之降。吕帅文焕尽斩四卒，以贵附葬顺冢，为立双庙，尸而祝之，以比巡、远。明年正月十三日，樊城破；三月十八日，襄阳降。此天意，非人力也。同时有武功大夫范大顺者，与顺、贵同入襄。及襄城降，仰天大呼曰："好汉谁肯降？便死也做忠义鬼！"就所守地分自缢而死。又有右武大夫、马军统制牛富，樊城守御，立功尤多。城降之际，伤重不能步，乃就战楼，触柱数四，投身火中而死。此事亲得之襄州、顺化老卒，参之众说，虽有微异，而大意则同。不敢以文害辞没其实，因直书之，以备异时之传忠义者云。

卷十九

嘉定宝玺

贾涉为淮东制阃日，尝遣都统司计议官赵拱往河北蒙古军前议事。久之，拱归，得其大将扑鹿花所献"皇帝恭膺天命之宝"玉玺一座，并元符三年宝样一册，及镇江府诸军副都统制翟朝宗所献宝检一座，并缴进于朝。诏下礼部太常寺讨论受宝典礼，此嘉定十四年七月也。是岁十一月诏曰："乃者，山东、河北，连城慕义，殊方效顺，肃奉玉宝来献于京。质理温纯，篆刻精古。文曰'皇帝恭膺天命之宝'，暨厥图册，登载灿然，实惟我祖宗之旧。继获玉检，其文亦同，云云。天其申命用休，朕曷敢不承？其以来年元日，受宝于大庆殿。"遂命奉安玉宝于天章阁，且奏告天地、宗庙、社稷。明年正月庚戌朔，御大庆殿受宝，大赦天下。应监司帅守，并许上表进贡称贺。推恩文武官，各进一秩，大犒诸军，三学士人并推恩有差。具命礼官哀集受宝本末，藏之秘阁。能文之士如朱中美、钱樗、谢耘等数十人，作为颂诗，以铺张盛美。四方士子，骈肩累足而至，学舍至无所容。盖当国者方粉饰太平，故一时恩赏，实为冒滥。有士子作书贻葛司成云："窃惟国学，天子储养卿相之地。中兴以来，冠带云集，英俊日盛，可以培植国家无疆之基。自开禧之初，迄更化之后，天下公论，不归于上之人，多归于两学之士。凡政令施行之舛，除拜黜陟之偏，禁庭私谒之过，涉于国家盛衰之计，公论一鸣，两学雷动。天子虚己以听之，宰相俯首而信之，天下倾心而是之。由是四方万里，或闻两学建议，父告其子，兄告其弟，师告其徒，必得其说，互相歆艳，谓不负所学，岂不重于当世哉？迩来宝玺上进，皇上以先皇旧物，圣子神孙膺此天命之宝，慰答在天之灵，不得不侈烈祖之珍符，为今日之荣观也。草茅之士，兴起于山林寂寞之滨，形容于篇章歌颂之末，其诚可念。若两学之士，荣进素定,固当自信其所学,自勉其所守,安于义命可也。纷纷而来,不恤道路风霜之惨,喁喁相告,昧昧相呼。侥幸恩赏之蕃庶,冀望非常之盛典。甚至千数百人,饕餮廪粟,枕籍斋舍,廉耻俱丧,了无觍颜。或挺身献颂,或走谒朝贵,小小利害,其趋若市。公论将何以赖? 天下将何以望哉? 传之三辅,岂不贻笑于识字之程大卿乎? 传之远方,岂不贻笑于任子之胡尚书兄弟乎? 传之边陲,岂不贻笑于异类之赵拱乎? 传之地下,岂不贻笑于旧尹之赵尚书乎? 三十年忠说之论,一日埽地;三十年流传之稿,一焚可尽矣。假使圣朝颁旷荡之恩,一视天下之士,通行免举,诿有可说。苟惟两学之士,独沾免举之渥,则非特柄国者,欲钳天下公论之口,而三学之士,适自钳其口耳,岂不惜哉! 恭惟大司成,天下英俊之师表,愿以公论所在,诲之以安义命而知进退,勉之以崇名节而黜浮竞。爵禄,天下之公器也,岂顽钝亡耻者可擢也。传曰:‘士之致远,先器识。’器识卑下,则它日立朝,必无可观者矣。舍其所重,就其所轻;暗其所长,鸣其所短:三尺之童,亦羞为之。昔陈东以直言而死,今李诚之以守城而死,二公皆学校之士也,足以为万世之名节。以今日一免解之轻,遽失吾万世公论之重,必无有如陈之直言、李之忠节者矣。元气能有几邪? 愿大司成续而寿之。”既而宗室犹以推赏太轻,至揭榜朝天门云:“宝玺,国之重器也,兴衰系焉。同姓,国之至亲也,休戚生焉。靖康之际,国步多难。我祖我父,一心王室,不死于兵,则死于虏,不死于虏,则死于盗贼;若子若孙,呼天号地,此恨难磨。苟存喘息于东南,期雪我祖我父万古之痛而后已。仰惟今日,故疆复矣,宝镇归矣,此正酹酒吊魂、慰生劳死之秋,其为踊跃,曷啻三百? 圣恩汪洋,周遍寰宇。监司郡守,奉表推恩。文武两学,通籍免举。侍班选人,特与趣放。不惟文武百僚转官,而未铨任子,亦与转官;不惟特科无及者出官,而三十年特科五等人亦出官。加恩异姓,悉逾罩需。即彼验此,凡同姓一请者,便可援以补官;再请者,亦可援以廷对。今散恩诞布宗子,已请者各免本等解一次,四举者补下州文学,五举者补迪功郎。由是而观,不惟亲疏无别,而异姓反优于同姓,天子之子孙,反不若公卿大夫之子孙。痛念昔者,是玺之亡,宗室与之俱亡,而异姓自若也。今日是玺之得,推恩异姓,种种优渥,而同姓则反薄其恩。忧则与之同忧,喜则不与之同喜。人情岂如是乎?况比年科甲,已非若祖宗之优;今日恩需,又非若祖宗之厚。凡我国家,有一毫恩及同姓者,日以朘削,王家枝叶,翦伐弗恤,是皆权要之私憾耳。投鼠忌器,何忍于斯?兴言及此,涕泪交垂;识者旁观,宁不感动?中兴以来,推恩同姓,止有一举、两举之分,初无四举、五举之别;止有将仕免省之异,初无文学迪功之名。累朝是守,按为典章。经今百年,未尝辄变。今来五举与迪功郎,四举与文学,其视免省,何啻倍蓰?而省试仅以六十五名为额,来岁以免解到省者,其数甚多。是虽当免举,实殿举也;殆与其他免解受实惠者,万万不侔。我辈当念祖父沦亡之痛,协心戮力,仰扣庙堂,体念同姓,举行旧典。勿以事已定而沮其志,勿以天听高而泯其说;使我辈得以慰祖父九地之灵,而子孙得蒙国家无穷之福。宗英其念之。"是时不转官赏者,朝中士惟陈贵谦、陈宓;在学不愿推恩者,茅汇征一人而已。按"恭膺天命之宝",真宗初即位所制,其后每朝效之,易世则藏去。靖康之变,金人取玉宝十有四以去,此宝居其二焉。其一则哲宗元符三年所制,其一钦宗靖康元年所制也。及金人内乱南迁,宝玉多为蒙古所取。当时识者,谓此物不宜铺张。是以参政郑昭先有可吊、不可贺之论。时学士院权直卢祖皋草诏,乃径用元符故事,殊不知哲宗以元符元年进宝,至三年崩,识者忧之。今以嘉定十五年受宝,至十七年闰八月而宁宗崩。事有适相符者,敢并纪于此云。

鬼 车 鸟

鬼车,俗称"九头鸟"。陆长源《辨疑志》又名"渠逸鸟"。世传此鸟昔有十首,为犬噬其一,至今血滴人家,能为灾咎。故闻之者,必叱犬灭灯,以速其过。泽国风雨之夕,往往闻之。六一翁有诗,曲尽其悲哀之声,然鲜有睹其形者。淳熙间,李寿翁守长沙日,尝募人捕得之。身圆如箕,十脰环簇。其九有头,其一独无,而鲜血点滴,如世所传。每脰各生两翅,当飞时,十八翼霍霍竞进,不相为用,至有争拗折伤者。景定间,周汉国公主下降,赐第嘉会门之左,飞楼复道,近接禁籥。贵主尝得疾，一日，正昼，忽有九头鸟踞主第捬衣石上，其状大抵类野凫而大如箕。哀鸣啾啾，略不见惮。命弓射之，不中而去。是夕主薨，信乎其为不祥也。此余亲闻之副骈云。

兰　亭　诗

永和兰亭禊饮集者四十二人，人各赋诗，自右军而下十一人，各成两篇；郄昙、王丰而下十五人，各成一篇，然亦不过四言两韵，或五言两韵耳。诗不成而罚觥者十有六人，然其间如王献之辈，皆一世知名之士，岂终日不能措一辞者？黄彻谓古人持重自惜，不轻率尔，恐贻久远之讥，故不如不赋之为愈耳。余则以为不然。盖古人意趣真率，是日适无兴不作，非若后世喋喋然强聒于杯酒间以为能也。史载献之尝与兄徽之、操之，俱诣谢安，二兄多言，献之寒温而已。既出，客问优劣，安曰：“小者佳。吉人之辞寡，以其少言，故云。”今王氏父子群从咸集，而献之诗独不成，岂不平日静退之故邪？

著　书　之　难

著书之难尚矣。近世诸公，多作考异、证误、纠缪等书，以雌黄前辈，该赡可喜，而亦互有得失，亦安知无议其后者？程文简著《演繁露》，初成，高文虎炳如尝假观，称其博赡。虎子似孙续古，时年尚少，因窃窥之。越日，程索回元书，续古因出一帙曰《繁露诘》，其间多文简所未载，而辨证尤详。文简虽盛赏之，而心实不能堪。或议其该洽有余，而轻薄亦太过也。虽温公著《通鉴》，亦不能免此。若汉景帝四年内，日食皆误书于秋夏之交，甚至重复书杨彪赐之子于一年之间。至朱文公修《纲目》，亦承其误而不自觉，而《纲目》之误尤甚。唐肃宗朝，直脱二年之事。又自武德八年以后，至天祐之季，甲子并差。盖纪载编摩，条目浩博，势所必至，无足怪者。刘羲仲，道原之子也。道原以史学自名，羲仲世其家学，摘欧公《五代史》之讹说，为《纠谬》一书，以示坡公。公曰：“往岁，欧公著此书初成，荆公谓余曰：‘欧公修

《五代史》而不修《三国志》，非也，子盍为之乎？'余因辞不敢当。夫为史者，网罗数千百载之事，以成一书，其间岂无小得失邪？余所以不敢当荆公之托者，正畏如公之徒，掇拾于先后耳。"《挥麈录》云："蜀人吴缜初登第，请于文忠，愿预官属。公不许，因作《纠误》。"岂别一书邪？

安 南 国 王

安南国王陈日煚者，本福州长乐邑人，姓名为谢升卿。少有大志，不屑为举子业。间为歌诗，有云："池鱼便作鹍鹏化，燕雀安知鸿鹄心？"类多不羁语。好与博徒豪侠游，屡窃其家所有，以资妄用，遂失爱于父。其叔乃特异之，每加回护。会是家有姻集，罗列器皿颇盛。至夜，悉席卷而去，往依族人之仕于湘者。至半途，呼渡，舟子所须未满，殴之，中其要害。舟遽离岸，谢立津头以俟。闻人言舟子殂，因变姓名逃去。至衡，为人所捕。适主者亦闽人，遂阴纵之。至永州，久而无聊，授受生徒自给。永守林岊，亦同里，颇善里人。居无何，有邕州永平寨巡检过永，一见奇之，遂挟以南。寨居邕、宜间，与交趾邻近。境有弃地数百里，每博易，则其国贵人皆出为市。国相乃王之婿，有女亦从而来，见谢美少年，悦之，因请以归。令试举人，谢居首选，因纳为婿。其王无子，以国事授相。相又昏老，遂以属婿，以此得国焉。自后，屡遣人至闽访其家，家以为事不可料，不与之通，竟以岁久难以访问返命焉。其事得之陈合惟善金枢云。

贾 氏 前 兆

贾师宪柄国日，尝梦金紫人相迎逢，旁一客谓之曰："此人姓郑，是能制公之死命。"时大珰郑师望方用事，意疑其人，且姓与梦合，于是竟以他故摈逐之。及鲁港失律，远谪南荒，就绍兴差官押送，则本州推官沈士圭，摄山阴尉郑虎臣也。郑，武弁，尝为贾所恶，适有是役，遂甘心焉。贾临行，置酒招二人，历言前梦，且祈哀徵芘云："向在维扬日，襄、邓间有人善相。一日来，值其跣卧，因叹惜再三。私谓客曰：'相公贵极人臣，而足心肉陷，是名猴形，恐异时不免有万里行耳。'是知今日窜逐之事，虽满盈招咎，盖亦有数存焉。"及抵清漳之次日，泣谓押行官曰："某夜来梦大不祥，才离此地，必死无疑，幸保全之。"遂连三日，逗遛不行，而官吏迫促之。离城五里许，小泊木绵庵，竟以疾殂，或谓虎臣有力焉。先是，林金枢存孺父为贾所摈，谪之南州，道死于漳。漳有富民，蓄油杉甚佳。林氏子弟欲求，而价穷不可得，因抚其木曰："收取，收取。待留与贾丞相自用。"盖一时愤恨之语耳。至是，郡守与之经营，竟得此物以敛，可谓异矣。死生祸福，皆有定数，不可幸免也如此。事亲闻之沈士圭云。

明 堂 不 乘 辂

度宗咸淳壬子岁，有事于明堂。先一夕，上宿太庙。至晚，将登辂，雨忽骤至。大礼使贾似道欲少俟，而摄行宫使带御器械胡显祖，请用开禧之例，却辂乘辇。上性躁急，遽从之。阁民吏曹垓，竟引摄礼部侍郎陈伯大、张志立奏中严外办，请上服通天冠，绛纱袍，乘逍遥辇入和宁门。似道以为既令百官常服从驾，而上乃盛服，不可。显祖谓泥路水深，决难乘辂。既而雨霁，则上已乘辇而归矣。既肆赦，似道即上疏出关，再疏言："嘉定间，三日皆雨，亦复登辂。用嘉定例尚放淳熙，用开禧之例，则是韩侂胄之所为。深恐万世之下，以臣与侂胄等。"于是必欲求去，而伯大、志立亦待罪，显祖竟从追削，送饶州居住；曹垓黥断，其子大中为阁职，亦降谪江阴。显祖本太常寺礼直官，以女为美人，故骤迁至此云。未几，有旨，美人胡氏，追毁内命妇，告送妙净寺削发为尼。然践乌忌器，或以为过。似道凡七疏辞位，竟出居湖曲赐第，用吕公著、乔行简典故焉。按淳熙乙亥，明堂致斋太庙，而大雨终日。夜，有旨："来早更不乘辂，止用逍遥子诣文德殿致斋。应仪仗排立并放免。从驾官常服以从。"大礼使赵雄密令勿放散，上闻之曰："若不霁，何施面目？"雄语人曰："不过罪罢出北关耳。"黄昏后雨止。中夜，内侍思恭传旨御史台、阁门、太常寺，仍旧乘辂，应有合行排办事件,疾速施行。十五日拂明雨止,乘辂而归。盖自有典故,清切如此。而显祖不知出此,乃妄援开禧韩侂胄当国时故事,故时相怒之尤甚也。

贾 氏 园 池

景定三年正月,诏以魏国公贾似道有再造功,命有司建第宅家庙,贾固辞,遂以集芳园及缗钱百万赐之。园故思陵旧物,古木寿藤,多南渡以前所植者。积翠回抱,仰不见日,架廊叠磴,幽眇透迤,极其营度之巧。犹以为未也,则隧地通道,抗以石梁。旁透湖滨,架百余楹。飞楼层台,凉亭燠馆,华邃精妙。前揖孤山,后据葛岭,两桥映带,一水横穿,各随地势以构筑焉。堂榭有名者曰蟠翠、古松。雪香、古梅。翠岩、奇石。倚绣、杂花。挹露、海棠。玉蕊、琼花荼䕷。清胜,假山。已上集芳旧物。高宗御扁“西湖一曲”、“奇勋”。理宗御书“秋壑”、“遂初容堂”。度宗御书“初阳精舍”、“熙然台”、“砌台”。山之椒曰“无边风月”、“见天地心”。水之滨曰“琳琅步”、“归舟”、“旱船”。通名之曰“后乐园”。四世家庙,则居第之左焉。庙有记,一时名士拟作者数十,独取平舟杨公栋者刊之石。又以为未足,则于第之左数百步瞰湖作别墅,曰光禄阁、春雨观、养乐堂、嘉生堂。千头木奴,生意潇然,生物之府,通名之曰“养乐园”。其旁则廖群玉之香月邻在焉。又于西陵之外,树竹千挺,架楼临之,曰秋水观、第一春、梅思、刳船亭,则通谓之“水竹院落”焉。后复葺南山水乐洞,赐园有声在堂、介堂、爱此、留照、独喜、玉渊、漱石、宜晚,上下四方之宇诸亭,据胜专奇,殆无遗策矣。其后,志之郡乘,从而为之辞曰:“园囿一也,有藏歌贮舞,流连光景者;有旷志怡神,蜉蝣尘外者;有澄想退观,运量宇宙,而游特其寄焉者。嘻!使园囿常兴而无废,天下常治而无乱,非后天下之乐而乐者其谁能?”呜呼!当时为此语者,亦安知俯仰之间,遽有荒田野草之悲哉!昔陆务观作《南园记》于中原极盛之时,当时勉之以抑畏退休。今贾氏当国十有六年,谀之者惟恐不极其至,况敢几微及此意乎?近世以诗吊之者甚众。吴人汤益一诗,颇为人所称云:“檀板歌残陌上花,过墙荆棘刺檐牙。指挥已失铁如意,赐予宁存玉辟邪。败屋春归无主燕,废池雨产在官蛙。木绵庵外尤愁绝,月黑夜深闻鬼车。"李彭老一绝云:"瑶房锦榭曲相通,能几番春事已空。惆怅旧时吹笛处,隔窗风雨剥青红。"

子 固 类 元 章

诸王孙赵孟坚字子固,号彝斋,居嘉禾之广陈。修雅博识,善笔札,工诗文,酷嗜法书。多藏三代以来金石名迹,遇其会意时,虽倾囊易之不靳也。又善作梅竹,往往得逃禅、石室之妙,于水仙为尤奇,时人珍之。襟度潇爽,有六朝诸贤风气,时比之米南宫,而子固亦自以为不歉也。东西薄游,必挟所有以自随。一舟横陈,仅留一席为偃息之地,随意左右取之,抚摩吟讽,至忘寝食。所至,识不识望之,而知为米家书画船也。庚申岁,客辇下,会菖蒲节,余偕一时好事者邀子固,各携所藏,买舟湖上,相与评赏。饮酣,子固脱帽,以酒晞发,箕踞歌《离骚》,旁若无人。薄暮,入西泠,掠孤山,舣棹茂树间。指林麓最幽处瞠目绝叫曰:"此真洪谷子、董北苑得意笔也。"邻舟数十,皆惊骇绝叹,以为真谪仙人。异时,萧千岩之侄滚,得白石旧藏五字不损本《禊叙》,后归之俞寿翁家。子固复从寿翁善价得之,喜甚,乘舟夜泛而归。至雪之昇山,风作舟覆,幸值支港,行李衣衾,皆溇溺无余。子固方被湿衣立浅水中,手持《禊帖》示人曰:"《兰亭》在此,余不足介意也。"因题八言于卷首云:"性命可轻,至宝是保。"盖其酷嗜雅尚,出于天性如此。后终于提辖左帑,身后有严陵之命。其帖后归之悦生堂,今复出人间矣。嘻! 近世求好事博雅如子固者,岂可得哉!

陈 用 宾 梦 放 翁 诗

陈观国字用宾,永嘉胜士也。丙戌之夏,寓越,梦访余于杭。壁间有古画数幅,严塈耸峭,竹树茂密,瀑飞绝巘,汇为大池。池中菡萏方盛开,一翁曳杖坐巨石上,仰瞻飞鹤翔舞。烟云空濛中,仿佛有字数行,体杂章草。其词曰:"水声兮激激,云容兮茸茸。千松拱绿,万荷凑红。爱宅兹岩,以逸放翁。屹万仞与世隔,峻一极而天通。予乃控野鹤,追冥鸿,往来乎蓬莱之宫。披海氛而一笑,以观九州之同。"旁一人指云:"此放翁诗也。"用宾惊悟,亟书以见寄。诗语清古,非思想之所及。异哉!

汉以前惊蛰为正月节

余尝读班史《历》,至周三月二日庚申惊蛰,而有疑焉。盖周建子为岁首,则三月为寅,今之正月也。虽今历法亦有因置闰而惊蛰在寅之时,然多在既望之后,不应在月初而言二日庚申也。及考《月令章句》,孟春以立春为节,惊蛰为中。又自危十度至壁八度,谓之豕韦之次,立春、惊蛰居之,卫之分野。自壁八度至胃一度,谓之降娄之次,雨水、春分居之,鲁之分野。然后知汉以前,皆以立春为正月节,惊蛰为中,雨水为二月节,春分为中也。至后汉,始以立春、雨水、惊蛰、春分为序。《尔雅》,师古于"惊蛰"注云:"今日雨水,于夏为正月,周为三月。"于"雨水"注云:"今日惊蛰,夏为二月,周为四月。"盖可见矣。《史记·历书》亦为"孟春冰泮启蛰。"《左传》桓公五年,"启蛰而郊"。杜氏注以为夏正建寅之月。疏引《夏小正》曰:"正月启蛰"。故汉初启蛰为正月中,雨水为二月节。及太初以后,更改气名,以雨水为正月中,惊蛰为二月节,以至于今。由是观之,自三代以至汉初,皆以惊蛰为正月中矣。又汉以前,谷雨为三月节,清明为三月中,亦与今不同。并见《前·志》。

后夫人进御

梁国子博士清河崔灵恩撰《三礼义宗》,其说博核。其中有后、夫人进御之说甚详,谩撮于此,以助多闻云。凡夫人进御之义,从后而下十五日遍。其法自下而上,象月初生,渐进至盛,法阴道也。然亦不必以月生日为始,但法象其义所知。其如此者,凡妇人阴道,晦明是其所忌。故古之君人者,不以月晦及望御于内。晦者阴灭,望者争明,故人君尤慎之。《春秋传》曰:"晦阴惑疾,明淫心疾,以辟六气。"故不从月之始,但放月之生耳。其九嫔已下,皆九人而御,八十一人为九夕。世妇二十七人为三夕,九嫔九人为一夕,夫人三人为一夕,凡十四夕。后当一夕,为十五夕。明十五日则后御,十六日则后复御,而下亦放月以下渐就于微也。诸侯之御,则五日一遍。亦从下始,渐至于盛,亦放月之义。其御则从侄娣而迭为之御,凡侄娣六人当三夕,二媵当一夕,凡四夕。夫人专一夕为五夕,故五日而遍,至六日则还从夫人,如后之法。孤卿大夫有妾者,二妾共一夕,内子专一夕。士有妾者,但不得专夕而已,妻则专夕。凡九嫔以下,女御以上,未满五十者,悉皆进御,五十则止。后及夫人不入此例,五十犹御。故《内则》云:"妾年未满五十者,必与五日之御。"则知五十之妾,不得进御矣。卿、大夫、士妻妾进御之法,亦如此也。

有丧不举茶托

凡居丧者,举茶不用托,虽曰俗礼,然莫晓其义。或谓昔人托必有朱,故有所嫌而然,要必有所据。宋景文《杂记》云:"夏侍中薨于京师,子安期他日至馆中,同舍谒见,举茶托如平日,众颇讶之。"又平园《思陵记》载阜陵居高宗丧,宣坐、赐茶,亦不用托。始知此事流传已久矣。

清凉居士词

韩忠武王以元枢就第,绝口不言兵,自号清凉居士。时乘小骡,放浪西湖泉石间。一日,至香林园,苏仲虎尚书方宴客,王径造之,宾主欢甚,尽醉而归。明日,王饷以羊羔,且手书二词以遗之。《临江仙》云:"冬日青山潇洒静,春来山暖花浓,少年衰老与花同。世间名利客,富贵与贫穷。　　荣华不是长生药,清闲不是死门风,劝君识取主人公。单方只一味,尽在不言中。"《南乡子》云:"人有几何般?

富贵荣华总是闲。自古英雄都是梦,为官,宝玉妻儿宿业缠。　　年事已衰残,髩发苍苍骨髓干。不道山林多好处,贪欢,只恐痴迷误了贤。"王生长兵间,初不能书。晚岁忽若有悟,能作字及小词。诗词皆有见趣,信乎非常之才也。

卷二十

岳武穆御军

岳鹏举征群盗,过庐陵,托宿廛市。质明,为主人汛埽门宇,洗涤盆盎而去。郡守供帐,饯别于郊。师行将绝,谒未得通。问:“大将军何在?”殿者曰:“已杂偏裨去矣。”其严肃如此,真可谓中兴诸将第一。周洪道为追复制词有云:“事上以忠,至不嫌于辰告;行师有律,几不犯于秋毫。”盖实录也。“辰告”者,谓岳尝上疏请建储云。

莫氏别室子

吴兴富翁莫氏者,暮年忽有婢作娠。翁惧其妪妒,且以年迈惭其子妇若孙,亟遣嫁之。已而得男,翁时岁给钱米缯絮不绝。其夫以鬻粉羹为业,子稍长,伶羹于市。且十余岁。莫翁告殂,里巷群不逞遂指为奇货,悉造婢家唁之。婢方哭,则谓之曰:“汝富贵至矣,何以哭为?”问其说,乃曰:“汝之子,莫氏也。其家田园屋业,汝子皆有分,盍归取之? 不听则讼之可也。”其夫妇皆曰:“吾固知之,奈贫无资何?”曰:“我辈当贷汝。”即为作数百千文约,且曰:“我为汝经营,事济则归我。”然实无一钱,止为作衰服被其子,使往,且戒曰:“汝至灵帏,则大恸且拜,拜讫可亟出。人问汝,谨勿应,我辈当伺汝于屋左某家,即当告官可也。”其子谨受教。既入其家,哭且拜,一家骇然辟易。妪骂,欲殴逐之。莫氏长子亟前曰:“不可。是将破吾家。”遂抱持之曰:“汝非花楼桥卖羹之子乎?”曰:“然。”遂引拜其母曰:“此,母也,吾乃汝长兄也。汝当拜。”又遍指其家人云:“此为汝长嫂,此为次兄若嫂。汝皆当拜。”又指云:“此为汝长侄。此为次侄。汝当受拜。”既毕,告去,曰:“汝,吾弟,当在此抚丧,安得去?”即命栉濯,尽去故衣,便与诸兄弟同寝处。已，又呼其所生，喻之以月廪岁衣如翁在日，且戒以非时毋辄至，亦欣然而退。群小方聚委巷茶肆俟之，久不至。既而物色之，乃知已纳，相视大沮，计略不得施。他日，投牒持券，诉其子负贷钱。郡逮莫妪及其子问之，遂备陈首尾。太守唐少刘掾叹服曰："其子可谓有高识矣。"于是尽以群小具狱，杖脊编置焉。诊，力丁切，"炫"声也。

耆 英 诸 会

前辈耆年硕德，闲居里舍，放从诗酒之乐，风流雅韵，一时歆羡。后世想慕，绘而为图，传之好事，盖不可一二数也。今姑摭其表表者于此，致景行仰止之意云。唐香山九老，则集于洛阳，乐天序之。胡杲，怀州司马，年八十九。吉旼，卫尉卿致仕，八十六。刘真、滋州刺史，八十二。郑据，龙武长史，八十四。卢真，侍御史内供奉，八十二。张浑、永州刺史，八十七。白居易，刑部尚书致仕，七十四。所谓"七人五百八十四"者是也。又续会者二人，李元爽，洛中遗老九十六岁。僧如满九十五。或又云，狄兼谟、秘书监。卢贞，河南尹。二人。以年未七十，虽与会而不及列云。宋至道九老，则集于京师。张好问、太子中允，八十五。李运、太常少卿，八十。宋祺、丞相，七十九。武允成、庐州节度副使，七十九。吴僧赞宁、七十八。魏丕、郓州刺史，七十六。杨徽之、谏议大夫，七十五。朱昂、水部郎中，七十一。李昉，故相，七十。然此集竟不成。至和五老则杜衍、丞相，祁国公，八十。王涣、礼部侍郎，九十。毕世长、司农卿，九十四。朱贯、兵部郎中，八十八。冯平、驾部郎中，八十八。时钱明逸留钥睢阳，为之图象而序之。元丰洛阳耆英会凡十有二人。富弼、丞相，韩国公，七十九。文彦博、丞相，潞国公，七十七。席汝言、司封郎中，七十七。王尚恭、朝议大夫，七十六。赵丙、太常少卿，七十五。刘凡、秘书监，七十五。冯行己、卫州防御使，七十五。楚建中、天章待制，七十三。王谨言、司农少卿，七十二。王拱辰、检校太尉，判大名府，以家居洛，愿寓名会中，七十一。张问、大中大夫，龙图直阁，七十。司马光、端明学士，兼翰林侍读学士，六十四。用唐狄兼谟故事预焉，温公序之，图形妙觉僧舍，其后又改为真率会云。吴兴六老之会，则庆历六年集于南园。郎简工部侍郎，七十七。范锐、司封员外，六十六。张维、卫尉寺丞，九十七，都管张先之父。刘馀庆、殿中丞，九十二，述之仲父。周守中、大理寺丞，九十，颂之父。吴琰。大理寺丞，七十二，知几之父。时太守马寻主之，胡安定教授湖学，为之序焉。吴中则元丰有十老之集，为卢革、大中大夫，八十二。黄挺、奉议郎，八十二。程师孟、正议大夫，集贤修撰，七十七。郑方平、朝散大夫，七十二。闾丘孝终、朝议大夫，七十三。章岵、苏州太守，七十三。徐九思、朝请大夫，七十三。徐师闵、朝议大夫，七十三。崇大年、承议郎，七十一。张诜。龙图直学，七十。米芾元章为之序焉。

纥石烈子仁词

开禧用兵，金人元帅纥石烈子仁领兵据濠梁，大书一词于濠之倅厅壁间。词名《上平南》，即《上西平》之调，云："虿锋摇，螳臂振，旧盟寒。恃洞庭彭蠡狂澜。天兵小试，百蹄一饮楚江干。捷书飞上九重天，春满长安。　舜山川，周礼乐，唐日月，汉衣冠。洗五州妖气关山。已平全蜀，风行何用一泥丸？有人传喜日边，都护先还。"子仁盖女真之能文者，故敢肆言无惮如此。

读　书　声

昔有以诗投东坡者，朗诵之而请曰："此诗有分数否？"坡曰："十分。"其人大喜。坡徐曰："三分诗，七分读耳。"此虽一时戏语，然涪翁所谓"南窗读书吾伊声"，盖善读书者，其声正自可听耳。王沔字楚望，端拱初，参大政。上每试举人，多令沔读试卷。沔素善读，纵文格下者，能抑扬高下，迎其辞而读之，听者忘厌。凡经读者，每在高选。举子凡纳卷者，必祝之曰："得王楚望读之，幸也。"若然，则善于读者，不为无助焉。

刘　长　卿　词

刘震孙长卿号朔斋，知宛陵日，吴毅夫潜丞相方闲居，刘日陪午桥之游，奉之亦甚至。尝携具开宴，自撰乐语一联云："入则孔明，出则元亮,副平生自许之心;兄为东坡,弟为栾城,无晚岁相违之恨。"毅夫大为击节。刘后以召还,吴饯之郊外,刘赋《摸鱼儿》一词为别,末云:"怕绿野堂边,刘郎去后,谁伴老裴度?"毅夫为之挥泪。继遣一价,追和此词,并以小衾侑之,送数十里外。启之,精金百星也。前辈怜才赏音如此,近世所无。

庆元开庆六士

庆元间,赵忠定去国,太学生周端朝、张衜、徐范、蒋传、林仲麟、杨宏中,以上书屏斥,遂得"六君子"之名。开庆间,丁大全用事,以法绳多士,陈宜中与权、刘黼声伯、黄镛器之、林则祖兴周、曾唯师孔、陈宗正学,亦以上书得谪,号"六君子"。至景定初,时相欲收士誉,悉上春官,并擢高第,时议或有异论。既而林则祖、陈宗先死,曾屡遭黜。三公者,相继召试,居言路,出藩入从。咸淳癸酉间,声伯自海闉召为从官翰苑,与权自闽帅擢秋官居锁闼,器之起家知庐陵兼仓节。是岁六月,正言郭阊劾器之云:"虚名多足以误世,实德乃可以服人。"又云:"黄镛偶侪六士,遂得虚名,昨守吴门,怪状百出。愧士不敢谒学,畏军不敢阅武。暨绾郡符,复兼庚节,怪诞仍不可枚数矣。"越宿,陈与权入奏曰:"朝廷建官,本欲兼收实用;臣子事上,岂容徒窃虚名?倘公议有及于斯,虽顷刻难安于位。比观谏坡造膝之抨弹,斥去庐陵治郡之无状,一皆公论,何预孤踪。但首发虚名之误世,上系国家;而明指六士以修言,已形辞色。盖亦谓忝论思之数,将使自知进退之谋,欲乞特畀闲禀,以穆师言。"诏不允云:"虚名误世,辞气若过于抑扬;实德服人,指意则有所归重。援是求去,非朕攸闻。"刘声伯亦一再上疏求去,不允。郭不自安,乞罢言职者亦再,云:"直言无忌者,谏之职,何敢容私;啴喉触讳者,语之穷,安能逆料?惟兹吉守,旧有直声,惜其预六士之称,不能终誉如此。今指其两郡之政,谓之非虚名,可乎?二臣何见,相继引嫌。实自实,虚自虚,人品固难于概论;闻所闻,见所见,事理委无以相干。"亦不允其请。而陈疏至四五,且引书牍之嫌。御批云:"卿以不必疑之言,而申必欲去之请,如国体何?前诏谓虚名实德，各有所指，盖尽之矣。书牍引嫌，勿书可也，何以去为?"于是侍御陈坚节夫、豸官陈过圣观共为一疏，乞申谕三臣，各安职守。而黄户书万石、陈兵书存、常户侍楸、曹礼侍孝庆、倪刑侍曹、高工侍斯得、李右史珏、文左史复之共为一疏调停之，久而方定。知大体者，殊不然之。事久论定，虚名实德于人，亦可概见矣。

文 臣 带 左 右

绍兴以来，文散阶皆带左右字，以别有无出身，惟尝犯赃者则去之。刘岑季高得罪秦氏，坐赃废。后复官，去其左字，季高署衔，不以为愧也。孙觌仲益亦以赃罪去左字，但自称晋陵孙某而已。至绍兴末，复朝奉郎，乃始署衔。淳熙中，因赵善俊奏，又例去之。吴兴有王孝严行先居城西，俗称为王团练宅，盖将种也。以鹖冠登壬辰科，沾沾自喜，以带左字为荣。时施士衡得求因忤魏道弼，坐赃失官。素负气，殊以不带左字为耻，而有诏尽去之。乡人嘲之曰："快杀施得求，愁杀王行先。"

马 梁 家 姬

会稽有富人马生，以入粟得官，号"马殿干"。喜宾客，有姬美艳能歌，时出佐酒。客有梁县丞者颇黠，因与之目成。一旦马生殂，姬出，梁捐金得之。它日，置酒觞客，陈无损益之在坐。酒酣，举杯属梁曰："有俪语奉上。"梁谛听之，即琅然高唱曰："昔居殿干之家，爰丧其马;今入县丞之室，毋逝我梁。"一坐大呼笑，而主人怃然不乐。无几，梁亦死焉。人尤无损之谑戏，然闻者亦可以警也。

山 獭 治 箭 毒

世传补助奇僻之品，有所谓山獭者，不知出于何时。谓以少许磨酒饮之，立验，然《本草》、《医方》皆所不载。止见《桂海虞衡志》云:

"出宜州溪峒。"峒人云："獭性淫毒，山中有此物，凡牝兽悉避去。獭无偶，抱木而枯。"峒獠尤贵重之，能解箭毒。中箭者，研其骨少许傅之，立消。一枚直金一两。或得杀死者，功力劣。抱木枯死者，土人自稀得之。然今方术之士，售伪以愚世人者，类以鼠璞、猴胎为之，虽杀死者，亦未之见也。周子功尝使大理，经南丹州，即此物所产之地，其土人号之曰"插翘"。极为贵重，一枚直黄金数两。私货出界者，罪至死。方春时，猺女数十，歌啸山谷，以寻药挑菜为事。獭性淫，或闻妇人气，必跃升其身，刺骨而入，牢不可脱，因扼杀而藏之。土人验之之法：每令妇人摩手极热，取置掌心，以气呵之，即趯然而动，盖为阴气所感故耳。然其地亦不常有，或累数岁得其一，则其人立可致富，宜中州之多伪也。

月　　忌

俗以每月初五、十四、二十三日为月忌，凡事必避之，其说不经。后见卫道夫云："闻前辈之说，谓此三日即《河图数》之中宫五数耳，五为君象，故民庶不可用。"此说颇有理，因图于此。

四初四，十三，二十二日。三初三，十二，二十一日。八初八日，十七日。九初九日，十八日。五初五，十四，二十三日。一初一，初十，十九日。二初二，十一，二十日。七初七日，十六日。六初六日，十五日。

张 功 甫 豪 侈

张镃功甫，号约斋，循忠烈王诸孙，能诗，一时名士大夫，莫不交游，其园池声妓服玩之丽甲天下。尝于南湖园作驾霄亭于四古松间，以巨铁絙悬之空半而羁之松身。当风月清夜，与客梯登之，飘摇云表，真有挟飞仙、溯紫清之意。王简卿侍郎尝赴其牡丹会云："众宾既集，坐一虚堂，寂无所有。俄问左右云：'香已发未？'答云：'已发。'命卷帘，则异香自内出，郁然满坐。群妓以酒肴丝竹，次第而至。别有名姬十辈皆衣白，凡首饰衣领皆牡丹，首带照殿红一枝，执板奏歌侑觞，歌罢乐作乃退。复垂帘谈论自如，良久，香起，卷帘如前。别十姬，易服与花而出。大抵簪白花则衣紫，紫花则衣鹅黄，黄花则衣红，如是十杯，衣与花凡十易。所讴者皆前辈牡丹名词。酒竟，歌者、乐者，无虑数百十人，列行送客。烛光香雾，歌吹杂作，客皆恍然如仙游也。”功甫于诛韩有力，赏不满意。又欲以故智去史，事泄，谪象台而殂。

台妓严蕊

天台营妓严蕊字幼芳，善琴弈歌舞、丝竹书画，色艺冠一时。间作诗词有新语，颇通古今。善逢迎，四方闻其名，有不远千里而登门者。唐与正守台日，酒边尝命赋红白桃花，即成《如梦令》云：“道是梨花不是，道是杏花不是，白白与红红，别是东风情味。曾记、曾记，人在武陵微醉。”与正赏之双缣。又七夕，郡斋开宴，坐有谢元卿者，豪士也，夙闻其名，因命之赋词，以己之姓为韵。酒方行，而已成《鹊桥仙》云：“碧梧初出，桂花才吐，池上水花微谢。穿针人在合欢楼，正月露、玉盘高泻。　蛛忙鹊懒，耕慵织倦，空做古今佳话。人间刚道隔年期，指天上、方才隔夜。”元卿为之心醉，留其家半载，尽客囊橐馈赠之而归。其后朱晦庵以使节行部至台，欲摭与正之罪，遂指其尝与蕊为滥。系狱月余，蕊虽备受棰楚，而一语不及唐，然犹不免受杖。移籍绍兴，且复就越置狱，鞫之，久不得其情。狱吏因好言诱之曰：“汝何不早认，亦不过杖罪。况已经断，罪不重科，何为受此辛苦邪？”蕊答云：“身为贱妓，纵是与太守有滥，科亦不至死罪。然是非真伪，岂可妄言以污士大夫？虽死不可诬也。”其辞既坚，于是再痛杖之，仍系于狱。两月之间，一再受杖，委顿几死，然声价愈腾，至彻皐陵之听。未几，朱公改除，而岳霖商卿为宪，因贺朔之际，怜其病瘁，命之作词自陈。蕊略不构思，即口占《卜算子》云：“不是爱风尘，似被前缘误。花落花开自有时，总赖东君主。　去也终须去，住也如何住？若得山花插满头，莫问奴归处。”即日判令从良。继而宗室近属，纳为小妇以终身焉。《夷坚志》亦尝略载其事而不能详。余盖得之天台故家云。

閒 字 义

"閒隙"之"閒"读若"艰",谓有容可入也。"閒隔"之"閒"读若
"谏",谓入其閒而隔之也。"閒暇"之"閒"读若"闲",谓其閒有容暇
也。"闲"有"防"义,或借作"閒",非正字也。《季布传》:"侍閒,果言
如朱家指。"师古曰:"侍,谓侍于天子。閒谓事务之隙也。"《刘贾传》:
"使人閒招楚大司马周殷。"颜注:"閒谓私求閒隙而招之。《汉书》无音。"
《史记》"閒"作去声。《张良传》:"尝閒从容步游圯上。《汉书》无音。"《索
隐》:"閒,闲字也。"《陈平传》:"身閒行杖剑亡,渡河。"《音义》:"閒,纪
间反。"

舟人称谓有据

余生长泽国,每闻舟子呼造帆曰"欢",以牵船之索曰"弹平声。
子",称使风之"帆"为去声,意谓吴谚耳。及观唐乐府有诗云:"蒲帆
犹未织,争得一欢成。"而钟会呼捉船索为"百丈"。赵氏注云:"百丈
者,牵船蔑,内地谓之筤。音弹。"韩昌黎诗云:"无因帆江水。"而韵书去
声内,亦有"扶帆切"者,是知方言俗语,皆有所据。陆放翁入蜀,闻舟
人祠神,方悟杜诗"长年三老挝钱"之语,亦此类也。

张 仲 孚

完颜亮败盟寇蜀,主将合喜字董,张仲孚副之。先是,吴氏守蜀
时,专用神臂弓保险。字董曰:"昔我军皆漠北人,故短于弩射。今军
士多河南北人,何不习阅以分南人之长?"遂择五千人,昼夜习之。一
日,设射,于石岩下张宴,以第其中否,岩皆如粉飞坠。酒酣,问仲孚
曰:"果何如?"仲孚实秦相阴遣,虽吴氏兄弟,亦不知其谋,每欲剿其
族,故金人信之不疑。仲孚欲散其谋,于是缪谓字董曰:"用中国人集
长兵固善,第虞一旦反噬,则恐无以制之耳。且我每金中原兵,常制

以女真，正虑此也。"字菫闻其说甚恐，乃渐散之。自后，和好既成，蜀备久弛，有以吴璘无备告菫，请劲骑数千，先事长驱而入者。仲孚为蜀危之，又谓字菫曰："自四太子时，犹不得蜀，设不如意，出危道也。"菫又为之止。其后，璘下秦州，取德胜，所至降附，其力为多。时王瞻叔驻绵州，总饷事，王刚中为制帅，治成都。瞻叔请遣重臣镇蜀，时虞雍公方奏采石功，遂以兵书开宣幕。虞知仲孚不忘本朝，欲显招之，乃以王爵告命使持与之，仲孚乃径自屯所归于虞。既而雍公舍险，出兵平地，一战而败，丧将校七十二人。凡吴璘所下州郡，不能抚有。及致金人责免敌钱，故所在皆叛。而仲孚屡为画策，亦不见用。中原之民，以为误己，大怒，因不复信之，以至于败云。

隐　　语

古之所谓廋词，即今之隐语，而俗所谓谜。《玉篇》"谜"字释云："隐也。"人皆知其始于"黄绢幼妇"，而不知自汉伍举、曼倩时已有之矣。至《鲍照集》，则有"井"字谜。自此杂说所载，间有可喜。今择其佳者著数篇于此，以资酒边雅谈云。用字谜云："一月复一月，两月共半边。上有可耕之田，下有长流之川。六口共一室，两口不团圆。"又云："重山复重山，重山向下悬。明月复明月，明月两相连。"　木砧云："我本无名，因汝有名。汝有不平，吾与汝平。"　日谜云："画时圆，写时方，寒时短，热时长。"又云："东海有一鱼，无头亦无尾。除去脊梁骨，便是这个谜。"　染物霞头云："身居色界中，不染色界尘。一朝解缠缚，见姓自分明。"　持棋云："彼亦不敢先，此亦不敢先，惟其不敢先，是以无所争，是以能入于不死不生。"字点云："寒则重重叠叠，热则四散分流。四个在县，三个在州。村里不见在村里，市头不见在市头。"　印章云："方圆大小随人，腹里文章儒雅。有时满面红妆，常在风前月下。"　金刚云："立不中门，行不履阈。俨然人望而畏之，斯亦不足畏也矣。"　蜘蛛云："上不在天，下不在田。中心藏之，玄之又玄。"又云："自东自西，自南自北，无思不服。"　挂杖云："用之则行，舍之则藏，惟我与尔。危而不持，颠而不扶，则焉用彼。" 木屐云:"可以托六尺之孤,可以寄百里之命。遇刚则铿尔有声,遇柔则没齿无怨。" 蹴鞠云:"瞻之在前,忽焉在后。乐然后笑,人不厌其笑。" 墨斗云:"我有一张琴,丝弦长在腹。时时马上弹,弹尽天下曲。" 打稻耞云:"天下有道则见,无道则隐。瞻之在前,忽焉在后。" 夹注书云:"大底不曾说小底,小底常是说大底,若要知道大底事,须须去仔细问小底。" 元宵灯球云:"我有红圆子,治赤白带下,每服三五丸,临夜茶酒下。" 日历云:"都来一尺长,上面都是节。两头非常冷,中间非常热。" 手指云:"大者两文,小者三文,十枚共计二十八文。" 水中石云:"小时大,大时小。渐渐大,不见了。"或以为小儿颡门。 手巾云:"八尺一片,四角两面。所识是人面,不识畜生面。" 接果云:"斫头便斫头,却不教汝死。抛却亲生男,却爱过房子。" 又有以今人名藏古人名者云:"人人皆戴子瞻帽,仲长统。君实新来转一官。司马迁。门状送还王介甫,谢安石。潞公身上不曾寒。温彦博。"又有以古诗赋败弓云:"争帝图王势已倾,无靶。八千兵散楚歌声。无弦。乌江不是无船渡,无弰。羞向东吴再起兵。无面。"然此近俗矣。若今书会所谓谜者,尤无谓也。

赵 涯

理宗初郊,行事之次,适天雷电以风,黄坛灯烛皆灭无余,百执事颠沛离次。已而风雨少止,惟子阶一陪祠官,虽朝衣被雨淋漓,而俨然不动,理宗甚异之。亟遣近侍问姓名,则赵涯也。时为京局官,未几,除监察御史。

书 种 文 种

裴度常训其子云:"凡吾辈但可令文种无绝。然其间有成功,能致身万乘之相,则天也。"山谷云:"四民皆坐世业,士大夫子弟能知忠、信、孝、友,斯可矣,然不可令读书种子断绝。有才气者出,便当名世矣。"似祖裴语,特易"文种"为"书种"耳。练兼善尝对书太息曰:

"吾老矣,非求闻者,姑下后世种子耳。"余家有书种堂,盖兼取二公之说云。

温 公 重 望

坡公《独乐园》诗云:"儿童诵君实,走卒知司马。"京师之贪污不才者,人皆指笑之曰:"你好个司马家。"文潞公留守北京日,尝遣人入辽侦事。回见辽主大宴群臣,伶人戏剧作衣冠者,见物必攫取怀之。有从其后以物仆之,云:"汝司马端明邪?"是虽夷狄亦知之,岂止儿童走卒哉!宣和间,徽宗与蔡攸辈在禁中自为优戏,上作参军趋出。攸戏上曰:"陛下好个神宗皇帝。"上以杖鞭之云:"你也好个司马丞相。"是知公论在人心,有不容泯者如此。

陈 孝 女

陈孝女,钱塘人也。父业儒,尝受勇爵。漫游江淮间,居胭脂岭下,家粗给。乙亥兵火,絜家永嘉山中,悉为盗所掠,仅留一女十岁,携之丐食以归。故居荡不复存,因寄五里塘旧仆家。闻殊胜寺设粥供,日携女子就寺丐食。凡数月,僧扣所以,颇怜之,俾留众寮供榜疏职。时孙元帅下李知事者,东平人也,颇知书,亦寓寺旁。暇日至寺,必从容与僧谈,欲谋一士为友。僧以陈为荐,一见投合如久要,馆谷加厚,其女亦得其家欢心。居数月,当丁丑仲春,女子忽谓其父云:"吾母墓在故居侧,数年不至矣。闻主人禁烟将为湖山游,能乘此机,一往拜扫否?"父以告,李欣然与俱。既至墓所,拜奠罢,李偕携酒饮旁舍。女悲泣不已,久之,勉之还,则泣告曰:"比闻李氏今将北归,吾父子必将从之。父老子幼,南北万里,何日可再至吾母墓下?此所以痛也。"言与泪俱下,父亦感痛。而女蹢踊呼号,声振林木,久而仆地,视之,死矣!李义之,因与墓邻敛而祔于母家之旁云。呜呼!古有曹、饶二娥,焜耀史册,著为美谈。今陈氏女年甫十四,而天性至孝,抱冢泣死,视前修为无愧矣。因详著,以俟传忠孝者。

历代笔记小说大观总目

汉魏六朝

西京杂记(外五种) 〔汉〕刘歆 等撰 王根林 校点

博物志(外七种) 〔晋〕张华 等撰 王根林 等校点

拾遗记(外三种) 〔前秦〕王嘉 等撰 王根林 等校点

搜神记·搜神后记 〔晋〕干宝 陶潜 撰 曹光甫 王根林 校点

世说新语 〔南朝宋〕刘义庆 撰 〔梁〕刘孝标注 王根林 标点

唐五代

朝野佥载·云溪友议 〔唐〕张鷟 范摅 撰 恒鹤 阳羡生 校点

教坊记(外七种) 〔唐〕崔令钦 等撰 曹中孚 等校点

大唐新语(外五种) 〔唐〕刘肃 等撰 恒鹤 等校点

玄怪录·续玄怪录 〔唐〕牛僧孺 李复言 撰 田松青 校点

次柳氏旧闻(外七种) 〔唐〕李德裕 等撰 丁如明 等校点

酉阳杂俎 〔唐〕段成式 撰 曹中孚 校点

宣室志·裴铏传奇 〔唐〕张读 裴铏 撰 萧逸 田松青 校点

唐摭言 〔五代〕王定保 撰 阳羡生 校点

开元天宝遗事(外七种) 〔五代〕王仁裕 等撰 丁如明 等校点

北梦琐言 〔五代〕孙光宪 撰 林艾园 校点

宋元

清异录·江淮异人录 〔宋〕陶毂 吴淑 撰 孔一 校点

稽神录·睽车志 〔宋〕徐铉 郭彖 撰 傅成 李梦生 校点

贾氏谭录·涑水记闻　［宋］张洎 司马光 撰　孔一 王根林 校点

南部新书·茅亭客话　［宋］钱易 黄休复 撰　尚成 李梦生 校点

杨文公谈苑·后山谈丛　［宋］杨亿口述、黄鉴笔录、宋庠整理　陈
　　师道 撰　李裕民 李伟国 校点

归田录（外五种）　［宋］欧阳修 等撰　韩谷 等校点

春明退朝录（外四种）　［宋］宋敏求 等撰　尚成 等校点

青琐高议　［宋］刘斧 撰　施林良 校点

渑水燕谈录·西塘集耆旧续闻　［宋］王辟之 陈鹄 撰　韩谷 郑世刚
　　校点

梦溪笔谈　［宋］沈括 撰　施适 校点

麈史·侯鲭录　［宋］王得臣 赵令畤 撰　俞宗宪 傅成 校点

湘山野录 续录·玉壶清话　［宋］文莹 撰　黄益元 校点

青箱杂记·春渚纪闻　［宋］吴处厚 何薳 撰　尚成 钟振振 校点

邵氏闻见录·邵氏闻见后录　［宋］邵伯温 邵博 撰　王根林 校点

冷斋夜话·梁溪漫志　［宋］惠洪 费衮 撰　李保民 金圆 校点

容斋随笔　［宋］洪迈 撰　穆公 校点

萍洲可谈·老学庵笔记　［宋］朱彧 陆游 撰　李伟国 高克勤 校点

石林燕语·避暑录话　［宋］叶梦得 撰　田松青 徐时仪 校点

东轩笔录·嬾真子录　［宋］魏泰 马永卿 撰　田松青 校点

中吴纪闻·曲洧旧闻　［宋］龚明之 朱弁 撰　孙菊园 王根林 校点

铁围山丛谈·独醒杂志　［宋］蔡絛 曾敏行 撰　李梦生 朱杰人 校点

挥麈录　［宋］王明清 撰　田松青 校点

投辖录·玉照新志　［宋］王明清 撰　朱菊如 汪新森 校点

鸡肋编·贵耳集　［宋］庄绰 张端义 撰　李保民 校点

宾退录·却扫编　［宋］赵与时 徐度 撰　傅成 尚成 校点

桯史·默记　［宋］岳珂 王铚 撰　黄益元 孔一 校点

燕翼诒谋录·墨庄漫录　［宋］王栐 张邦基 撰　孔一 丁如明 校点

枫窗小牍·清波杂志　［宋］袁褧 周辉 撰　尚成 秦克 校点

四朝闻见录·随隐漫录　［宋］叶少翁 陈世崇 撰　尚成 郭明道 校点

鹤林玉露　［宋］罗大经 撰　孙雪霄 校点

困学纪闻 〔宋〕王应麟 撰　栾保群 田松青 校点

齐东野语 〔宋〕周密 撰　黄益元 校点

癸辛杂识 〔宋〕周密 撰　王根林 校点

归潜志·乐郊私语 〔金〕刘祁 〔元〕姚桐寿 撰　黄益元 李梦生
　　校点

山居新语·至正直记 〔元〕杨瑀 孔齐 撰　李梦生 庄葳 郭群一
　　校点

南村辍耕录 〔元〕陶宗仪 撰　李梦生 校点

明代

草木子(外三种) 〔明〕叶子奇 等撰　吴东昆 等校点

双槐岁钞 〔明〕黄瑜 撰　王岚 校点

菽园杂记 〔明〕陆容 撰　李健莉 校点

庚巳编·今言类编 〔明〕陆粲 郑晓 撰　马镛 杨晓波 校点

四友斋丛说 〔明〕何良俊 撰　李剑雄 校点

客座赘语 〔明〕顾起元 撰　孔一 校点

五杂组 〔明〕谢肇淛 撰　傅成 校点

万历野获编 〔明〕沈德符 撰　杨万里 校点

涌幢小品 〔明〕朱国祯 撰　王根林 校点

清代

筠廊偶笔 二笔·在园杂志 〔清〕宋荦 刘廷玑 撰　蒋文仙 吴法源
　　校点

虞初新志 〔清〕张潮 辑　王根林 校点

坚瓠集 〔清〕褚人获 辑撰　李梦生 校点

柳南随笔 续笔 〔清〕王应奎 撰　以柔 校点

子不语 〔清〕袁枚 撰　申孟 甘林 校点

阅微草堂笔记 〔清〕纪昀 撰　汪贤度 校点

茶余客话 〔清〕阮葵生 撰　李保民 校点